KB104924

옛지도와 함께하는 한시 여행

인천으로 가는 길

옛지도와 함께하는 한시 여행

인천으로 가는 길

이영태

채륜

인천고전문학과 문화정체성, 그리고 한시漢詩

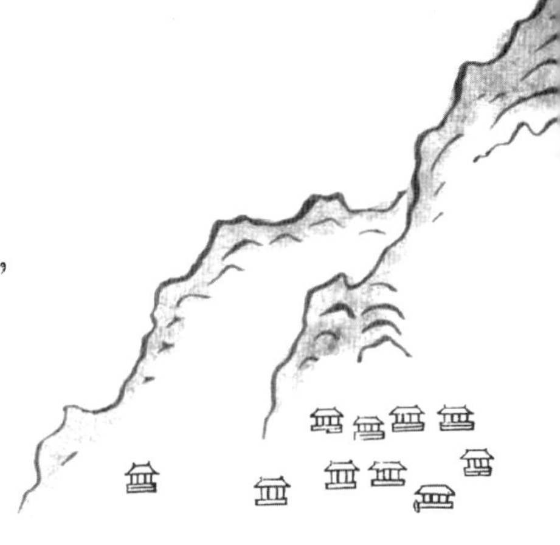

고전古典은 옛것을 가리킨다. 여기에 문학이란 단어가 결합되면 도서관 서가의 구석에 있는 두툼한 영인본을 연상하게 된다. 하지만 고古는 경험[戈, 十]과 입[口]의 결합으로 그것의 자의字義에는 인간과 환경, 인간과 인간 사이에서 발생한 갈등을 해결해 왔던 일련의 과정이 반영돼 있다. 인간이 갈등상황에서 얻은 경험[戈, 十]을 다음 세대에게 입[口]을 통해 전승한다는 것이다. 그리고 전典은 책冊을 두 손으로 받들어[廾] 잘 보관한다는 뜻이다. 책은 해당 부족의 기원, 전쟁의 승리, 풍요의 기원 등을 내용으로 하고 있었다. 결국 고古와 전典의 결합이 누대의 경험을 소중하게 다루어 전승한다는 의미이니만큼 고전古典은 시공간을 뛰어넘는 보편적 지혜에 해당한다.

문학文學에서 문文은 타인과 변별되는 자신만의 무늬를 지칭하는 데에서 출발했다. 이후 개개의 무늬가 타인의 것과 교직되거나 혹은 변별되는 것까지 문文의 범주에 들어왔다. 타인의 무늬이되 그것을 인정하고 공감하는 데에서 문학이 출발했던 것이다. 흔히 인문人文이란 단어가 사람들의 다양한 무늬를 포용하고 있는 것과 마찬가지이다.

고전古典을 운운할 때, 옛것에서 벗어나려면 그것의 현재적 의미에 대해 고민해야 한다. 이른바, 법고창신法古創新이 그것의 단서이다. 연암燕巖은 "참으로 과거의 것을 배우면서도 변용할 줄 알고 새로운 것을 만들면서도 전아하다면, 오늘날의 글이 옛날의 글과 같게 된다苟能法古而知變 刱新而能典 今之文 猶古之文也(〈초정집서楚亭集序〉)"고 하였다. 고전이 지혜와 가치를 발휘하려면 옛날의 상태에 머물지 않고 현재와 미래로 연계돼야 한다는 것이다.

인천고전문학을 살피려는 것은 인천 문화정체성의 외연外延을 확장하는 일과 밀접하다. 문화정체성은 해당 지역의 주민들이 유형·무형의 문화적 자산을 매개로 갖게 되는 동질감이다. 여기서 '유형·무형의 문화적 자산'은 지역의 역사·문화적 전통을 통해 축적된 것들인데 그중에 하나가 해당 지역의 고전문학이다. 예컨대 고전소설의 배경지에 대한 지자체 간에 논란이 있었는데, 〈심청전〉을 둘러싼 곡성·예산·백령의 경우, 〈홍길동전〉에 대한 장성·강릉의 경우, 〈콩쥐팥쥐전〉에 대한 전주·완주·김제의 경우 등은 지역의 문화정체성과 고전문학의 재해석이 밀접하다는 것을 방증하는 사례이다.

인천은 경기도권역에서 벗어나 직할시(1981년), 광역시(1995년)로 승격하였고, 이 과정 중에 옹진군과 강화군(1995년)을 통합하였다. 인천지역 광역화의 사정이 이러할 때, 구성원의 자기 동일성을 근간으로 하는 문화정체성을 규정하는 일에 조급해서는 안 된다. 수사修辭나 심상心象에 기대어 인천의 문화정체성을 주장하기보다는 공동체 구성원들이 공유하는 유형·무형의 문화적 자산을 발굴하고 그것을 이해하기 쉽도록 소개하는 일이 선행돼야 한다.

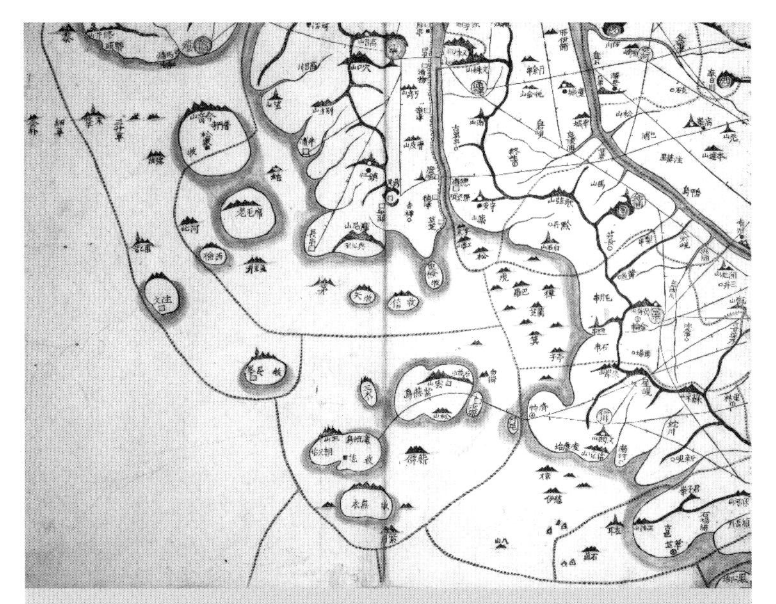

《대동여지도》에 나타난 인천과 연안 도서이다. 지도에 나타나지 않은 백령과 덕적군도를 포함하면, 인천 지역은 글자 그대로 광역권이다.(지도 출처: 규장각한국학연구원, 분류번호: 10333. 이하 '규장각한국학: 번호'로 제시)

한시漢詩는 한자를 표기 수단으로 하여 지은 시이다. 한자漢字는 표의문자이고 시詩는 정서나 사상 등을 운율을 지닌 함축적 언어로 표현한 문학을 가리킨다. 표의문자와 함축적 언어의 결합이 한시이니만큼 그것의 창작과 번역에는 고려해야 할 점이 있다. 작자의 시적 감흥을 한자로 표현한 것이 한역漢譯이고 그것을 한글로 바꾸는 일이 국역國譯인데, 양자의 과정에서 작자의 감흥과 관련된 함축적 언어를 얼마나 반영했느냐는 문제 등이 이에 해당한다. 흔히 작자의 시적 진술을 이해하기 위해서는 조사나 수식어의 위치와 기능 등 하나라도 허투루 넘겨서는 안 된다. 여기에 한역과 국역의 문제를 함께 고려하면 문제는 더욱 복잡해지기 마련이다.

한시는 전달의 특수성으로 인하여 제한된 사람에게만 소용되는 장르였다. 하지만 그 안에는 무형의 문화적 자산이 저장돼 있다. 특히 해당 지역과 관련해 과거의 모습과 그것에 대한 작자의 소회가 지역문화를 계승하는 데 필요한 경우라면 한시의 가치는 클 수밖에 없다. 지역의 한시를 번역하고 해설하는 일이 지역 구성원에게 동질감을 갖게 하고 궁극에는 지역의 문화정체성을 세우고 그것을 확장해 나가는 계기가 될 수 있다는 것이다. 지역에 대한 과거의 복원은 일회적인 추억에 그치지 않고 미래의 인상(이미지)를 만들 때 자양분으로 삼아야 한다. 단순히 낡은 것의 복원이 아니라 새로운 것을 만들기 위한 과정에서 '인천 한시'의 번역과 해설이 역할을 할 수 있다는 것이다.

특히 문화콘텐츠를 운운하는 시대에서 그것의 핵심은 '원 소스 멀티유즈OSMU, one source multi use'와 스토리텔링storytelling이다. 원 소스가 확보되지 않은 상태에서 멀티유즈와 스토리텔링의 방법이 아무리 현란하게 구사되더라도 그에 대한 성과는 문화왜곡으로 귀결되기 십상이다. 하지만 원 소스를 토대로 멀티유즈를 하고 거기에 스토리텔링이라는 외피外皮를 입히면 문화콘텐츠는 성공을 거둘 수 있다. 물론 인천 한시가 해당 지역의 원 소스를 제공할 수 있다. 인천 한시를 지역별, 인물별, 제재별로 나누어 제시한 이유도 원 소스를 효과적으로 제시하기 위한 것이다. 풍문으로 나돌던 원 소스one source가 아니라 도서관 서가에 묻혀 있는 소스source를 찾아내어 번역하고 해설하려는 취지는 여기에 있다. 지역의 문화콘텐츠 사업은 원 소스one source에서 시작하기에 그것을 확보하여 지역 구성원들이 공공의 기억으로 삼는다면 멀티유즈multi use의 가능성은 보다 넓어질 것이다. 그리고 이것이 해당 지역의 문화정체성을 공고히 하는 방법이기도 하다.

이 책에서 다루는 한시는 인천의 지형, 기후, 생물, 주민, 교통, 역사, 전설 등을 내용으로 하고 있다. 특히 한시를 해설하면서 눈에 띄는 부분은 작자가 낯선 지역을 배경으로 소회를 읊거나 역사서에서 전모를 확인할 수 없었던 특정 공간이 한시와 함께 등장하고 있다는 점이었다. 전자는 박필주朴弼周의 〈인천에 머물며 새벽에 비룡산에 올라 바다를 보다宿仁川 朝登飛龍岡 望海〉이고 후자는 심언광沈彦光의 〈인천 해안역에서 조수를 보다仁川海安驛 觀潮汐〉이다. 비룡산은 인하부고와 인하대 기숙사가 위치한 곳으로 과거에는 비랑포飛浪浦의 해안가를 조망할 수 있는 적소適所였다. 해안역은 역참驛站으로 기능했던 남동구 고잔동 소재의 경신역慶信驛이었다. 비랑포와 경신역이 현전하지 않지만 고지도古地圖에 엄연히 등장하는바, 한시와 고지도를 통해 과거의 지리와 그것이 작자에게 남긴 인상印象 등을 복원하는 일이 가능했다. 해당지역과 그곳의 기능이 드러나자 한시의 행간을 메꾸며 작자의 소회所懷를 읽어낼 수 있었다. 물론 유명 작자의 한시에 기대 현전하지 않는 건축물을 재구하거나 과거의 지리와 풍경을 연상할 수 있었다. 이렇듯 한시를 찾아 번역하고 해설하는 양이 늘자 인문지리의 범위도 확장되었다. 우연찮게도 그것은 인천광역권의 영역과 일치했다.

이 책은 한시를 통해 인천을 읽는 데 목적을 두고 있다. 인천과 관련한 7가지 키워드 '관아, 문학산과 능허대, 자연도, 부평과 계양, 누정, 팔경, 개항장'으로 제시한 것도 이와 관련돼 있다. 인천광역권에 인연을 두고 있는 분들에게 일독一讀하기를 권한다. 인천 관련 고전소설(한문 및 한글), 가사, 설화 등에 대한 글들은 조만간 세상 밖으로 차례로 내보낼 예정이다.

끝으로 이 책은 『인천일보』 연중기획(2014.8.7.~2015.8.10.)에 연재한 부분을 손질하고 새로운 원고를 보태어 정리한 글임을 밝히며 해당 지역들의 인문지리를 이해하는 간행물이 되기를 바란다. 그것의 책무를 맡은 채륜과 교정의 번거로움을 마다하지 않은 김승민 선생께 감사를 전한다.

2017년 정초 인천개항장연구소에서

차례

5장 누정, 오래지 않아 신선의 꿈에서 깨어나니

6장 팔경, 아득히 기러기 돌아가는 곳 그림자는 오르락내리락

7장 개항장, 누각마다 악기 소리 끊겨 고요한데

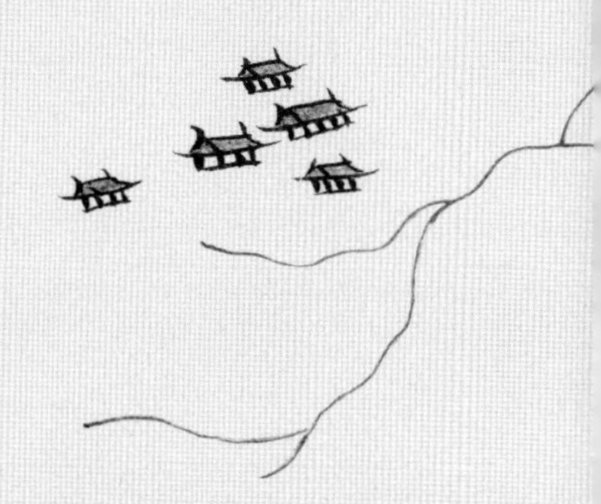

1장

판아,

산과 강으로 둘러싸인 별세계이네

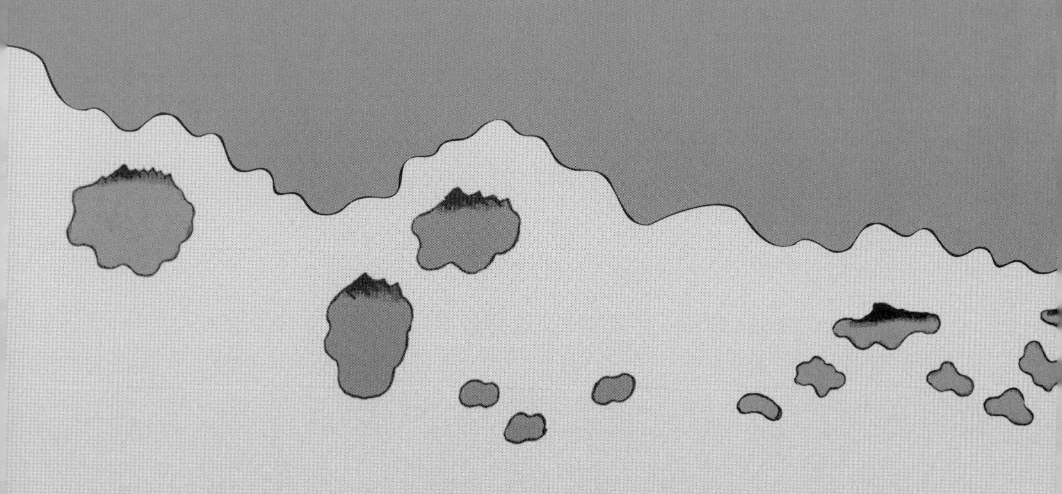

자연과 하나되는 마음

정도전鄭道傳(1342~1398)은 여말선초麗末鮮初의 인물이다. 본관은 봉화奉化, 자는 종지宗之, 호는 삼봉三峰이다. 이색李穡(1328~1396)의 문하에서 수학하며 정몽주, 이숭인 등과 교유하였다. 성리학을 근간으로 하는 왕조를 설계하는 데 적극적으로 나섰다가 제1차 왕자의 난 때 이방원의 기습을 받아 희생되었다. 《조선경국전朝鮮經國典》, 《삼봉집三峰集》 등을 남겼다. 다음은 〈인주 신 사군의 임정에 쓰다題仁州申使君林亭〉이다.

> 바닷가 산기슭 옛 고을은 쓸쓸한데
> 도연명 찾아오니 서로 얼굴을 펼 수 있네
> 서늘한 나무 부여잡고 숲 밑을 뚫고 가니
> 문득 풀숲 사이에 꽃이 가려있네
> 아전이 물러간 관아 뜰은 고요한데
> 새는 책방의 휘장에서 저들끼리 지저귀네

거문고를 타도 응당 마음이 쓰이는 것이니
새로운 정자에 홀로 앉아 한가롭게 한낮을 보내네

古郡蕭條傍海山　고군소조방해산
來尋陶令共怡顔　내심도령공이안
爲攀凉樹穿林下　위반량수천림하
忽有幽花翳草間　홀유유화예초간
吏退訟庭還寂寂　이퇴송정환적적
鳥臨書幌自關關　조림서황자관관
彈琴也是縈心事　탄금야시영심사
獨坐新亭白日閒　독좌신정자일한

작자는 사군使君을 만나려고 인천 관아에 왔다. 비류沸流가 미추홀彌鄒忽에 나라를 세웠던 것을 감안할 때, 바닷가 산기슭에 위치한 옛 고을의 모습은 의외로 쓸쓸했다. 그런 곳에서 사군으로 있는 자는 세속의 번잡함을 멀리하고 전원생활을 추구했던 도연명陶淵明(365~427)으로 여길 만했다. 사군과 함께 숲길을 지나다가 풀숲 사이에 피어있는 꽃을 발견하였다. 멀리서 보면 흔한 풀밭이겠지만, 가까이에서 풀 사이의 꽃들을 발견하면 거기에 의미를 부여하기 마련이다. 흔히 한시漢詩에서 이름 모를 꽃들을 '겸소한 덕'으로 비유하는 것을 감안하더라도, 작자에게 풀밭 사이에 피어있는 꽃들은 예사롭지 않은 대상이었다.

업무가 끝난 관아는 고요했지만 새들이 그것을 깨뜨렸다. 하지만 고요함과 그것의 중간 중간을 가르는 새소리가 조화롭게 들렸다. 거문고라도 뜯으며 흥興을 돋우려 하다가 인위적인 행동이 자연스러움을 방해하는 것 같아 그만두었다. 아무것도 안 하고 한가롭게 있는 것이 현재의 조화로움을 즐기는 방법이었다. 마침 관아 안에 새로 지은 정자新亭가 있었기에 그곳에서 한낮의 자연스런 변화를 받아들일 수 있었다.

관아 뜰에 새로 지은 정자가 있었다는 것은 이원굉李元紘의 〈신정新亭〉이라는 시를 통해서도 짐작할 수 있다.

나그네가 와서 자리를 펴니 바람은 나무에서 일고
아전들 흩어져 농사지으러 가니 대낮에도 문 닫았네

客來展席風生樹　객래전석풍생수
吏散歸農晝掩關　이산귀농주불관

신정新亭에 자리를 펴고 주변을 보니 농사를 짓는 아전들의 모습이 눈에 들어왔다. 대낮인데도 관아의 문을 닫고 농사를 지으러 간 아전들을 통해, 소소한 송사도 없을 정도로 인천 풍속이 넉넉했다고 생각할 수 있다.

당시 관아의 규모는 알 수 없지만, 《인천부읍지仁川府邑誌》(1899)에 기대 인천도호부의 건물들을 재구할 수 있다. 인천도호부에는 객사(20칸), 동헌(10칸), 내동헌(33칸), 삼문三門(3칸), 사령청(9칸), 향청(13칸), 군관청(7칸), 훈무당(4칸), 옥사(4칸), 어용고·군기청(7칸) 등 15~

16동의 건물이 있었다고 한다.

가문과 지역에 대한 자부심

하연河演(1376~1454)은 조선 전기의 문신이다. 자는 연량淵亮, 호는 경재敬齋이다. 정몽주鄭夢周(1337~1392)의 문하생으로 태조 5년(1396) 급제한 후, 세종 27년(1445) 우의정에 올랐다. 이때 영의정은 황희黃喜, 좌의정은 신개申槩였다. 문집으로 《경재집敬齋集》과 《진양련고晉陽聯藁》가 있다.

향교鄕校는 우리나라와 중국의 성현군자를 모시는 제사의 기능과 지방 학생들을 가르치는 학교의 기능을 했다. 인천 관교동에 있는 향교는 《신증동국여지승람》에 최항崔恒(1409~1474)의 중수기重修記가 있는 것으로 보아 세조 이전에 설치되었다. 다음은 〈인천향교가요仁川鄕校歌謠〉 이다.

동남의 주요 진영은 경원으로
산과 강으로 둘러싸인 별세계이네
농사와 뽕나무 일, 기름진 들판은 천년의 땅으로
다시 임금님의 은혜 두루 미치었네

主鎭東南是慶源　주진동남시경원
襟山帶河別乾坤　금산대하별건곤

農桑沃野千年地　농상옥야천년지
更値旬宣雨露恩　갱치순선우로은

작자는 문학산 일대의 역사에 대해 자부심을 느끼고 있다. 삼국이 다투던 문학산 인근 지역은 고려 때 인주이씨仁州 李氏와 왕가王家의 고향이었다. 고려 문종조~인종조에 이르는 7대의 80여 년 동안 왕실의 왕자와 궁주들은 인주이씨 외손이거나 생질甥姪이었다. 이른바 '칠대어향七代御鄕'이었는데 그러한 인연은 조선시대로 이어졌다. 세종의 왕비 소헌왕후昭憲王后 심씨와 세조의 왕비 정희왕후 윤씨의 외가外家였다. 세조 5년(1459) 11월 5일 인천군仁川郡이 인천도호부都護府로 승격된 것도 이런 사정과 관련돼 있다.

봄기운 화창하여 만물 살리기에 좋고
가을 서리 사나우면 가을걷이 하네
인덕과 위엄을 함께 이루어 규모가 커져
좋은 가문에서 영상 벼슬도 했네

春氣絪縕載好生　춘기인온재호생
秋霜肅烈以西成　추상숙렬이서성
仁威幷濟規模大　인위병제규모대
領相高門又有卿　영상고문우유경

봄의 파종과 가을의 수확이 조화롭기만 하다. 봄기운에 파종하고 가을 서리에 수확하는 일은 일상성·반복성에 해당하는데 천후天候에 기대 농사를 짓기에 이것이 유지되기란 쉽지 않았다. 그럼에도 불구하고 이러한 일상성 속에서 가문의 인덕과 위엄이 커졌고 결국에는 영상 벼슬까지 오를 수 있었다.

자신을 깨끗이 한 것과 호향을 달갑게 여기지 않은 것은
해와 별이 밝듯 성현의 말씀이네
금장옥절이 큰 길에 비추면
다투어 감당의 노래 격절하게 부르리

潔己互鄕施不屑　결기호향시불설
日星明白聖賢說　일성명백성현설
金章玉節映周行　금장옥절영주행
競向甘棠歌激切　경향감당가격절

호향互鄕은 풍습이 비루한 마을이다. 그곳의 사람들이 불선不善하다 하여 모두 만나기를 꺼려했지만 공자孔子는 그러한 선입견을 배제하고 불선에서 선으로 나아갈 수 있도록 그 고을 출신의 아이를 만났던 게 호향의 일화이다(《논어論語》 술이). 스스로 깨끗이 하여 선으로 옮기는 게 중요하지 과거의 불선이라는 예단에 머물러서는 안 된다는 것이다. 금장옥절金章玉節은 관직에 나간 것을 가리킨다. 그리고 감당의 노래甘棠歌는 주周나라 소공召公이 여러 고을을 순행하다가 감당나무 아래에서 공평하게 정사를 펼쳤는데, 백성들이 그 나

무를 보호하면서 감당甘棠의 노래를 지어 불렀다는 고사와 관련돼 있다. 이후 감당가甘棠歌는 선정善政을 행하는 지방관을 표현하는 수식어가 되었다.

작자는 문학산 일대의 역사와 개인 가문의 융성에 대해 말하면서, 앞으로 인천향교에서 배출될 자들이 '감당가'의 고사처럼 선정하기를 바라고 있다. 이러한 바람과 관련된 듯, 그가 죽은 후 250여 년 만에 향교의 맞은편 서쪽에 학산서원(숙종 28년, 1702)이 들어섰다.

삼월 삼짇날의 풍속 중에서 양로養老와 관련된 게 있다. '양로'를 달리 표현하면 '기로耆老'인데, 이와 관련해 고려 때 노인사설의老人賜設儀를 열어 임금이 노인들에게 선물을 주었다는 기록이 있다. 조선 태조太祖 때 시작된 기로회耆老會는 삼짇날(음력 3월 3일)과 중양절(9월 9일) 중에서 하루를 택해 열렸다. 다음은 〈인천부로가요仁川父老歌謠〉이다.

> 문벌과 인풍은 멀리 퍼지고
> 지초와 난초는 대대로 새롭네
> 맑디맑은 날은 겨우 몇 개월이라
> 많은 백성 두루 춤추네
> 양로회하는 날 봄볕은 따뜻하고
> 우로雨露는 마른 나무 고루 적시네
> 그대들을 성한 날爽日에 만나 기쁘기에
> 먼지 일으키며 떠나는 수레에 지팡이 잡고 절하네

門閥仁風遠　문벌인풍원
芝蘭奕葉新　지란혁엽신
澄淸纔數月　징청재수월
蹈舞遍群民　도무편군민
養老陽春燠　양로양춘욱
霑枯雨露均　점고우로균
喜逢君奭日　희봉군석일
扶杖拜行塵　부장배행진

시에 등장하는 서술어 '멀리 퍼지다, 새롭다, 춤추다, 따뜻하다, 적시다, 기쁘다, 절하다'는 모두 즐거움과 고마움을 표현하기 위해 견인되었다. 가문에 대한 평판이 나쁘지 않으며 지초와 난초芝蘭(다른 사람들의 자제)들 또한 대대로 새로울 것이기에 지금의 늙은 상태가 결코 서럽지 않다. 인생을 돌아보니 '맑디맑은 날은 겨우 몇 개월'이기에 이처럼 늙은 것도 '많은 백성 두루 춤추'며 서로 축하해야 할 일이다. 이 날은 작자의 표현대로 '성한 날奭日, 上巳日'로, 음력 3월 3일 첫 번째 뱀날이다. 삼짇날은 뱀이 동면에서 깨어나고 강남의 제비가 돌아오는 날이다. 집안에서는 조상에게 제사를 지낸 후, 장醬을 담그거나 대청소를 했다. 동네 젊은이들이 활쏘기, 닭싸움을 하고 아낙들은 약수터나 냇가에서 화전花煎을 부쳐 먹기도 했다.

마지막에 있는 '먼지 일으키며 떠나는 수레에 지팡이 잡고 절하네'는 기로회가 끝나고 송별하는 모습이다. 내년의 '성한 날奭日, 上巳日'에 만남을 기약할 수 없을 정도로 나이를 먹었기에 서로의 '수레에 절'을 하는 것을 통해 이별에 대한 아쉬움을 읽어낼 수 있다.

다음 〈동생 인천군사에게 주다寄弟仁川郡事〉는 1421년 인천군사로 있던 동생을 생각하며 쓴 시이다.

자형나무의 봄은 어느새 저물고
할미새 들판의 풀은 돋으려 하네
소래산 밝은 달은 멀기만 한데
무악산에 흰구름 걸려 있네

荊樹春將晩　형수춘장만
鴒原草欲生　영원초욕생
蘇山明月迴　소산명월형
毋岳白雲橫　무악백운횡

자형나무荊樹는 형제의 정情이 두터운 것을 비유할 때 등장한다. 《속제해기續齊諧記》에 따르면, 삼형제가 재산을 균등하게 나누려고 자형나무 한 그루까지 삼등분으로 쪼개려 하자 다음날 나무가 말라 죽었는데, 형제들이 결정을 철회하자 그것이 다시 살아났다고 한다. 할미새 들판鴒原도 "저 할미새 들판에서 호들갑 떨 듯, 급할 때는 형제들이 서로 돕는 법이라네鶺鴒在原 兄弟急難(《시경詩經》 소아)"라는 말에서 유래한 것으로 돈독한 형제를 비유할 때 사용된다. 자형나무荊樹와 할미새 들판鴒原, 그리고 달과 구름이 등장하고 있는 것으로 보아 작자는 동생과 떨어져 있는 상태에 있다. 누구건 바라볼 정도로 밝은 달이 떴지만 그것이 멀리 있는 듯하고 산이 구름에 가려 있다는 표현이 그것을 반영하고 있다.

형제는 어느 곳에서 활짝 웃을까
서쪽 인천 산을 바라보는 눈 더욱 희미하네
문득 소식이 와서 안부를 묻지만
봄날이건만 병석의 창문에 쓸쓸함만 있네

弟兄何處共開顔　제형하처공개안
西望仁山眼更寒　서망인산안갱한
忽有音書來示問　홀유음서래시문
病窓遲日寂寥間　병창지일적요간

하연은 동생 하결河潔과 만나 '활짝 웃共開顔'고 싶었지만, 동생이 인천군사仁川郡事를 맡고 있었기에 그럴 겨를이 없었다. 게다가 자신은 병을 앓고 있어서 동생을 만나는 일이 쉽지 않았다. 가끔 소식을 전하는 편지가 오기도 했지만 그것이 위안이 되지는 못했다. 만나고 싶지만 그러지 못하고 있는 작자의 심리를 반영한 표현이 '창문에 쓸쓸함만 있네'였던 것이다.

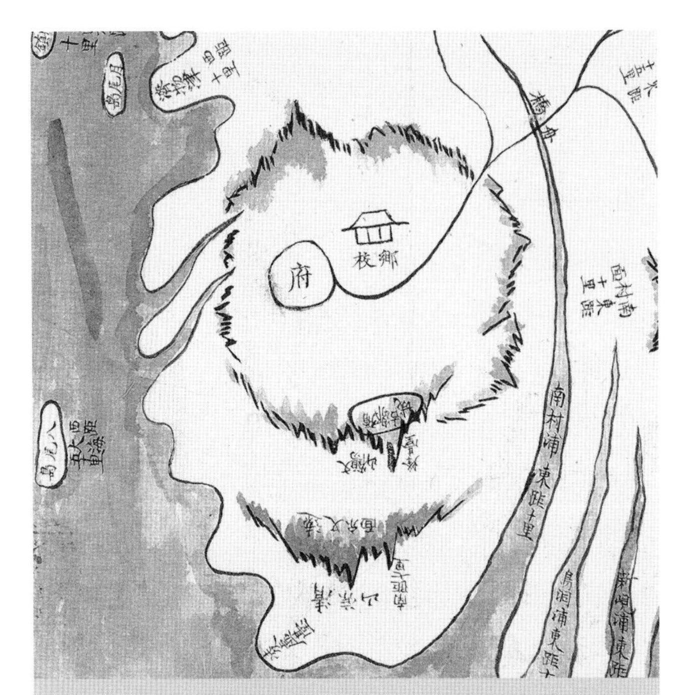

《경기읍지》(1871년)에서 관아(府)와 향교를 산이 둘러싸고 있는 것은 해당 공간이 풍수지리적으로 명당에 위치한다는 점을 드러내기 위해서이다. 문학산 밑에 청량산이 그것을 한 번 더 감싸고 있는 모습이다. 〈인천향교가요(仁川鄕校歌謠)〉에 나타나듯 '산과 강으로 둘러싸인 별세계(襟山帶河別乾坤)'이다.(규장각한국학: 12177)

성현成俔(1439~1504)은 조선 전기의 관료문인이다. 자는 경숙磬叔, 호는 허백당虛白堂·용재慵齋이다. 1462년(세조 8) 식년문과에, 1466년 발영시拔英試에 급제하여 벼슬길에 올랐다. 문장, 시, 그림, 인물, 역사적 사건 등을 모아놓은 《용재총화慵齋叢話》를 저술했으며, 의궤儀軌와 악보를 정리한 《악학궤범樂學軌範》을 편찬하는 데 참여했다. 문집으로 《허백당집虛白堂集》이 있다. 다음은 〈인천의 별서仁川村莊〉이다.

서쪽으로 바다 구석에 와

나그네로 외로운 마을에 머무네

비 내린 논에는 벼 끝이 뾰족하고

바람 부는 들에는 보리가 물결치네

향기로운 풀은 말 여물로 먹이고

맛있는 생선으로 반찬을 하네

발자국 소리 끊기니 절로 기쁘거니와

참 사랑스러운 것은 흙 침상 따뜻한 거라네

西來臨海曲　서래림해곡

作客寓孤村　작객우고촌

雨隴秧針秀　우롱앙침수

風墟麥浪翻　풍허맥랑번

草香供馬莝　초향공마좌

魚美媚盤飧　어미미반손

自喜跫音絶　자희공음절

便憐土榻溫　편련토탑온

성현이 인천에 있는 별장으로 왔다. 그곳은 논, 보리, 생선 반찬을 경험할 수 있는 서쪽 바다 구석에 위치하고 있었다. 발자국 소리 들리지 않을 정도로 찾아올 사람이 없는 외로운 마을이지만 작자는 그것을 기쁘게 생각하고 있다. 수면 밖으로 나온 낮은 키의 벼는 가을걷이를 향해 자랄 것이고 반찬으로 올라온 생선은 인근 바다에 지천으로 깔려 있으니 굳이 먹는 문제로 걱정할 필요가 없을 것 같다. 게다가 침상을 따뜻하게 덥혀줄 장작도 넉넉하기에 그것이 흙으로 만든 침상이라 해도 문제될 게 없었다.

위의 시는 〈인천의 별서仁川村莊〉의 두 번째 작품이다. 첫 번째의 "운수 기박해 벼슬에서 곧 물러난다數奇官漸退"와 "주머니가 비어 사람은 노잣돈 없다囊罄人無贐"라는 표현에서 작자가 인천의 별서에 온 이유를 짐작할 수 있다. 작가의 연보를 통해 보건대 1480년에 도사선위사都司宣慰使가 되고, 다음 해 4월에 파직되었다가 1482년 3월에 장례원 판결사掌隷院判決事로 오른 것과 관련이 있는 작품이다.

조수의 흐름

심언광沈彦光(1487~1540)은 조선 중기의 문신으로 자는 사형士炯, 호는 어촌漁村이다. 1507년(중종 2) 진사시에 합격한 후, 지평·이조판서 등을 역임했다. 《어촌집漁村集》을 남겼다. 다음은 〈인천 해안역에서 조수를 보다仁川海安驛 觀潮汐〉이다.

> 조용히 하나의 이치를 살펴 호흡에 맡기니
>
> 조수의 오고 감은 옛일이 되었네
>
> 천지의 차거나 비는 것에 운수가 있고
>
> 음양은 저대로 무심히 순환하네
>
> 요 임금이 홍수를 만나 고개와 언덕 물에 잠겼고

우 임금이 용문을 뚫자 여수와 한수 깊어졌네
웅장하고 기묘하여 형용하기 제일 어려워서
붓끝의 솜씨로 담아 읊을 수 없네

冥觀一理任呼吸　명관일리임호흡
汐去潮來成古今　석거조래성고금
天地盈虛知有數　천지영허지유수
陰陽消息自無心　음양소식자무심
堯遭洪水岡陵沒　요조홍수강릉몰
禹鑿龍門汝漢深　우착룡문여한심
最是雄奇難狀處　최시웅기난상처
未臨收入筆端吟　미림수입필단음

인천 해안역海安驛이 어디인지 정확히 알 수 없다. 다만 바닷가를 한눈에 볼 수 있는 장소이며 역참驛站의 이름이 등장한 것으로 보아 그곳은 고잔동 동쪽에 위치했던 '역말驛 마을'이다. 인천 남동구의 고잔동에는 삼국시대부터 역사驛舍가 존재했는데, 이곳이 경신역慶信驛이다. 경신역을 지나 수월水越(무너미) 고개를 넘으면 부평 땅에 쉽게 다다를 정도로 역참은 교통의 주요 거점에 위치하고 있었다. 이곳 주변이 1910년대 지도에 경신리慶信里 또는 정신리定晨里로 표기돼 있는 것도 경신역과 관련이 깊다.

작자는 경신역에서 조수의 흐름을 읊고 있다. 조수의 흐름을 응시하다가 잠깐이라도 딴청을 피우면 조금 전에 보았던 것이 옛일이 될 정도로 경관의 변화는 작자의 표현대로 '웅장하고 기묘하여 형용하기 어려웠'다. 조수에 따라 갯고랑이 깊어지거나 혹은 사라지는 모습은 흡사 요순堯舜 시대의 홍수와 대규모 토목공사에 기대 설명할 정도였다. 그래서인지 차마 붓끝으로 담아낼 수 없었던 것이다.

《해동지도》에서 경신역은 인천 관아와 10리 떨어져 있고 대로(大路)와 수로(水路)를 따라 다른 지역으로 쉽게 이동할 수 있는 곳에 위치하고 있다. 인근에 중림역(重林驛), 제물원(濟物院) 등이 있었다.(규장각한국학: 古大4709-41)

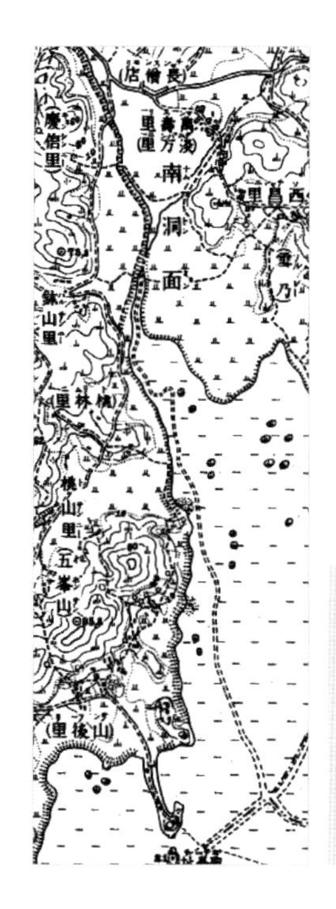

《1918년 지도》에 갯고랑과 갯벌(-), 바위섬(⊙) 등이 표시돼 있다. 조수(潮水)에 따라 '웅장하고 기묘하여 형용하기 제일 어려'운 모습이 연출되는 공간이다. 경신리에서 해안가를 따라 남쪽으로 내려오면 끄트머리에 고잔 마을(串안, 고잔동)이 있다.(이하 1911년·1918년 지도: 김용하, 전 인발련 연구원 제공)

이형상李衡祥(1653~1733)은 효령대군 10세손으로 호는 병와瓶窩, 본관은 완산完山이다. 인천 죽수리竹藪里 소암촌疏巖村에서 태어났다. 1677년(숙종 3) 사마시에 합격하고, 1680년 별시 문과에 급제하였다. 강화도에서 《강도지》를, 제주도에서 《탐라록》을 엮었다. 제주목사(1702년)로 있으면서 신당 129개와 사찰 2개를 불태웠을 정도로 음사淫祠를 철저히 배격하였다. 《병와집瓶窩集》을 남겼다. 다음은 〈소성의 네 노인을 노래하다邵城四皓咏〉이다.

사암이 소래산에서 지맥을 끌어오고

수령과 화촌은 바다를 끼고 둘러 있네
샘물과 바위가 정기를 품어 그대들이 아름답고
조상의 은택을 입은 나도 살아서는 영광스럽네
얼굴의 광채는 상산호商山皓에 손색없고•
벼슬이 높기로는 낙양 기영회耆英會을 따를 수 있네
별처럼 빛나는 자들이 지금 술잔을 넘치듯 채우고
문득 안개 걷히자 서울 향해 축배를 드네

笥巖來脈自蘇迎　사암래맥자소영
水嶺花村際海縈　수령화촌제해영
泉石孕精君輩蔚　천석잉정군배울
先祖遺澤我生榮　선조유택아생영
顔光不讓商山皓　안광불양상산호
簪珮能追洛社英　잠패능추낙사영
星彩卽今盃似凸　성채즉금배사철
却將晴暈祝神京　각장청훈축신경

인천 죽수리 소암촌은 소래산의 지맥이 바다 쪽으로 연장된 곳으로 봉재산 남쪽 기슭의 해안가에 위치하고 있었다. 그런 공간에서 네 명의 노인이 조상의 은택을 입어 얼굴빛 좋고 벼슬 또한 높았으니 서울(조정)을 향해 축배를 들을 만도 했다.

• 진(秦)나라 말기에 난세를 피하여 상산(商山)에 은거했던 네 노인을 가리킨다.

해당 시문의 〈병서幷序〉에는 그에 대한 사정이 자세하다. 그에 의하면 소성의 네 노인은 모두 이곳에서 태어났으며, 네 가문이 선산을 같은 곳에 두고 6~7대에 걸쳐 세거했다. 그리고 화촌花村에는 만시萬始와 우경禹卿의 집이 이웃해 있었고 수령水嶺(산 넘어 고개) 근처에는 영숙永叔이 살았다.● 김 영감과 이 영감이 81세이고 박 영감도 83세가 되어 모두 조정에서 지팡이를 짚도록 허락하였다. 게다가 한 마을 안에 고관이 넷이니 우리 마을의 지령芝嶺이 아니겠는가. 한가한 날에는 술병을 들고서 강구요康衢謠를 노래하며 서로 지팡이를 끌고 주막을 찾아 다녔다. 새하얀 머리와 수염은 먼 곳이나 가까운 곳에서 바라보는 대상이 되었다고 한다.

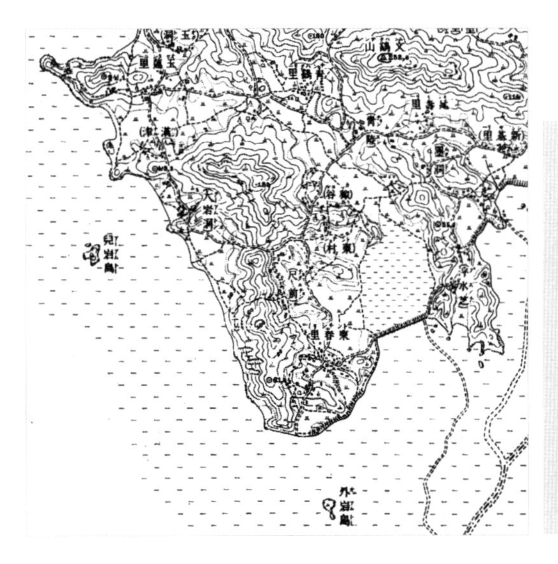

《1918년 지도》에 따르면, 소암촌은 아암도와 외암도 사이의 해안가이다. 간조(干潮)일 때 갯벌로 드러나는 부분(-)을 통해 육지와 오고갈 수 있었다. 좌상단의 곶(串)이 옹암(현재의 돌산), 그 아래에 능허대와 한진(漢津)이 있다.

● 만시(萬始), 우경(禹卿), 영숙(永叔)은 이형상과 교유한 인물의 자(字)인 듯하나 자세하지 않다.

유숙柳潚(1564~1636)은 조선 중기의 문신으로 자는 연숙淵叔, 호는 취흘醉吃이다. 1597년(선조 30) 정시庭試에 합격하여 승문원에 있다가 3년 후 어사御史로 활동하였다. 해미현감, 동부승지 등을 역임하였다. 《어우야담》의 작자이면서 막내 삼촌이었던 유몽인柳夢寅이 광해군의 복위와 관련해 무고로 죽자, 유숙은 청하淸河로 유배되었다. 《취흘집醉吃集》을 남겼다. 다음은 〈제물포에서 쓰다題濟物浦〉이다.

또 이렇게 경기 서쪽 땅 끝에 이르니
물가 가득한 수초들 내가 돌아갈 길에 있네
망망대해의 여러 섬들 어지럽게 떠 있고
선명한 봉우리들 사이에 호수가 두 개 있네
백로 어살에 내려앉자 조수 물러나고
나팔소리 끊긴 황량한 초소 쪽으로 해가 지네
서생은 활과 칼을 알 수 없어서
홀로 난간에 기대 그림 같은 풍경을 보네

又踏畿西地盡隅　우답기서지진우
滿汀蘋蓼是歸途　만정빈료시귀도
茫茫大海迷諸島　망망대해미제도
歷歷群峯辨兩湖　역력군봉변량호
鷺下漁梁潮欲退　노하어량조욕퇴
角殘荒戍日將晡　각잔황수일장포
書生不解論弓釰　서생불해론궁일

獨倚危樓看畫圖　독의위루간화도

작자는 제물포 초소에서 주변을 조망하고 있다. 조선 초부터 제물량濟物梁이라는 수군 주둔지가 있었고, 효종 4년(1653) 남양부에 있던 영종진을 자연도(영종도)로 이전한 점을 고려했을 때, 위의 시는 병자호란(1636) 이전의 평화로운 제물진의 모습을 소재로 하고 있다. 작자는 시선을 가까운 곳에서 먼 데, 그리고 다시 가까운 데로 옮기며 소회를 읊고 있다. 수초에 머물던 시선이 먼 바다의 섬들을 향했다가 다시 갯가에 있는 어살 쪽으로 이동하고 있다. 작자는 시선의 원근뿐 아니라 석양빛이 깔리고 있는 상황에서 하얀빛(백로)과 검은빛(갯벌), 자줏빛(수초)과 푸른빛(바다)의 대비를 즐기고 있었다. 이른바 '그림 같은 풍경'을 '눈돌리기游目'에 기대 포착해냈던 것이다. 다음은 〈인천 관사에서 쓰다題仁川官舍〉이다.

포구의 길을 따라 나그네 막 돌아오니
푸른 숲 우거지고 달빛 대에 가득하네
만 길의 성 머리에 사찰이 있어서인지
때때로 종소리 허공에서 들려오네

路從漁浦客初回　노종어포객초회
綠樹依依月滿臺　녹수의의월만대
萬仞城頭知有寺　만인성두지유사
鐘聲時自半天來　종성시자반천래

《취흘집醉吃集》의 시문은 시간순을 편제돼 있는데, 위의 경우는 〈제물포에서 쓰다題濟物浦〉의 다음에 위치하고 있다. 제물포에 배를 댔을 때는 시문에 나타나듯 '황량한 초소 쪽으로 해가 지고 있었(〈제물포에서 쓰다題濟物浦〉)'는데, 그곳에서 인천 관사까지 걸어서 오니 어느새 한밤중이 되었다. 달빛이 비추고 있는 대臺가 객사 안의 누대인지 혹은 문학산에 있는 봉수대인지 알 수 없지만, 숲이 우거진 것을 알 수 있을 정도로 달빛 가득하다는 것으로 보아 만월滿月에 가까운 달이 떠 있는 상태였다. 그때 문학산에 있는 사찰 쪽에서 종소리가 허공을 가르고 들려왔다. 인천 관사에 경험한 '달빛'과 '종소리'는 작자에게 심신의 안식安息을 주는 공감각적 이미지였다.

봄바람 부는데

고용후高用厚(1577~1652)는 조선 중기의 문신이다. 본관은 장흥長興, 호는 청사晴沙, 아버지는 의병장 고경명高敬命이다. 작자가 16세가 되던 1592년(임진왜란)에 부친 고경명과 중형仲兄 고인후高因厚가 금산 전투에서 순절殉節하였다. 1606년 증광문과增廣文科에 을과乙科로 합격한 후, 예조좌랑과 병조좌랑을 거쳐 고성군수高城郡守가 되었다. 이후 1631년(인조 9) 조흥빈의 고변에 연루되었으나 충신의 자손이라는 이유로 용서를 받아 영덕으로 유배되었다. 《청사집晴沙集》을 남겼다. 다음은 〈인천 객사에서 회포를 적어 조카 천의 시에 차운하다仁川旅舍 記懷次川姪韻〉이다.

강수와 한수의 바람 풍진에 부는데
한 사내 서성이네
눈 녹아 봄기운 가까워졌는데
멀고 먼 하늘에는 둥근 달만 외롭게 떴네
꿈속에서 보았던 고향 땅 가는 길
세상의 이익을 좇는 길에는 마음 두지 않네
다만 사내의 품은 뜻 있기에
빈천하다 탄식할 필요 없네

江漢風塵裏　강한풍진리
棲棲一匹夫　서서일필부
雪消春氣逼　설소춘기핍
天遠月輪孤　천원월륜고
有夢鄉關路　유몽향관로
無心勢利途　무심세리도
但存男子志　단존남자지
貧賤不須吁　빈천불수우

봄바람이 불고 있는 상황에서 한 사내가 서성이고 있다. 둥근 달이 외롭게 떠 있고, 꿈속에서 고향 가는 길을 보았다거나 세상의 이익을 운운하는 것으로 보아 작자는 낙관적이지 않은 처지에 있다. 서서棲棲가 '허둥대다' 혹은 '방황하다'의 의미인데 그것의 주체는 작자이다. 그런 상황에서 둥근 달이 좋게 보일 리 없다. 그래서 만월

滿月이 멀리 떨어져 있기도 하고 외롭게 보이기도 했다. 서서棲棲를 이겨낼 방법은 세상의 이익을 뒤로 한 채 고향 땅鄕關에 거주하는 것이었다. 이어 '사내의 품은 뜻이 있'어 탄식할 필요 없다며 작자 스스로 위로하고 있다.

창작 시기는 고성군수가 되었으나 권문세족權門世族의 집에 출입한다는 이유로 탄핵을 받았을 때이거나 영덕과 진주로 유배를 갔을 때와 관련이 있는 듯하다. 다만 진주로 유배를 간 이후부터 광주光州 향리鄕里에서 20여 년 동안 시주詩酒로 세월을 보냈던 점을 감안하면 고향으로 내려가기 직전일 것이다. 더 이상 벼슬길에 나설 수 없다는 점을 인식한 작자에게 바람, 둥근 달, 길은 예삿날에 포착한 그것들과 다를 수밖에 없었다.

《청사집晴沙集》의 서문에 서광계徐光啓가 이르기를, "그의 시에는 뛰어나게 아름다운 것이 없지만 진의가 있고 광달하지 않아 저절로 아련한 생각이 들게 한다故其詩不爲奇麗 自有眞意 不爲曠達 自有遠思"고 하는데 이를 감안하면 위의 시에서 서성이는 사내의 처지를 이해할 수 있다.

관원의 마음

김용金涌(1557~1620)은 조선 중기의 문신으로 호는 운천雲川이다. 1590년(선조 23) 증광문과에 급제한 후 이조좌랑, 체찰사종사관體察使從事官 등을 역임하였다. 저서에 《운천집雲川集》, 《운천호종일기雲

川扈從日記》 등이 있다.

광해 6년(1614) 태상시의 제사를 담당하는 관원太常典祭之官이었던 작자는 추고경차관推考敬差官으로 부평에 왔다. 일을 마치고 계문啓聞했지만 조정의 결정이 늦어져 수십 일을 부평에 머물러야 했다. 그러면서 인천 관아를 방문하기도 했다. 다음은 〈인천 객관에서 우연히 읊다仁川客館偶吟〉이다.

쓸쓸한 인천 객관

은자의 집인 듯 조용하네

이끼는 주춧돌을 덮고

덩굴은 담장에 기대어 있네

저물녘 황새는 나무 둥지에서 다투고

바다 물고기는 아침상에 가득하네

왕명을 받들어 다시 온 객은

《시경》의 〈벌단장〉 읊조리기 부끄럽네

寥落邵城館　요락소성관

幽如隱者莊　유여은자장

苔封留址礎　태봉류지초

藤蓋倚山墻　등개의산장

田鸛暮爭樹　전관모쟁수

海魚朝滿床　해어조만상

再來銜命客　재래함명객

慚詠伐檀章　참영벌단장

인천 객관의 풍경을 감상하면서 왕명을 기다리고 있는 관원의 마음이 나타나 있다. 객관의 주춧돌에는 이끼가, 담장에는 덩굴이 가득했다. 아침상에 푸짐하게 오른 생선이 작자에게 인상적이었다. 추고경차관推考敬差官으로 부평에 왔다가 계문啓聞했지만 그에 대한 조정의 결정이 쉽게 내려오지 않자 혹시 자신이 임무를 소홀하게 처리한 것이 없는지 되돌아보았다. 《시경》〈벌단장〉의 노랫말이 "수렵을 안 하면, 어찌 네 집에 달린 메추리를 볼 수 있나. 그래서 군자는 공밥을 먹지 않네不狩不獵 胡瞻爾庭有懸鶉兮 彼君子兮 不素餐兮"이기에 아침상 앞에서 부끄러워했던 작자의 마음을 짐작할 수 있다. 다음은 〈단옷날 인천에 머물며 회포를 부치다端午日 留仁川寓懷〉이다.

몸이 아파 빈 당의 먼지도 쓸지 않았지만
꾀꼬리 우는 문 밖 그넷줄은 새롭기만 하네
누가 생각했을까 창포와 한 동이의 술
묻노니 쑥은 삼 년이나 묵었는가
가절은 선대의 무덤을 쉽게 생각나게 하지만
나그네의 혼백 형제와 가까이 하기 어렵네
멀리서도 경출산 누정의 모임을 알건만
병마개 뒤섞인 가운데 한 사람 빠져있네

抱病虛堂不掃塵　포병허당불소진

鸎啼門外綵繩新 앵제문외채승신
誰謀菖綠一樽美 수모창록일준미
却問艾黃三歲陳 각문애황삼세진
佳節易生丘墓感 가절역생구묘감
羈魂難與弟兄親 기혼난여제형친
遙知景出山樓會 요지경출산루회
壼榼叢中少一人 호합총중소일인

단옷날에 집안 청소를 하고 그네를 타기 위해 줄을 새로 매달았다. 남자들은 벽사辟邪의 효험을 보려고 창포뿌리를 허리에 차고 다녔다. 또 양기陽氣가 충만한 오시午時에 약쑥, 익모초 등을 따서 말렸다. 말려둔 약쑥은 재액을 물리치려는 목적으로 다발로 묶어 대문 옆에 세워두기도 했다. '그넷줄 새롭綵繩新'다거나 '창포菖綠' 그리고 '삼 년 묵은 쑥艾黃三歲陳'이 단옷날의 풍속과 관련된 표현이다.

5~8행은 경출산의 단오 묘제墓祭에 참석하지 못하고 있는 처지를 한탄하고 있는 부분이다. 경출산은 작자의 선영先塋이 있는 곳으로 그의 숙부叔父 학봉鶴峯 김성일金誠一의 기록에 따르면, 명절 때마다 사촌들이 산사山舍에서 모임을 가졌다고 한다(〈清明日 展埽景出先壟 仍宿齋庵 示諸姪〉). 몸이 아파 형제들을 만날 수 없는 처지를 '병마개 뒤섞인 가운데 한 사람 빠져있네壼榼叢中少一人'라며 표현했던 것이다.

비 내리는 추억

남용익南龍翼(1628~1692)은 조선 후기의 문신이다. 본관은 의령宜寧, 호는 호곡壺谷이다. 1648년(인조 26) 정시문과에 병과로 급제한 뒤, 병조좌랑·홍문관부수찬 등의 요직을 역임하였다. 1655년(효종 6) 통신사로 일본에 가서, 관백關白의 원당願堂에 절하기를 거절하여 몇 차례 협박을 받았지만 끝내 자신의 소신을 굽히지 않았다. 현종 때는 대사간·대사성을 거쳐 공조참판 이외의 모든 참판을 역임했으며, 외직으로 경상·경기감사를 맡기도 했다. 문집으로 《호곡집壺谷集》이 있다. 다음은 〈인천관아로 돌아와 취하여 아이들의 시에 차운하다歸觀仁衙 醉次兒輩韻〉이다.

어젯밤 단비는 손님과 나란히 오고
오늘 예쁜 꽃은 나를 기다려 피었네
춘삼월 채색옷 입고 춤추며 벼슬 던지고 싶은데
일곱 고을에서 추정하고 또 술을 올리네
해구의 관방은 오직 자연도이고
산꼭대기에서 조망은 봉수대가 최고이네
능허대의 옛 모습은 그대로이지만
문득 소동파의 글 짓는 재주에 부끄럽기만 하네

佳雨前宵並客來　가우전소병객래
好花今日待吾開　호화금일대오개

三春舞綵仍投笏　삼춘무채잉투홀

七邑趨庭又獻杯　칠읍추정우헌배

海口關防惟燕島　해구관방유연도

山頭眺望最烽臺　산두조망최봉대

凌虛舊跡依然在　능허구적의연재

却愧蘇仙作記才　각괴소선작기재

엊저녁 작자가 인천 관아에 올 때 단비佳雨가 내렸다. 단비라는 표현으로 보아 춘삼월 가뭄이 있었던 터에 비가 내린 것이었다. 물론 그를 환영이라도 하듯 꽃도 피었다. 작자가 과거에도 인천의 명소를 방문한 적이 있었다는 점은 자연도와 봉수대 그리고 능허대를 운운하는 것을 통해 짐작할 수 있다. 인천의 절경을 감상했지만 그것을 글 짓는 재주에 기대 표현하면 좋았을 텐데 그러지 못하기에 소동파가 부럽기만 했다.

다만 3~4행의 내용은 시의 제목과 결부해 이해해야 한다. 제목에는 아이들이 지은 시에 작자가 차운했다고 하지만, 그보다는 아이들에게 운韻을 불러주고 나서 입에서 나오는 대로 재빨리 차운하여 쓴 시이다. 3행~4행의 무채舞綵와 추정趨庭은 아이들과 관련된 표현인데, 전자는 춘추시대 초楚나라의 노래자老萊子가 70세의 나이에도 항상 색동옷을 입고 어린아이의 놀이를 하여 부모를 기쁘게 했다는 것이고, 후자는 공자孔子가 집에 혼자 서 있을 때 아들이 종종걸음으로 뜰을 지나가자鯉趨而過庭, 시詩와 예禮를 배우도록 가르쳤던 고사에서 유래한다. 전자는 부모에 대한 지극한 효도이고 후자는 부모의 슬하에서 배우는 일인데, 운자를 부르는 아이들로 인해 고향의 부모님이 생각났던 것이다. 그런데 3행은 문제될 게 없지만 4행의 일곱 고을七邑과 추정趨庭의 결합이 자연스럽지 않다. 차라리 '일곱 고을을 다니며 추정하는 마음으로 술을 올립니다' 정도로 이해할 수 있다.

작자는 인천관아로 돌아오기 전, 아이들과 능허대에서 바다구경을 했는데 이에 대해서는 〈비 내린 뒤 백순 진경을 데리고 배 띄워 고기잡이 구경하다가 취하여 시를 써 흥을 기록하다雨後 携伯順振卿 泛舟觀漁 記興醉題〉와 〈백순, 진경, 정아, 석아를 데리고 배 띄워 고기잡이 구경하다가 취한 후 김 상사[유]를 만난 게 기뻐 부채에 쓰다携伯順振卿正兒惜兒輩 泛舟觀漁 醉後喜逢金上舍[瑜]題扇面〉에 자세하다.

《광여도》에 나타난 관아(官衙), 객사(客舍), 향교, 서원, 능허대, 제물진 등이다. 유숙(柳潚)이 제물진에 도착해서 객사로 이동하는 과정과 남용익(南龍翼)이 능허대에서 아이들과 놀다가 관아로 돌아온 노정을 짐작할 수 있다.(규장각한국학: 古 4790-58)

소래산 주변

최석정崔錫鼎(1646~1715)은 조선 후기의 문신이며 학자이다. 자는 여화汝和, 호는 명곡明谷이다. 문장과 글씨에 뛰어났으며 《명곡집明谷集》을 남겼다.

작자가 벼슬에서 물러나 머문 곳은 소래산 아래였다. 소래산은 시흥과 인천을 경계하는 위치에 있지만 원래는 인천의 진산鎭山이었다. 다음은 〈우연히 읊다偶吟〉이다.

관복을 벗어던지고 돌아와 소성에 누우니
바다와 산 구름이 절로 즐겁기만 하네
애틋할사 고향의 이름이 강절 선생과 같으니
경세서 끼고 반평생 마치리

投紱歸來臥邵城　투불귀래와소성
海山雲物自怡情　해산운물자이정
絶憐墩姓同康節　절련돈성동강절
經世書中了半生　경세서중료반생

인천에 돌아온 것을 무척 기뻐하고 있다. 관복을 벗고 난 후 눈에 포착된 인천 앞바다와 주변의 산, 그리고 구름은 예전과 달리 보이기까지 했다. 마침 자신이 돌아온 '소성邵城(인천)'이란 공간의 '소'자가 예사롭지 않다는 생각이 들었다. 송宋나라의 학자 소옹邵雍

(1011~1077)의 이름에 '소'자가 있기에 그의 행적을 좇으며 사는 게 운명인 듯했다. 만년晩年에 안빈낙도安貧樂道를 즐겼던 소옹의 호가 강절康節이었기에 자신도 '경세서 끼고 반평생 마치經世書中了半生'겠다고 다짐했던 것이다. 그가 두 차례에 걸쳐 소래산 아래에서 《소성록邵城錄》과 《후소성록後邵城錄》이라는 시집을 묶은 것도 이런 이유와 관련이 있다. 다음은 〈묻혀 살며 회포를 말하다幽居述懷〉이다.

소래산 아래는 세상을 피해 살만한 곳
조금 기쁜 일은 몸이 한가하고 늙지 않은 것이네
들판의 학은 바람 앞에서 듣기 좋은 소리로 울고
강가의 매화 가지는 눈 내린 후 성글었네
배움은 두예가 아닌데 어찌 벽癖을 이루겠으며
글자는 양웅에 미치어 기이한 글자를 잘 알겠나
시골길 왕래가 드물어 싫지 않지만
그 속의 진짜 즐거움을 마음으로 알 뿐이네

蘇山之下可棲遲　소산지하가서지
差喜身閑未老時　차희신한미로시
野鶴風前多逸響　야학풍전다일향
江梅雪後有疏枝　강매설후유소지
學非杜預那成癖　학비두예나성벽
字到楊雄漫識奇　자도양웅만식기
村逕不嫌來往少　촌경불혐래왕소

箇中眞樂只心知　개중진악지심지

작자는 현재의 생활에 크게 만족하고 있다. 소래로 돌아오기 전, 그는 노론과 소론의 격렬한 당쟁 속에서 보냈다. 1701년 영의정이 되었으나 왕세자를 보호하기 위해 희빈 장씨禧嬪張氏의 처형에 반대하다가 진천에 부처付處됐고 이듬해 풀려나서 판중추부사를 거쳐 다시 영의정에 오르기도 했다. 모두 여덟 차례 영의정을 지낼 정도로 그의 관직생활은 '몸이 한가하고 늙지 않은 것'의 반대였다. 그래서 소래산 아래에 살며 '몸이 한가하고 늙지 않은 것'을 즐길 수 있었다.

두예杜預와 양웅楊雄은 각각의 분야에 일가一家를 이룬 자이다. 진晉나라 두예는 《춘추좌씨전春秋左氏傳》을 매우 좋아하여 스스로 좌전벽左傳癖이라 칭하였고, 한漢나라 양웅은 경전에 훈고訓詁를 찍어 훈고학을 개척한 자이다. 양웅은 고문古文의 기이한 글자에 대한 소양이 대단하여 호사가들이 술을 싣고 찾아와 문의할 정도였다. 그래서 작자는 그들처럼 되지 못할 바에 한적한 시골에서 학 울음소리, 매화 가지를 통해 예전에 경험할 수 없는 것을 느끼는 게 차라리 낫다고 생각했던 것이다. 시의 제목 〈묻혀 살며 회포를 말하다幽居述懷〉처럼 '묻혀 살며' 마음속으로 즐거움을 느끼면 그만이었다.

《팔도군현지도》에 나타난 소래산, 사천(蛇川) 등이다. 최석정은 소래산의 지류 '사천(뱀내천)' 인근에 자하계당(紫霞溪堂)을 짓고 살았다.(규장각한국학: 16030)

비룡산

박필주朴弼周(1680~1748)는 조선 중기의 문신이며 학자이다. 자는 상보尙甫, 호는 여호黎湖이다. 숙종 43년(1717) 시강원자의侍講院諮議가 되고 이후에 이조판서, 우찬성 등을 역임하였다. 문집으로 《여호집黎湖集》, 《독서수차讀書隨箚》 등을 남겼다. 다음은 〈인천을 향해 가는 길歸路向仁川〉이다.

나그네의 가을 반이나 지나고
가는 길에 인가는 드무네

어버이 그리는 눈물에 옷이 젖는 사이
놀랍도록 바다 가까이 왔네
석양빛은 먼 포구를 환히 밝히고
개울물은 낮은 논을 두르고 있네
고향의 푸른 산은 한두 개
머리 돌려 바라보니 예전 그대로이네

客行秋正半 객행추정반
歸路少人烟 귀로소인연
衣濕思親淚 의습사친루
心驚近海天 심경근해천
斜陽明遠浦 사양명원포
暗水帶低田 암수대저전
鄕山青數點 향산청수점
回首更依然 회수경의연

가을이 반쯤 지날 무렵, 작자는 인천으로 향했다. 인천으로 오는 도중에 돌아가신 어버이 생각에 눈물을 흘리기도 했지만 어느덧 바닷가에 이르렀다. 가는 길에 멀게는 포구를, 가깝게는 개울물에 둘러싸인 논들을 볼 수 있었다. 목적지에 다다르자 예전의 모습이 차례로 떠올랐다. 시의 제목에 "돌아가신 어머니의 외가是先妣外鄕"라는 설명이 부기돼 있는 것으로 보건대, 과거에 그의 어머니를 따라 인천을 방문했던 적이 있었던 것 같다. '고향 산鄕山'과 '예전 그대로

更依然'라는 표현이 그것을 암시하고 있다. 작자에게 인천에 대한 기억에는 먼 포구遠浦, 낮은 논低田, 푸른 산은 한두 개山青數點(민둥산) 등이 저장돼 있었다. 다음은 〈인천에 머물며 새벽에 비룡산에 올라 바다를 보다宿仁川 朝登飛龍岡 望海〉이다.

천 길 산등성이에서 옷을 털고 바다를 바라보니
묘연한 외로운 봉우리는 황량한 땅을 누르고 있네
하늘끝 뜬 구름은 북극성을 흐릿하게 하는데
바닷가 봉우리들 사이로 남양이 드러나네
사물을 관찰하는 나그네 많은 병을 지녔기에
깊은 가을 높이 올라도 애만 끊어지네
부질없이 슬픈 회포는 송옥宋玉과 같지만
한스러운 것은 강 마을 진동하는 사부詞賦를 짓지 못하는 것이네

振衣千仞一望洋　진의천인일망양
縹緲孤峰壓大荒　표묘고봉압대황
天際浮雲迷北極　천제부운미북극
海邊群嶂見南陽　해변군장견남양
旅遊覽物供多病　여유람물공다병
秋半登高只斷腸　추반등고지단장
謾有悲懷同宋玉　만유비회동송옥
恨無詞賦動江鄉　한무사부동강향

비룡마을 언덕飛龍岡에서 주변을 조망하고 있다. 그가 오른 곳은 글자 그대로 '강岡(언덕 또는 산등성이)'인데, 《조선지지자료》(1910년)에는 '비령이飛龍山'로 표기돼 있다. 현재 인하부고와 인하대 기숙사가 위치한 곳이다. 비룡강飛龍岡에서 남서쪽으로 비랑포飛浪浦의 해안가를 조망할 수 있었다.

'천 길 산등성이에서 옷을 턴다振衣千仞'는 진晉나라 좌사左思의 영사시詠史詩에 있는 표현으로, 매우 상쾌爽快한 상태를 가리킨다. 새벽녘에 언덕에 올랐으니 시각이건 후각이건 상쾌함을 느꼈을 것이다. 어두움이 채 가시지 않은 상태에서 눈에 포착된 내륙 쪽의 봉우리는 묘연하게 땅을 누르고 있는 듯하고, 바다 쪽의 봉우리 사이로 수원 쪽의 남양이 보이는 듯했다. 어둠이 사라지기 직전, 작자는 대상물의 낯선 모습들을 경험할 수 있다는 기대를 했다. 이른바 시심詩心이 작동할 수 있는 계기가 될 수 있기에 그렇다. '사물을 관찰하는 나그네 많은 병을 지녔'다는 것은 질병을 지칭하는 게 아니라 대상의 낯선 모습을 포착하여 그것을 시화詩化하려는 문학의 병病이다.

하지만 그런 기대와는 달리, 작자에게 시심이 작동되지 않았다. 동쪽이 밝아오면서 대상물의 윤곽이 선명해졌지만 그것을 시화하는 데까지 진전되지 못했다. '애만 끊어지네只斷腸'는 그것을 반영한 표현이다. 이런 상황을 부각시키기 위해 견인된 송옥宋玉은 초楚나라 굴원屈原의 제자로서, 〈구변九辯〉이라는 가을의 서글픈 정경을 읊은 대표적 작가이다. 결국 마지막에 표현한 것처럼 작자에게 '한스러운 것은 강 마을 진동하는 사부詞賦를 짓지 못하는 것'이었다.

《1911년 지도》에 비랑리(飛浪里)가 《1918년 지도》에는 비룡리(飛龍里)로 나타난다. 박필주의 경우, 바닷가 가까이 있는 비룡마을 언덕(飛龍岡)에서 소회를 읊었던 것 같다. 비룡 언덕(岡)의 북쪽에 수봉산이 있고 이들 사이에 독정리가 위치하고 있다. 참고로 비랑(飛浪)은 중세국어 '별ㅎ(벼랑)'에 접미사 '앙'이 결합된 단어이다.

2장

문학산과 능허대,

속념은 구름 따라 사라지고

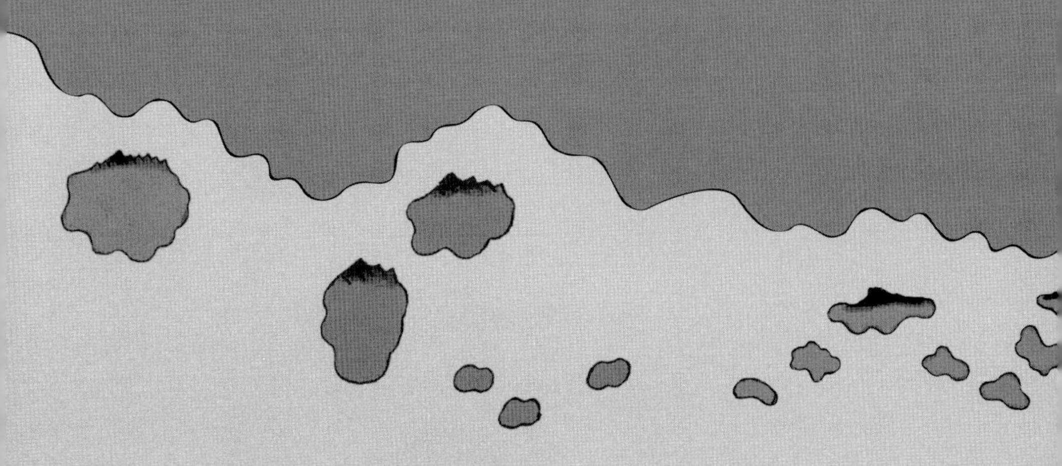

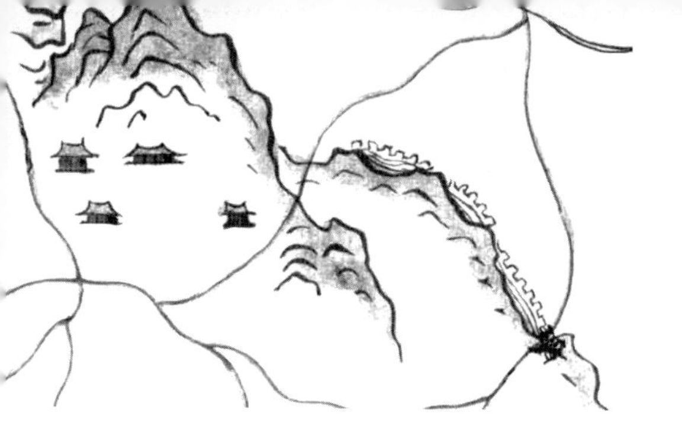

능허대에서

문학산文鶴山은 인천 남구를 대표하는 산이다. 문학산의 주봉(224m) 정상부에는 문학산성이 자리 잡고 있다. 《여지도서輿地圖書》에 따르면, 비류沸流의 도읍지로서 석성터가 있다고 한다.

이춘영李春英(1563~1606)은 조선 중기의 문신으로 자는 실지實之, 호는 체소재體素齋이다. 1590년(선조 23) 증광문과增廣文科에 병과로 급제한 후 관직의 부침浮沈이 있었으나 1601년 예천군수를 마지막으로 벼슬에서 물러났다. 《체소집體素集》을 남겼다. 다음은 〈능허대[인천에 있다]淩虛臺[在仁川]〉이다.

평생토록 신선처럼 놀지 못했지만
한 백년 인간사에 부침浮沈은 얼마였을까
속세를 벗어난 지 얼마 지나지 않아
눈에 가득한 강산 잠시도 머물지 않네
모래 언덕 저녁연기 작은 집 어둑히 가리고

바닷가 봄비는 고깃배를 적시네

돌아가려 말 세우자 서글픔 앞서는데

기심機心 잊고 갈매기 저버린 마음 부끄럽네

아침 기운 비로 변해 티끌처럼 내리고

침침한 운해는 저물어도 개지 않네

변방 기러기는 일찍이 봄빛 따라 날아왔는데

백사장 갈매기는 언제나 저녁 조수 따라 돌아오네

아름다운 경치 눈앞에 펼쳐있되 시구詩句 없으니

괜한 시름 떨치고자 술잔을 드네

대臺를 내려가려 해도 석별의 정이 아쉬워서

타향에서 부평초의 한恨 가누기 어렵네

未遂平生汗漫遊　미수평생한만유

百年人事幾沈浮　백년인사기침부

抽身塵土無多在　추신진토무다재

滿目江山不暫留　만목강산불잠류

沙岸暮煙霾蜒戶　사안모연매연호

海門春雨濕漁舟　해문춘우습어주

將歸駐馬頻惆悵　장귀주마빈초창

慙愧忘機負白鷗　참괴망기부백구

朝氛成雨細如埃　조분성우세여애

雲海沈沈暮不開　운해침침모불개
朔雁早隨春色至　삭안조수춘색지
沙鷗常趁晩潮回　사구상진만조회
鋪張美景無詩句　포장미경무시구
排遣閑愁有酒杯　배견한수유주배
欲下臺來還惜別　욕하대래환석별
異鄕萍水恨難裁　이향평수한난재

작자는 능허대에서 조망한 것들을 통해 자신을 뒤돌아보고 있다. 부침浮沈, 서글픔, 기심機心, 티끌, 부평초 등이 작자의 심사를 반영한 단어들이다. 특히 '기심機心 잊고 갈매기 저버린 마음 부끄럽네'는 자신의 사익私益을 위하여 꾀하던 마음이 부끄럽다는 것이다. 《열자列子》에 따르면, 바닷가에 사는 사람이 매일 수백 마리의 물새들과 어울려 놀았는데, 그의 부친이 자기가 데리고 놀 수 있도록 새를 잡아오라 하자, 다음 날 아침에는 한 마리의 새도 내려와 앉지 않았다고 한다. 능허대 백사장의 '갈매기는 언제나 저녁 조수 따라 돌아오'지만 자신은 기심機心을 잊은 자이기에 마땅한 '시구詩句 없'이 괜한 시름으로 술잔을 들 뿐이었다.

태평성대의 좋은 풍경

권시權諰(1604~1672)는 조선 중기의 학자이다. 본관 안동安東, 자는 사성思誠, 호는 탄옹炭翁이다. 1627년 증광초시增廣初試에 합격하여 공주公州로 내려가기 전까지 인천에 거주하며 학문을 닦았다. 송시열宋時烈과 같은 기호학파로서 예론에 밝았다. 대전 탄방동의 도산서원道山書院에 배향되었다. 문집으로 《탄옹집炭翁集》이 있다. 다음은 〈문학봉에 오르다登文鶴峯〉이다.

나도 모르는 사이에 구름가에 서니
온갖 시름 사라져 시원스럽네
뜻과 정신은 세속의 밖에서 놀고
푸른 산과 파란 바다는 내 앞에 떨어지네
비단 봉우리 휘감아 뽑아 평지에 늘어놓고
바로 은하를 거꾸로 하여 공중에 쏟았네
오고 가는 것들이 어찌 이리 아득한지
무릉도원의 안개비 사이로 고깃배 떠 있네

自身未覺立雲邊　자신미각립운변
千慮萬愁變豁然　천려만수변활연
意氣精神遊象外　의기정신유상외
靑山碧海落吾前　청산벽해락오전
環抽錦嶂排平陸　환추금장배평륙
直倒銀河瀉半天　직도은하사반천
若往若來何杳杳　약왕약래하묘묘
武陵煙雨泛漁舡　무릉연우범어강

작자는 문학산 정상에 섰다. 구름가雲邊와 안개비煙雨라는 표현으로 보건대 산에 오른 시기는 일출日出, 曉晴 직전이다. 등산을 하면서 숨을 가쁘게 쉬기도 하고 땀을 흘리기도 했지만 정상에서 주변을 조망하니 단어 그대로 활연豁然(눈앞을 가로막은 것이 없이 시원스러운 상태)을 경험할 수 있었다. 산 아래는 세속이고 산 정상은 그것을 초탈한 공간이다. 정상에 있는 작자는 세속 밖에 있는 셈이다. 문학산 봉우리의 아름다움에 대해 비단을 둥글게 휘감아서 세웠다고 하거나 공중에 박힌 뭇별들을 은하銀河에 기대 표현한 것도 세속 밖에 있었기에 가능했다. 시선을 멀리 서해 바다 쪽으로 돌렸지만 구름과 안개비 때문에 대상들이 아득해 보였다. 하지만 문학산 기슭의 해안가에 떠 있는 고깃배가 안개비 사이로 어렴풋하게 포착됐다.

꿈에서 깨니 맑은 새벽 해조海潮 넘치고
산악에는 음양의 두 기운이 찰랑이며 노니네
푸른 하늘 우러러 보니 나는 기러기 드물고
까마득히 먼 생각은 이 한 몸 떠있다는 것이네
스님은 나를 위해 계단에 서서
조그만 것들 가리키니 고깃배들이네
종횡으로 앞뒤로 문득 요란한데
소상에 바람이 부니 나뭇잎 떨어지는 가을이네

夢罷淸晨海潮漲　몽파청신해조창
山岳蕩漾二氣遊　산악탕양이기유

俯視空碧疏行雁　부시공벽소행안
杳然遐想一身浮　묘연하상일신부
寒僧爲吾當階立　한승위오당계립
指點些些是漁舟　지점사사시어주
縱橫先後忽撩亂　종횡선후홀료란
瀟湘飄零木落秋　소상표령목락추

산을 에워싸고 있던 안개가 걷히기 직전이다. 그것이 사라지고 시야가 확보될 무렵 동행했던 스님이 바다 쪽을 향해 손가락을 가리켰다. 종횡으로 앞뒤로 이동하며 그물을 걷어 올리는 고깃배들이 보였다. 그물 속에 물고기들이 많아서인지 배가 그물에 따라 이리저리 이동했다. 안개가 완전히 걷히자 고깃배들의 분주한 모습이 더욱 선명해졌다. 작자는 그 광경을 소상瀟湘(절경)이라 했다.• 중국에 있는 소상을 가지 않고서도 그것을 경험할 수 있었다. 물론 가을이니만큼 고깃배들의 그물을 가득 채웠던 물고기는 전어錢魚였을 것이다.

땅은 광활하고 아침 밝아오자
하늘은 뻥 뚫려 비올 기운 거두었네
고갯마루는 불전에 기댄 모습이고
조수 밖 고깃배 눈에 들어오네

• 소상은 중국 호남성(湖南省) 동정호(洞庭湖) 일대의 소강과 상강이 만나는 지역으로 이곳의 계절에 따른 운치를 여덟 제목으로 나누어 화폭에 담은 게 '팔경도'인데, 중국에서는 '소상팔경(瀟湘八景)'을 절경의 대표적인 예로 여겼다.

속념은 구름 따라 사라지고

유장한 정은 바다와 함께 흘러가네

유연히 청순한 의미로

오래도록 창주에 머물었으면 하네

地闊朝姿朗　지활조자랑

天空雨色收　천공우색수

嶺頭凭佛殿　영두빙불전

潮外見漁舟　조외견어주

俗念隨雲滅　속념수운멸

遐情與海流　하정여해류

悠然淸意味　유연청의미

永願滄洲遊　영원창주유

산 정상에서 주변을 조망하니 아래로는 광활한 땅이고 위로는 뻥 뚫린 하늘이다. 마침 아침 해가 비올 기운을 밀어내자 아래쪽에 있는 문학사文鶴寺의 지붕곡선이 고갯마루와 나란히 겹쳐 보였다. 그리고 바다 쪽으로 고깃배들의 모습이 확연히 드러났다.

해 뜨는 현상이 반복성·일상성에 의한 것이지만, 막상 그것을 산 정상에서 목격하면서 작자는 남다른 감회를 느끼고 있다. 속념과 정情을 흘려버리고 은자隱者의 거처를 지칭하는 창주滄洲에 머물렀으면 하는 바람에서 그것을 읽어낼 수 있다. 속념俗念에 머물다가도, 산 정상에 올라 주변을 조망하면 잠시라도 그것에서 벗어날 수 있었던 것이다. 산 위에서 원경遠景과 근경近景으로 포착된 것들은 속념으로는 이해할 수 없는 낯선 경험들이었다. 다음은 〈능허대凌虛臺〉이다.

좁은 낭떠러지에 오솔길 나 있고
고른 백사장은 절벽에서 끊겨있네
물은 땅을 갈라 헤집고
하늘은 물마루에서 요동치네
창해는 산을 밀어내어 드넓은데
청산은 바다를 누르며 떠있네
긴 바람이 속념을 쫓아내니
먼 섬들은 신선 배 띄운 듯하네

細岸通幽逕　세안통유경
平沙落斷丘　평사락단구
水崩刳地腹　수붕고지복
天撼蹴潮頭　천감축조두
滄海拓山闊　창해척산활
靑山鎭海浮　청산진해부
長風驅俗念　장풍구속념
遠島出仙舟　원도출선주

능허대의 공간 특성과 그곳에서 바다를 조망했을 때의 모습을 그리고 있다. 우뚝 솟은 절벽에 위치한 능허대를 오르려면 좁은 낭떠러지에 있는 오솔길을 이용해야 했다. 능허대에서 조망한 황해 바다는 넓디넓어 섬들이 바다 위에 떠있거나 혹은 그 반대로 바다를 누르고 있는 모습이었다. 바다의 광활함에 압도된 작자는 바람을 길게 쐰 후에 비로소 속념俗念과 거리를 둔 자가 될 수 있었다. 멀리 있는 섬들이 신선의 배로 보였던 것이다. 다음은 〈능허대에서 놀다遊凌虛臺〉이다.

추수 끝나 농사일 줄고
가을 깊어 시골 사람 한가롭네
때맞춰 좋은 시절 만났으니
어찌 좋은 경치 찾아 유람하지 않을까
산이 끝난 물가의 끄트머리
하늘은 기울어 바다 위와 맞닿았네
막걸리 함께 집어 들고
젊은이 늙은이 함께 마음껏 놀아보세
평평한 땅은 이무기 목덜미를 갈라놓은 듯
끊어진 산비탈은 호랑이 머리를 치켜세운 듯하네
바다 위엔 산 그림자 펼쳐있고
하늘 맞닿은 곳엔 물빛이 떠오르네
저 멀리 돛단배 항구로 들어오고
긴 바람은 모래톱으로 불어오네
밀물이 되자 우주가 진동하는 듯
썰물이 되자 건곤이 구르는 듯

흥을 달래기엔 오직 술뿐이라

술잔 찾아 서로에게 따르네

한 잔 술에 생각 길어지자

문득 시름겹기만 하네

치란治亂에는 일정한 방법이 없고

세월은 나를 위해 머물지 않네

태평성대의 좋은 풍경

헛되이 보내지 않으리라

오늘은 단지 노랫소리에 취할 뿐

그대는 괜한 걱정하지 말게

만물은 모두 스스로 만족하는 것이니

어찌 하여 홀로 근심할까

취기가 돌자 봄기운 퍼지고

신령스런 기운 상하로 흐르는데

풍진 세상 어찌 이리 급할까

내 마음만은 길게 유유하겠네

歲登農事簡　세등농사간

秋半野人休　추반야인휴

正當良時暇　정당량시가

盍追勝地游　합추승지유

山盡水窮尾　산진수궁미

天傾海上喉　천경해상후

酒醪共持挈　주료공지설

少長與盤遊　소장여반유

平地擘蛟頸　평지벽교경

絶陘奮虎頭　절형분호두

海臍山影展　해제산영전

天面水光浮　천면수광부

遙帆進遙口　요범진요구

長風落長洲　장풍락장주

潮來宇宙震　조래우주진

汐返乾坤輶　석반건곤유

遣興惟有酒　견흥유유주

呼杯且相酬　호배차상수

一酌思正長　일작사정장

怳然使人愁　황연사인수

治忽無常數　치홀무상수

歲月不吾留　세월불오류

太平好風景　태평호풍경

莫令空自遒　막령공자주

今日只管醉　금일지관취

請君莫浪憂　청군막랑우

萬物皆自得　만물개자득

胡爲獨惆惆　호위독추추

酣來春光浹　감래춘광협

神氣上下流　신기상하류
塵世何促促　진세하촉촉
我心長悠悠　아심장유유

추수 끝난 즈음, 작자는 능허대에 왔다. '어찌 좋은 경치 찾아 유람하지 않을까' 해서 그곳을 찾았던 것이다. '산이 끝난 물가의 끄트머리'에 위치하고 있는 능허대는, '평평한 땅은 이무기 목덜미를 갈라놓은 듯'하고 '끊어진 산비탈은 호랑이 머리를 치켜세운' 모습을 하고 있었다. 그곳에서 근경으로 모래톱, 원경으로 돛단배, 더 멀리 하늘과 맞닿은 곳에 있는 물빛을 조망할 수 있었다. 능허대 밑에서는 파도가 절벽에 부딪히며 우주를 진동하는 소리를 냈다. 그리고 그것이 밀려나간 뒤에 드러난 갯벌은 건곤乾坤이 구를 정도로 광활했다.

능허대에서 바라본 주변은 한마디로 '태평성대의 좋은 풍경'이었다. 좋은 풍경好風景은 천후天候와 물상物像이 조화를 이루고 있는 상태이다. 하늘, 바다, 물빛, 돛단배, 밀물, 썰물 등이 자체의 본성대로 운용되고 있었다. 이른바 대상들 스스로 만족自得하며 흥興을 드러내고 있었던 것이다. 그래서 작자가 '흥을 달래기엔 오직 술뿐'이라 했는데, 이는 추수철 지나 '젊은이 늙은이 함께 마음껏 놀자'는 것 또한 자연의 흥을 좇는 방법이기에 그렇다.

문학산에는 학림사鶴林寺, 연경사衍慶寺, 문학사文鶴寺 등의 사찰이 있었다. 『인천의 고적古蹟』(1953)에는 연경사 터(衍慶寺 터), 학림사 터(鶴林寺 터), 길마사 터(吉馬寺 터), 문학사 터 등에 대한 기술이 있다.

여기에 등장하는 사찰의 이름은 원래의 명칭이 아니라 소재지를 사찰명으로 하여 새롭게 부여된 것들이다. 하지만 권시權諰(1604~1672)가 문학사의 벽위에 걸려 있던 시를 발견하고 차운하였다는 기록이 《탄옹집炭翁集》에 있기에 해당 사찰 및 사찰명의 존재를 확인할 수 있다. 다음은 〈문학사 벽위에 걸려 있는 사운四韻의 한 수를 발견하다文鶴寺見壁上書四韻一首〉이다.

오랑캐 있어 칼을 자주 바라보고
벗들 죽어 거문고 줄 끊고 싶네
평생 출사표를 읽었건만
난리를 만나 다시 길게 읊조리네

虜在頻看劍　노재빈간검
人亡欲斷琴　인망욕단금
平生出師表　평생출사표
臨亂更長吟　임란경장음

문학사文鶴寺의 벽에 걸려 있는 사운시四韻詩이다. 이에 대해 권시는 "송강이 강화에 있었는데 조중봉趙重峯이 전사했다는 것을 듣고 지었다或云是松江詩 在江華 聞趙重峯戰死作"고 설명하고 있다. 조중봉은 임진왜란 때 의병장으로 활동하던 조헌趙憲(1544~1592)이다. 조헌의 전사 소식을 듣고 송강松江 정철鄭澈(1536~1593)이 오랑캐에 대한 분노와 지기知己를 잃은 슬픔을 시문으로 남겼던 것이다. 칼을 쳐다보면서 오랑캐를 생각하고 친구를 잃은 슬픔으로 거문고 줄을 끊고 싶었다. 그리고 출사표를 다시금 꺼내 길게 읊고 싶을 정도로 국가의 장래를 걱정하였다.

벽에 걸린 송강의 시문을 발견하고 권시權諰가 차운하였다.

유학을 평생의 업으로 삼으니
어느덧 비단결 같은 마음이네
못 듣거나 잘 듣는 것 귀에 달려 있거늘
알아주는 사람 별로 없어도 참으로 과분하네
제사 그릇과 간장검干將劍으로 남아
전쟁터의 임금 목소리 들리네
장쾌한 단어에 기대 시를 지어
다만 후인들 읊도록 바치네

儒術平生業　유술평생업
居然錦繡心　거연금수심
聵聰皆有耳　외총개유이
眞濫少知音　진람소지음
俎豆干將劍　조두간장검
兵戈帝舜琴　병과제순금
工詩乘壯語　공시승장어
但供後人吟　단공후인음

유학을 업으로 삼아온 작자에게 임진년의 국란에 대처했던 선배들은 존경스런 대상이었다. 그들에 비해 자신은 '알아주는 사람 별로 없'는 자이지만, 그것조차 과분하다는 생각을 했다. 제사 그릇으로 남은 선배들이 전장에서 휘둘렀던 칼은 간장干將이 만든 명검名劍과 다름 아니었다. '순 임금의 거문고帝舜琴'는 순舜이 오현금五絃琴을 타면서 〈남풍가南風歌〉를 부른 일을 가리키거나 단순히 임금의 목소리를 의미하기도 한다. 〈남풍가南風歌〉의 노래말이 "남풍이 때를 맞춰 불어오니, 우리 백성 재물이 넉넉하리라南風之時兮 可以阜吾民之財兮"처럼 태평함을 기원하는 내용이기에 선배들이 전장에 나선 것은 임금의 이러한 목소리를 위한 일이었다. '제사 그릇과 간장검干將劍으로 남'은 선배들을 생각할 때, 작자가 할 수 있는 일은 '장쾌한 단어에 기대 시를 지어 다만 후인들 읊도록 바치'는 일뿐이었다.

권시는 문학산의 문학사의 벽면에 걸린 시를 발견하고 거기에 차운하였다. '송강이 강화에 있었는데 조중봉이 전사했다는 것을 듣고 지었다'고 설명하고 있지만, 다른 기록에 따르면 송강이 임진년에 삼도체찰사三道體察使의 명을 받고 바닷길로 장연長淵을 거쳐 가다가 금사사金沙寺에 머물렀는데, 이때 의병장 태헌苔軒 고경명高敬命(1533~1592)이 전사했다는 소식을 듣고 지은 시문이라 한다. 어쨌건 문학사文鶴寺의 벽면에 송강 정철의 시문이 걸려 있었고, 그에 대한 차운시가 권시의 《탄옹집炭翁集》에 남았던 것이다.

나를 알아주는 사람

남용익南龍翼(1628~1692)은 조선 후기의 문신으로 《호곡집壺谷集》을 남겼다. 인천지역과 관련하여 지은 한시로 〈인천관아로 돌아와 취하여 아이들의 시에 차운하다歸覲仁衙 醉次兒輩韻〉가 있다. 다음은 〈비 내린 뒤 백순 진경을 데리고 배 띄워 고기잡이 구경하다가 취하여 시를 써 흥을 기록하다雨後 携伯順振卿 泛舟觀漁 記興醉題〉이다.

큰 바다 비 지나가자
능허대에 조수 처음 밀려오고
돌의 우뚝한 모습은 짐승과 유사하여
갈매기 서 있는 모습인 듯하네
말 재촉하며 손님 셋을 이끌다가
배 저으니 많은 물고기 급히 지나가네
어부와 나무꾼은 강가 위에 있거늘
누가 옛날의 상서尙書를 알까나

大海雨過後　대해우과후
虛臺潮上初　허대조상초
石蹲形獸似　석준형수사
鷗立意吾如　구립의오여
促馬携三客　촉마휴삼객
撑舟急萬魚　탱주급만어

漁樵江渚上　어초강저상

誰識舊尙書　수식구상서

다음은 〈백순, 진경, 정아, 석아를 데리고 배 띄워 고기잡이 구경하다가 취한 후 김 상사[유]를 만난 게 기뻐 부채에 쓰다携伯順振卿正兒惜兒輩 泛舟觀漁 醉後喜逢金上舍[瑜]題扇面〉이다.

능허대에서 태평암 바라보다가

돛대로 조수를 타며 맘대로 멀리 찾아보네

여름 6월 5일

관冠을 쓴 4명과 동자 3명

끊임없는 긴 파도에 외로운 섬들 흐릿하고

지는 해는 또렷이 반쯤 취해 비추네

습가지習家池의 풍류객을 다시 만나●

호곡 남용익은 부채에 시를 짓네

凌虛臺望太平岩　능허대망태평암

一棹乘潮恣遠探　일도승조자원탐

夏之六月日初五　하지륙월일초오

冠者四人童子三　관자사인동자삼

● 술과 음식을 가지고 호수에 나가 배 위에서 마음껏 취하고 노닐다 오는 풍취를 말한다. 진(晉) 나라 산간(山簡)이 양양(襄陽)에서 호족(豪族)인 습씨(習氏) 집안의 연못 위에 배를 띄우고 술을 마시며 노닐었던 고사에서 유래한다.

長波袞袞迷孤嶼　장파곤곤미고서
落日亭亭照半酣　낙일정정조반감
風流更遇習池客　풍류경우습지객
扇面題詩壺谷南　선면제시호곡남

아이들을 데리고 능허대에 왔다. 멀리서 봤을 때 능허대는 갈매기가 서 있는 모습이었다. 능허대의 모습과 관련하여 "대臺는 겨우 10여 장의 산으로 바닷가 포구에 높이 솟아 있어 마치 인두자루 같고 사면이 바위를 이고 있다臺僅十餘丈山 而高崒於海浦 如熨斗柄 四面戴石"는 이규상의 설명도 남용익의 그것과 별반 다를 바 없다.

능허대에서 영종도 쪽을 바라보니 태평암이 눈에 들어왔다. 시선을 먼 데로 향하자 섬들이 흐릿하게 보였고 이어 태양이 술에 취한 낯빛인 듯 붉은 색을 발하였다. 이런 상황에서 주변을 조망하던 작자는 상서尙書의 벼슬을 버린 당唐의 백거이白居易이거나 습가지習家池의 풍류객이 될 수 있었다.

'관冠을 쓴 4명과 동자 3명'은 작자가 능허대에 데리고 온 아이들인데, 이들을 통해 "늦은 봄에 봄옷이 이미 이루어졌으면 관을 쓴 5~6인과 동자 6~7인으로 기수에서 목욕하여, 무우에서 바람 쐬어 읊으면서 돌아오겠습니다莫春者 春服既成 冠者五六人 童子六七人 浴乎沂 風乎舞雩 詠而歸(《논어》 선진)"라는 증점曾點의 말을 기억해냈던 것이다. 공자가 제자들에게 등용된다면 무엇을 하겠냐는 질문에 제자들 대부분 정치적 포부를 말했지만 유독 증점만이 이렇게 대답한 것이다. 증점의 대답은 벼슬에 마음을 두지 않고 물러나 학문을 닦고 덕을

쌓았다가 훗날 자신을 알아주는 자가 있으면 그때 나서겠다는 뜻이다. 작자는 능허대에 데려온 아이들과 주변의 풍광을 계기로 자신을 증점, 백거이, 습가지習家池와 결부할 수 있었다.

자연에 대한 묘사

이병연李秉淵(1671~1751)의 본관은 한산韓山, 자는 일원一源, 호는 사천槎川이다. 고려 후기의 학자였던 목은牧隱 이색李穡(1328~1396)의 12대손이다. 김창흡金昌翕의 문인으로 벼슬이 부사府使에 이르렀다. 작시作詩에 뛰어나 영조시대 최고의 시인으로 평가 받았다. 《사천시초槎川詩抄》에는 인천과 관련하여 〈문학산文鶴山〉과 〈능허대凌虛臺〉가 전한다. 다음은 〈문학산文鶴山〉이다.

> 하늘가 한줄기로 외로운 봉우리 솟아 있고
> 서해의 푸른 물결 만 길이나 깊네
> 낙조 절정에 이르자 구름 조각조각 나고
> 높은 곳의 매서운 바람 빽빽한 돌무더기에 부네
> 태평시대에 늙은 병사는 봉수 살펴보고
> 궁벽한 곳에 사는 사람들 나무에 제사 지내네
> 말을 돌려 소나무와 대나무 그림자를 뚫자
> 풀빛의 새들 괴이한 소리로 서로 지저귀네

天邊一道上孤岑　천변일도상고잠
西海滄波萬丈深　서해창파만장심
落照半腰雲片片　낙조반요운편편
烈風高頂石森森　열풍고정석삼삼
時平老卒看烽燧　시평로졸간봉수
地僻居人祭樹林　지벽거인제수림
歸馬更穿松竹影　귀마경천송죽영
怪聲相喚綠毛禽　괴성상환록모금

문학산 정상에서 아래로 이동하고 있다. 정상에서 서해 바다와 붉은 구름을 조망할 수 있었다. 작자가 서 있는 '빽빽한 돌무더기' 쪽으로 바람이 매섭게 불었고 늙은 병사가 봉수대를 기웃거렸다. 산 아래 쪽에 이르자 하당신下堂神으로 기능하는 신목神木에 제사를 지내는 마을 사람들이 눈에 띄었다.[•] 이어 소나무와 대나무가 울창한 사잇길로 말을 몰자 풀 빛깔의 새들이 지저귀는 소리가 요란하게 들렸다.

작자는 문학산 정상에서 중턱, 그리고 산의 아래로 내려오는 과정에서 목격하고 들은 것을 진술하고 있다. 봉우리가 '솟아 있고上' 서해 바닷물이 만 길이나 '깊은深' 것은 각각의 대상이 관찰자에게 준 감각에 해당한다. 이른바 동양화에서 '세勢'라고 지칭하는 것이다. 예컨대 산의 경우, 어떤 것은 그 세가 사람에게 친근감을 주고, 어떤

• 문학산의 상당신과 하당신 중에서 전자가 안관당이고 후자는 신목(神木)이다.

것은 그 세가 사람을 놀라게 하는 등 그 종류가 다양하다. 단순히 봉우리와 바닷물, 구름과 돌무더기가 '있다' '없다'에 머물지 않고 각각 '솟다上' '깊다深' '조각조각片片' '빽빽하다森森'고 표현한 것이 이에 해당한다. 다음은 〈능허대凌虛臺〉이다.

> 긴 언덕은 물에 잠겨 멀리 대를 이루었고
> 만 리의 구름 낀 모래 한눈에 펼쳐있네
> 바다 달 푸른 학을 부를 즈음
> 바람 계속 불자 갈매기 날아오네
> 막막한 바다에 떠 있는 외로운 배는 뿌리도 꼭지도 없고
> 뭇 섬들 끊임없이 이어져 사방에 둘러 있네
> 허공 속의 뭇 신선들 불러낼 수 있는 듯
> 표연히 자하배로 함께 취하리•

> 長岡入水逈爲臺　장강입수형위대
> 萬里雲沙一望開　만리운사일망개
> 海月將生青鶴叫　해월장생청학규
> 天風不斷白鷗來　천풍불단백구래
> 孤舟漠漠無根蔕　고주막막무근체
> 十島綿綿若往廻　십도면면약왕회

• 자하배(紫霞杯)의 자하는 선인(仙人)의 음료를 말한 것으로, 자하배는 역시 미주(美酒)를 의미한다.

空裏群仙如可喚　공리군선여가환
飄然共醉紫霞盃　표연공취자하배

긴 언덕이 물에 잠겨 대臺를 이루고 있는 곳의 주변은 만 리의 구름 낀 모래밭이었다. 이어 능허대에 올라 주변을 보니 회화繪畫의 한 폭이 펼쳐 있었다. 바람을 타고 나는 갈매기와 그 너머에 있는 외로운 배, 그리고 끊임없이 이어져 있는 뭇 섬들이 그것이다. 바다 달이 새 모양의 초승달이었다면 달을 가로 질러 비행하는 갈매기의 모습이 더욱 인상적이었을 것이다. 특히 '뿌리도 꼭지도 없'다고 묘사하는 부분은 물 위에 떠 있는 배를 단순히 붓끝으로 그려낸 게 아니라 물과 배의 경계를 모호하게 그려서 그것의 뒤에 있는 광경(뭇 섬들 끊임없이 이어져 사방에 둘러 있네)을 보다 강조하는 기능을 하고 있다. 이른바 동양화에서 '눈을 끄는 점奪目點'[●]이라 지칭하는 것이다. 예컨대 폭포를 그리면서 하단에 사람들을 아주 작게 그려놓아 폭포의 웅장함을 강조하는 것과 비슷한 경우이다. 능허대에서 바다 쪽을 조망하면서 '뭇 섬들 끊임없이 이어져 사방에 둘러 있'다는 점을 보다 효과적으로 드러내기 위해 외로운 배를 포착하여 '뿌리도 꼭지도 없'다고 진술했던 것이다.

이처럼 대상을 관찰하여 특징을 간파하는 방법은 그의 스승 김창흡金昌翕(1653~1722)이 강조했던 점과 관련이 있다. 김창흡의 작시作詩 방법은 산수의 관찰에 바탕을 두고 있는데, "시는 명산과 대

● 왕백민, 『동양화 구도론』, 강관식 옮김, 미진사, 1991, 17면.

천에 있건만, 아무도 찾지 않아 풍광만 남아 있다詩在名山與大川 無人搜抉只風光" 혹은 "경관은 시를 저버리지 않으나 시가 경관을 저버린다境不負詩詩負境"며 문인들에게 산수山水를 적극적으로 원유遠遊하라고 권하는 데에서 확인할 수 있다. 관념적인 아름다움이 아니라 관찰을 통한 구체적 진술이 경관을 시에 담아내는 방법이라는 것이다.

시간적 배경은 바다에 낮달이 떠 있고 갈매기 날고 있는 상황이기에 낙조가 일어나기 이전이다. 작자가 능허대를 거쳐 문학산으로 이동했고, 〈문학산文鶴山〉이라는 시에 '낙조 절정에 이르자 구름 조각 조각'이란 표현이 있는 것으로 보아 본격적인 낙조는 문학산 정상에서 감상할 수 있었다.

작자가 3만여 수를 지었다는데 그 중에서 현전하는 것은 1,036수이다. 그의 다작多作 능력은 "사천옹의 시골詩骨은 흠 하나 없는 옥과 같아서, 머리털 하나 수염 하나가 모두 시이다. 시를 탐하는 게 고질병이라 비웃지 말게나. 그대를 대하면 시 읊느라 수염을 삐죽이는 줄도 모를 테니槎翁詩骨玉無疵 一髮一毛摠是詩 莫笑耽詩成痼癖 對君不覺動吟髭(《사원수창록沙苑酬唱錄》)"라는 진술에서도 확인할 수 있다.

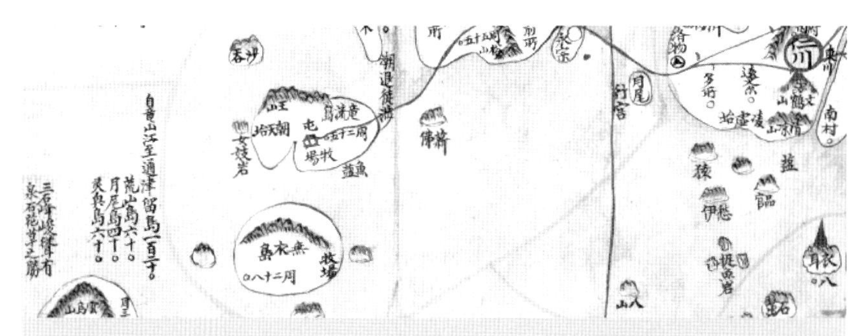

《동여도》에 나타난 능허대와 그 앞의 여러 섬들. 하단 좌측이 덕적군도(德積群島)의 일부분이다. 이병연이 진술했듯이 능허대를 중심으로 '뭇 섬들 끊임없이 이어져 사방에 둘러 있'는 모습이다.(규장각한국학: 10340)

이헌영李櫶永(1837~1908)은 조선 말기의 문신이다. 호는 경와敬窩이고 전주 이씨 종친 관료이다. 《경와만록敬窩漫錄》을 남겼다. 다음은 〈석능이 일찍이 인천 먼우금 마을에 머물며 바다를 보려고 친구들과 함께 가기에 나도 따라가서 다음 날 능허대에 올랐다石能曾居仁川遠村 而爲觀海色 與數友同行 余亦從之而翌日登凌虛臺〉이다.

한 걸음 뗀 듯 능허대는 멀리 우뚝하고

바다에 둘러싸여 지척은 온통 파도 소리네

중간의 산굴은 녹음을 어찌 끊었을까

아득한 허공 위아래의 구름은 흰빛이네

술 들고 온 사람은 괜한 느낌이 있어

조회 가던 이 길에서 곧 이별하려 하네

대臺의 이름 소동파의 기記에서 빌린 게 아니고

천 년의 문장과 아울러 믿을 수 있네

一步凌虛逈不羣　일보릉허형불군
海環咫尺萬波聞　해환지척만파문
碧何斷矣中間峀　벽하단의중간수
白亦茫然上下雲　백역망연상하운
携酒來人空有感　휴주래인공유감
朝天此路卽臨分　조천차로즉림분
臺名莫借蘇仙記　대명막차소선기
可恃千年並與文　가시천년병여문

임석능任石能이 여러 친구들과 함께 능허대에 왔다. 일반적으로 대臺가 주변 보다 약간 높은 곳에 위치하는 데 비해, 능허대는 높으면서도 바다를 향해 한 걸음 나간 듯한 공간에 자리 잡고 있었다. 녹음에 둘러싸여 있는 능허대는 듬성듬성 박혀 있는 절벽의 산굴과 조화를 이루었다.

하지만 작자는 '괜한 느낌'이 들었다며 소동파와 문장에 대해 운운하고 있다. 진희량陳希亮의 부탁을 받은 소동파가 〈능허대기凌虛臺記〉를 지었는데 기記의 내용에서 강조하는 부분은 경치가 아니라 인위적인 구조물이 영원할 수 없다는 것이었다. 예컨대 "폐흥성훼는 번갈아 가며 끝없이 이어져 오는 것이니 대臺가 다시 거친 풀이 우거진 해묵은 밭으로 될지 어찌 알 수 있겠나廢興成毁相尋於無窮 則臺之復爲荒草野田豈不可知也"처럼 인위적으로 만든 것은 영원할 수 없다는 내용이었다.

결국 능허대에서 단순히 풍광을 조망하면서 음주를 하면 그만일 텐데, 작자는 인천 능허대를 통해 소동파의 〈능허대기〉와 그것의 주요 내용을 떠올리며 자신의 소회를 '괜한 느낌'이라 표현한 셈이다. 인공 구조물이 유한有限하다는 점은 소동파와 작자 사이의 시간을 뛰어넘는 '천 년의 문장과 아울러 믿을 수 있'는 것이었다.

두견새의 피로 물든 진달래꽃

이규상李奎象(1727~1799)의 자는 상지像之, 호는 일몽一夢이다. 과거에 몇 차례 떨어지자 벼슬길을 접고 문장으로 일생을 보냈다. 그에 대하여 심노숭沈魯崇(1762~1837)이 "문학에 천부적 재능을 가졌으며 어려서 독서를 좋아하여 침식을 잊을 정도였다. 문장이 굉사기굴宏肆奇崛하여 거침없이 나오는 것이 마치 샘에서 솟아 강하로 터져 나오는 것 같았으나, 일찍이 남에게 알려지기를 구하지 않았다"• 고 평가한 데에서 짐작할 수 있다.

그는 그의 아버지 이사질李思質이 인천부사로 있었던 1765~1766년 시기에 인천 일대를 유람하고 18편의 죽지사竹枝詞를 남겼다. 문학산 기슭에 살던 '김한진金漢鎭'이라는 촌로村老와 문답을 하고 그의

• 《효전산고(孝田散稿)》〈일몽선생전(一夢先生傳)〉, 於文學殆天性 幼而嗜讀書 至忘寢食 爲文章宏肆奇崛 滔滔若淵天出而江河決 亦未嘗求知於人也.

치부담致富談에 감동을 받아 〈김부자전金富者傳〉을 지었다. 《일몽고一夢稿》와 《병세재언록幷世才彦錄》이 전한다. 다음은 〈문학산성文鶴山城〉이다.

> 문학산 오솔길을 더디게 오르니
> 일찍이 미추가 나라를 세운 곳이네
> 빗줄기 지나가자 원왕 기와 눈에 자주 띄고
> 봄의 진달래는 한쪽에만 피었네
> 옛 우물에 구름이 서리니 패기는 아닐는지
> 주인 없는 사당은 신령스런 까마귀가 지키네
> 무너진 성곽은 임진년 난리를 막아서인지
> 흙이 무너져 켜켜이 비늘모양이고 돌은 뾰족하게 닳았네

文鶴山登細路賖	문학산등세로사
彌鄒曾據設邦家	미추증거설방가
雨過頻得鴛鴦瓦	우과빈득원앙와
春到偏開望帝花	춘도편개망제화
古井生雲疑霸氣	고정생운의패기
叢祠無主付神鴉	총사무주부신아
殘城又捍龍蛇刦	잔성우한용사겁
壞粉張鱗石噴牙	괴분장린석분아

문학산성에 오르면서 소회所懷를 읊은 한시이다. 비류가 나라를

세운 곳이었기에 그와 관련된 흔적들이 눈에 들어왔다. 궁전宮殿이나 공해公廨 등의 지붕을 잇는 데 쓰는 원왕 기와鴛鴦瓦가 조각나서 흩어져 있지만 빗물에 씻겨 문양文樣이 더욱 선명하게 보였다. 비류의 흔적이 기와 파편으로 남아 있되 그 시절에도 피었던 진달래는 여전히 봄을 알리고 있었다. 기와 파편과 진달래꽃의 대비는 시각적인 것에만 머물지 않았다. 진달래꽃을 두견화杜鵑花라고도 하는데, 이것은 두견새가 밤 새워 피를 토해 울면서 그 피로 인해 꽃이 분홍색으로 물들었다는 전설과 결부돼 있다. 전국시대 촉왕蜀王 망제望帝의 죽은 넋이 변해서 새가 되었다는 두견杜鵑을 염두에 둘 때, 여전히 붉은 빛을 띠는 진달래꽃은 시각에만 한정된 대상이 아니었다.

이런 소회를 갖고 문학산성 안의 우물 쪽으로 향했다. 우물 안에는 온도 차이로 생긴 물안개가 엉겨 있었다. 비류의 나라가 오래 지속되지는 못했지만 우물 속에 패기霸氣를 감추고 있는 것으로 여길 정도로 그 안의 물안개는 낯선 것이었다. 산 밑이 아니라 산성山城 안에 있는 우물이었기에 그런 생각이 들만도 했다. 하지만 그러한 생각은 산성의 사당에 이르러 바뀌었다. 황폐해진 사당은 기능을 잃었고 까마귀가 그곳의 주변에서 을씨년스럽게 울었다. 성곽은 무너지고 흙은 세월의 비늘을 더께처럼 뒤집어쓰고 있었다. 간혹 흙 사이로 드러난 돌조각은 어금니처럼 날카롭기도 했다.

문학산성에서 임진년 난리와 사당을 운운한 것은, 그곳에서 전투 도중에 병을 얻어 순사殉死한 인천부사 김민선金敏善(1542~1592)을 기억해냈기 때문이다. 주민들은 부사의 공적을 기리기 위해 문학산성 내에 '안관당安官堂'이라는 사당을 세워 제사를 지내기도 했다.

문학산성이 누대의 역사를 거쳐 조선후기의 인물 이규상에게 포착되었다. 헝클어지고 볼품없는 산성이지만 그것을 통해 이규상은 비류 시절과 임진년을 결부시켰다. 그가 산성의 우물 속에서 발견한 패기는 비류와 김민선의 흔적이었으며 앞으로 나타날 또 다른 패기의 전조前兆였을 것이다. 산성의 우물을 둘러보며 패기를 떨칠 인천 인물을 고대하던 이규상의 모습을 연상하는 것도 무리는 아닐 것이다.

참고로 인천 죽지사 중에서 쇠락한 안관당의 모습을 그리고 있는 한시 〈속인주요〉 6연은 다음과 같다.

허물어진 사당이 문학산 꼭대기 어렴풋이 가리고
영첩과 신관의 비단 장막 이어져 있네
갯가의 어부는 두터운 복을 빌려고
봄이 오면 큰 생선 놓고 신굿하네

殘祠掩映鶴山巓　잔사엄영학산전
靈妾神官繡幔聯　영첩신관수만련
沼海漁人祈厚福　소해어인기후복
春來先薦尺魚全　춘래선천척어전

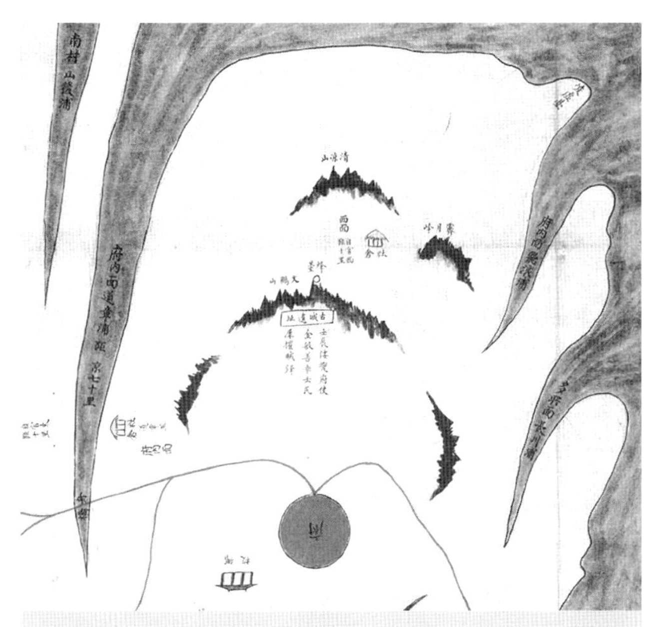

《인천부지도》(1872년)에 문학산, 문학산성, 능허대, 비랑포(飛浪浦) 등이 보인다. 특히 문학산성 부분에는 임진왜란 때 부사(府使) 김민선(金敏善)이 사민(士民)을 이끌고 항쟁하였다고 기록돼 있다.(규장각한국학: 10375)

다음은 〈능허대〉● 라는 한시이다.

흰 파도 달려오니 땅이 분명치 않고

산 사람이 처음 보니 구름 같네

웅장한 기세를 누가 맞설까

● 작자는 인천부사로 있는 부친을 모시고 삼종형과 함께 문학산의 삼해주(三亥酒) 고개를 넘어 먼우금촌[遠又彌村]을 지나 능허대에 올랐다. 해당 시의 제목이 이런 경과를 장황하게 담고 있기에, 필자가 제목을 〈능허대(凌虛臺)〉로 설정하였다.

만물 중에 물이 으뜸이네

白浪驅來地不分　백랑구래지불분
山人初見却疑雲　산인초견각의운
雄豪氣勢誰能敵　웅호기세수능적
萬物中間水爲君　만물중간수위군

밀려오는 파도를 처음 목격한 작자는 자신을 산 사람山人으로, 포말을 이뤄 밀려오는 파도를 구름雲으로, 이어 그 기세를 '만물 중에 물이 으뜸萬物中間水爲君'으로 표현했다. 바다에 대한 격한 감동은 능허대의 위치와 무관하지 않았다. 작자는 해당 공간의 특징에 대하여 "대臺는 겨우 10여 장의 산으로 바닷가 포구에 높이 솟아 있어 마치 인두자루 같다. 사면이 바위를 이고 있고 위에 소나무와 진달래 등의 잡목이 자란다. 내려다보면 바로 큰 바다臺僅十餘丈山 而高崒於海浦 如熨斗柄 四面戴石 上生松鵑雜樹 俯視直抵大洋"라며 설명하기도 했다. 능허대에 대한 이규상의 관심은 여기서 끝나지 않았다. 나당연합군의 수많은 병선들이 능허대 앞바다에 있었던 것을 연상하며 "옛날 당나라 소정방 총관이 이 바다에 수많은 병선 이끌고 왔네古昔唐家蘇摠管驅來此海萬兵船"라며 〈속인주요〉에 남기기도 했다.

바다를 조망하는 공간이 백사장이건 능허대이건 상관없는 게 아니다. 약간 높은 공간에서 조망한다고 해서 감회가 달라지는 것도 아니다. 그곳이 역사와 관련됐다는 사실을 알고 바다를 조망했기에 일반적인 대상들을 특별하게 포착해낼 수 있었던 것이다. 다음은

〈신기루를 보고 영이의 시에 차운하다蜃樓次永而韻〉이다.

짙은 구름 맺혀 몇 겹의 누각 만드니
마치 풍이馮夷(물의 신 河伯)가 물 위에서 노는 듯하네
채색 기와 해를 맞아 몽롱하게 부서지고
그림 난간 떠돌며 바람 따라 흐르네
장주莊周의 나비인양 춘몽을 보는 듯 하고
바다 갈매기는 사람이 살고 있는 것으로 여겨 피하네
언제 마고할미 기다려 노안을 자랑하겠나
구슬 파도 있는 곳은 이미 은빛 물가인데

濃雲結作重重樓　농운결작중중루
似御馮夷水上遊　사어풍이수상유
彩瓦朦朧迎日碎　채와몽롱영일쇄
畵欄浮動向風流　화란부동향풍류
如看春夢疑莊蝶　여간춘몽의장접
若有人居避海鷗　약유인거피해구
何待麻姑誇老眼　하대마고과노안
瓊波立處已銀洲　경파입처기은주

누각 모양의 신기루가 나타났다. 그것은 고정된 상태에 있지 않고 바람의 흐름에 따라 이동하며 다기한 모습을 연출했다. 누각의 채색 기와는 햇빛을 받아 부서지고 난간의 단청은 바람을 따라 이동했다.

구름과 햇빛, 바람의 조화로움에서 등장한 겹겹의 누각은 너무나 선명한 모습이었다. 갈매기조차 사람이 기거하는 누각으로 착각하여 그것을 비켜서 날 정도였다. 굳이 마고할미를 기다릴 필요 없이 작자의 눈앞에서 전개된 신기루는 누각이라 칭할 만한 것이었다. 물론 구슬 파도와 은빛 물가가 누각의 밑을 받치고 있어 영락없는 누각이었다.

작자는 〈능허대〉라는 시에서 포말을 일으키며 육지 쪽으로 밀려오는 파도를 '만물 중에 물이 으뜸萬物中間水爲君'으로 표현했다. 그러한 작자에게 인천 앞바다에 떠오른 신기루는 파도가 주었던 충격 그 이상이었다. 그것의 여파인지 인천 앞바다의 신기루를 소재로 하여 7언시 5편과 장편고시 1편(7언 60행)을 남겼다. 위의 한시는 7언시 중에서 제4편에 해당한다.

이규상의 죽지사

이규상은 그의 아버지 이사질李思質이 인천부사로 있었던 시기(1765년), 인천 일대를 유람하고 시를 지었다. 지방의 현실과 지방민의 삶, 여성과 남성의 복식, 상인들의 분주함, 갯벌의 어로작업, 염전의 모습, 용유도 풍경, 무속의 현장, 손돌의 무덤, 관아의 풍류, 지방의 역사와 유적, 지방민에 대한 애정 등을 소재로 〈인주요〉 9편과 〈속인주요〉 9편 도합 18편을 남겼다.

그것은 인천지역의 읍지邑誌나 지방지地方誌의 성격을 지니기에 죽지사竹枝詞라 칭할 만하다. 죽지사竹枝詞는 민간풍속을 소재로 한 악부시樂府詩이다. 중국에서 출발한 죽지사는 지역의 풍물이나 민속, 산천, 생업현장, 풍토적 특성 등을 대상으로 하기에 해당지역의 읍지邑誌나 지방지地方誌 같은 성격을 지닌다.

인천에 대한 전반적 인상은 〈인주요〉 1연에 있다.

> 인주 풍속은 궁벽한 시골과 유사해
> 청운과 옥당을 알지 못하네
> 여자들은 초랑을 머리에 이고 남자들은 전립을 쓰고
> 해 뜨면 조개와 물고기 잡으러 바삐 가네

> 仁州風俗似窮鄕　인주풍속사궁향
> 不識靑雲有玉堂　부식청운유옥당
> 女戴草囊男氈笠　여대초낭남전립
> 日生忙出蛤魚場　일생망출합어장

작자에게 포착된 인천은 '궁벽한 시골窮鄕'이었다. 그가 만난 사람들은 벼슬의 품계를 알지 못할뿐더러 여자는 풀로 만든 주머니[草囊, 다래끼]를 머리에 이고 남자는 전립을 쓰고 각각 조개를 캐거나 물고기를 잡으러 바삐 나갔으니, 인천을 '궁향窮鄕'으로 느꼈던 것이다. 실제로 〈어가漁家〉라는 한시에 "산에 온 손님 만날 때마다 어물들 자랑하며, 그물 한번 던져 쥐면서 마땅히 녹봉이라네山客逢時物物誇 一網操權當爵祿"라는 진술도 인천사람에 대한 인상이다.

전립을 쓰고 물고기를 잡는 모습은 〈인주요〉 3연과 4연에 있다. 먼저 〈인주요〉 3연이다.

발 엮어 말장에 늘어놓아 횡행의 바다 끊으니
겹겹이 어살 안에는 내중성이 되었네
바닷물 오고 간 잠깐 사이에
소라, 게, 물고기, 새우가 모두 가득하네

編箔排椽截海橫　편박배연절해횡
重重圈作內中城　중중권작내중성
潮來潮去須臾後　조래조거수유후
螺蟹魚蝦戢戢盈　나해어하집집영

다음은 〈인주요〉 4연이다.

숭어 잡아보니 한 자나 돼
별안간 손을 날려 머리 찾아 매다네
빠르게 별포를 따라 잠긴 몸 드러나니
혹시 어전魚箭 주인이 볼까 두려워하네

拿得鯔魚一尺全　나득치어일척전
瞥然飜手索頭懸　별연번수색두현
忙從別浦潛身出　망종별포잠신출

或恐看於箭主前　혹공간어전주전

어살이나 어량魚梁 혹은 어전魚箭의 어로활동을 소개하고 있다. 어전은 싸리, 참대, 나뭇가지 따위로 발을 엮어[編箔] 날개 모양의 울타리를 바다에 치는 것으로 영락없이 내중성內中城의 모습이다. 밀물일 때 잠겼던 내중성은 썰물일 때 온전한 모습을 드러내는데 그 안에는 소라, 게, 물고기, 새우 등이 갇혀 있었다.

4연은 어살이 소재이되 전자와 다르게 물고기의 입장이 반영돼 있다. '별포를 따라 잠긴 몸 드러나다從別浦潛身出'에서 '별포'는 일반적인 포구가 아니라 어살[魚箭] 안의 물고기가 모이는 특별한 공간이다. 바닷물의 수위가 낮아지면 미처 빠져나가지 못한 물고기들이 별포에 모여드는데, 고기 입장에서 가장 두려운 것은 어살에 갇힌 채 주인의 눈에 띄는 일이었다.

벌집과 제비집인양 소금부엌 늘어있고
소금솥의 소금은 흰 눈처럼 펴져있네
물가에 기댄 인생 그대는 비웃지 마소
모든 백성들이 일반 구해 먹는 것이라네

蜂窠燕壘闢鹽廚　봉과연루벽염주
鹽釜鹽成白雪鋪　염부염성백설포
寄水生涯君莫笑　기수생애군막소
五行民食一般需　오행민식일반수

위의 〈인주요〉 8연을 보면 바닷가에 소금부엌[鹽廚]이 벌집처럼 모여 있었다. 그리고 소금솥의 안에는 흰 눈 같은 소금이 가득했다. 소금부엌은 '벌집과 제비집蜂窠燕壘'을 방불케 했다. 천일염이 유입되기 전, 소금은 바닷물을 끓여 결정체를 만드는 자염煮鹽 방식에 의해 생산되었다. 바닷물을 솥에 넣고 쉴 새 없이 저어가면서 증발시켜야 비로소 '흰 눈[白雪]' 같은 소금을 얻을 수 있을 정도로 그것의 생산은 거친 노동을 필요로 했다. 소금 만드는 사람[鹽夫, 염부]을 하찮게 취급했던 것도 이런 이유에서다.

하지만 이규상이 염부를 대하는 시선은 그렇지 않았다. 그들이 '물에 기댄 인생寄水生涯'이지만 '모든 백성들이 일반 구해 먹는五行民食一般需' 소금을 생산하기에 뭇사람들에게 '비웃지 말君莫笑'라고 진술했던 것이다. 그들의 고단한 노동과정을 직접 보니 차마 비웃을 일이 아니었다. 그들에 대하여 동정과 연민, 고마움을 동시에 갖고 있었다.

다음은 갯가에서 여성들이 펼치는 어로활동을 보여주는 부분이 〈인주요〉 5연이다.

> 어린 대합 얕게 묻혀 있고 큰 대합은 깊게 있되
> 낙지 있는 구멍 묘연해 찾기 어렵네
> 포구의 아낙들 다투어 쇠갈퀴 잡고
> 촘촘히 진흙탕을 파니 바늘로 찍은 것 같네
>
> 童蛤淺埋大蛤深　동합천매대합심

絡締巢穴杳難尋　낙체소혈묘난심
浦娘競把尖鉤鐵　포낭경파첨구철
細掘融泥似捻針　세굴융니사념침

갯가에서 대합을 캐는 과정이다. 쇠갈퀴로 갯벌을 긁어가며 조개를 채취하는 것은 예나 지금이나 동일하다. 갯벌 위에 바늘로 찍어놓은 듯한 자국만 남았다거나, 낙지라는 녀석은 '묘연해 찾기 어렵다'는 데에서 작자가 갯가의 현장에 있었다는 것을 짐작할 수 있다. 다음은 〈속인주요〉 1연이다.

단양절이 가까워지자 팽게가 나타나고
잠깐 만에 주워와 다래끼 채울 수 있네
노파가 머리에 이고 마을 안으로 들어오자
마을마다 물건 파는 소리 울리네

節近瑞端彭蟹生　절근서단팽해생
繩囊俄頃拾來盈　승낭아경습래영
老婆戴入都門內　노파대입도문내
穿盡坊坊唱買聲　천진방방창매성

채취물과 운반도구, 매매과정이 등장하고 있다. 갯가에서 채취한 것은 '팽게[彭蟹]'이고 그것을 담아서 운반한 것은 다래끼[繩囊]이다. 다래끼는 한자에서 지시하듯이 줄을 엮어서 만든 주머니이다.

칡껍질을 가늘게 엮어 그물 모양으로 만든 다래끼는 바닷가 지방민들의 삶을 온전히 반영하고 있는 도구이다. 그 안을 가득 채웠으니 그들의 기쁨도 대단했을 것이다. 물론 물건 파는 목소리를 들을 수 없지만, 다래끼 안에 채취물이 가득했으니만큼 그것에 흥정을 붙이는 노파의 어조語調는 익히 짐작할 수 있다.

그런데 단양절 즈음에 나타나는 게는 우리가 흔히 아는 꽃게[串蟹]가 아니다. '잠깐 주워도 다래끼가 찰' 정도라면 꽃게이기보다 해변에서 가까운 민물에 서식하는 '방게'이다. 꽃게는 조류에 따라 이동하기에 어살에 갇히기도 하지만 잠깐 주웠다俄頃拾는 점에서 그렇다. 물론 그것을 운반하고 판매한 자가 노파였다는 점도 꽃게의 어로작업과 거리가 있다.

이규상의 죽지사를 통해 1765년 인천의 바닷가 모습을 재구할 수 있었다. 남성과 여성의 어로활동과 염부들의 고단한 삶은 노동의 방식과 운반도구에서 약간 차이가 날 뿐 현재에도 여전히 진행형이다. 인천을 이해하는 키워드에 해당하는 소금, 대합, 게 등은 갑자기 등장한 게 아니라 누대에 걸쳐 축적돼 왔던 것이다.

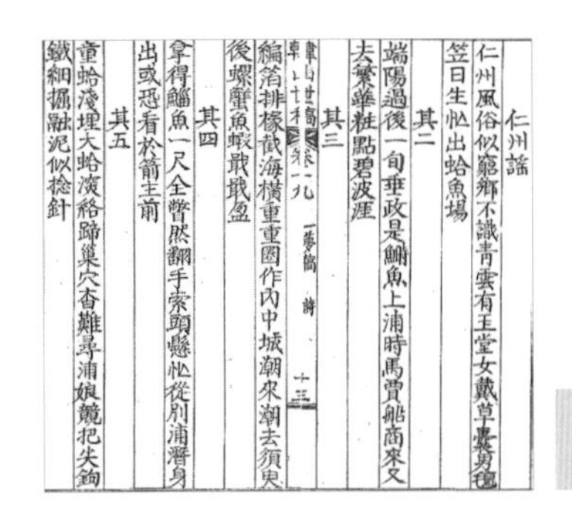
仁州謠
仁州風俗似窮鄉不識青雲有玉堂女戴草囊男戴
笠日生忙出蛤魚場
其二
端陽過後一旬垂政是鯔魚上浦時馬貫船商來又
去繁華粧點碧波涯
其三
韓山世稿 卷一九 一夢稿 詩 十三
編箔排椽截海橫重重圍作內中城潮來潮去須臾
後螺蟹魚蝦戢戢盈
其四
拿得鯔魚一尺全瞥然翻手索頭懸忙從別浦潛身
出或恐看於箭主前
其五
童蛤淺埋大蛤深猞蹄巢穴杳難尋浦娘競把尖鉤
鐵細掘融泥似捻針

〈인주요〉

18세기 인천 바닷가의 무속현장을 나타내는 자료는 흔치 않다. 하지만 이규상의 〈죽지사〉를 통해 무속현장을 확인할 수 있다. 〈속인주요〉의 5연을 보자.

어부들 염부들 귀신을 좋아하여
돼지를 찌고 쌀밥을 해서 새봄에 제사 지내네
몰래 도깨비를 엿보는 모습 다소 불쌍하기도
경영을 점유하여 부귀를 판단하게나

漁戶鹽村好鬼神　어호염촌호귀신
蒸豚飯稻祭新春　증돈반도제신춘
暗窺魍魎憐多少　암규망량련다소
坐占經營判富貧　좌점경영판부빈

다음은 〈속인주요〉의 7연이다.

바닷가 풍속에 가을이 오면 다투어 굿을 하고
여러 생선 놓고 베를 매달고 무당에게 절을 하네
조상들 거친 들판에 누운 거 알지 못하고
제사 쓸쓸한데 봄이 몇 번 지났는가

海俗秋來競賽神　해속추래경새신
繁鮮懸布拜巫人　번선현포배무인

不知乃祖荒原臥　부지내조황원와
香火蕭條度幾春　향화소조도기춘

사람들의 생업이 바다와 밀접한 만큼 초월적 존재에 대한 치우침은 다른 지역에 비해 높았다. 돼지고기와 쌀밥蒸豚飯稻이라는 일상적이지 않은 음식을 정성껏 준비해 놓고 제사를 지내며 무당에게 수없이 절을 하는 것도 그들의 생업 현장이 바다였다는 점과 관련이 있다. 하지만 괴력난신怪力亂神을 멀리하는 유학자에게 그것이 긍정적일 수 없었다. 사람이 부귀해지는 것은 '도깨비를 엿보는暗窺魍魎' 일과 무관하기에 그들이 불쌍해보였다. 그래서 자신이 맡은 일의 특성을 살펴 '경영을 점유하는坐占經營' 것이 부귀로 가는 길이라 지적했다. 경영을 점유하는 일은 분수에 맞지 않는 음식과 옷감을 부질없이 굿에 소비하는 데에서 벗어나는 방법이었다. 다음은 〈속인주요〉 6연이다.

허물어진 사당이 문학산 꼭대기 어렴풋이 가리고
영첩과 신관의 비단 장막 이어져 있네
갯가의 어부는 두터운 복을 빌려고
봄이 오면 큰 생선 놓고 신굿하네

殘祠掩映鶴山巔　잔사엄영학산전
靈妾神官繡幔聯　영첩신관수만련
沼海漁人祈厚福　소해어인기후복
春來先薦尺魚全　춘래선천척어전

'신관의 비단 장막 이어져 있神官繡幔聯'는 '허물어진 사당殘祠'은 안관당安官堂이다. 안관당은 임진왜란 때 순사殉死했던 인천부사 김민선의 공적을 기리기 위해 문학산성 인근에 세운 사당이었다. 사당은 160여 년이 지나 쇠락한 모습이지만 어부들은 그곳에서 풍어豊漁를 기원했다.

문학산 인근의 바닷가 사람들에게 바다는 생업의 공간이었다. 그런 점을 익히 알고 있는 이규상이었기에, 그는 무속행위를 하는 바닷가 사람들의 간절한 소망에 대해 공감하면서도, 한쪽으로 '부귀를 판단하는 일'은 '경영을 점유하'는 곧 '자신의 일을 열심히 하는 것'이지 귀신을 섬기는 게 아니라고 지적했던 것이다.

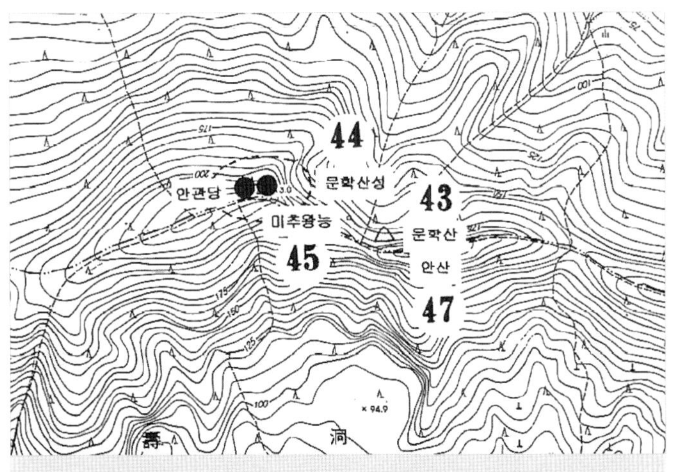

〈문학산 일대 문화유적지표조사보고서〉(1999)에 나타난 문학산성과 안관당. 인천도호부의 군인들이 전투에 나서기 전에 승리를 기원하는 제사를 지냈던 곳이 문학산의 안관당이었을 정도로 김민선은 인천 근역을 지키는 수호신으로 기능하였다.(《소성진중일기》)

백성이 가난한 거 아는 선비 많지만
유의유식하며 일생을 보내지
그러나 의리가 그대들에게만 있나
어울려 득실을 따지면 어찌 하겠나

民瘠知緣士夫多　민척지연사부다
遊衣遊食一生過　유의유식일생과
縱然義理須君輩　종연의리수군배
得失相參其柰何　득실상참기내하

위의 〈속인주요〉 9연에서 작자는 비록 백성들이 가난하되 세상의 어떤 의義나 리理를 논하더라도 누구에게 뒤지지 않는다고 한다. 선비들이 입으로는 의와 리를 논하지만 실상은 유의유식하며 인생을 보내는 자들이기에 차라리 치열하게 살아가는 지방민들이 그들보다 낫다는 것이다. 이는 〈인주요〉 8연에서 염부에 대해 '물에 기댄 인생寄水生涯'이지만 '모든 백성들이 일반 구해 먹는五行民食一般需' 거라며 그들에 대해 '비웃지 말君莫笑'라고 한 데에서 이미 예고된 것이었다.

선비들의 풍류공간을 그려낸 〈속인주요〉 8연에서도 이런 면을 확인할 수 있다.

화랭이 고운 옷 차려 입고 계금을 뜯고
무당은 풍성한 머리털에 그림비녀 꽂았네
마루 위에서 노래 부르고 마루 아래에서 즐거워하며

어둠 속에서 어떤 마음 서로 주는가

花郎艶服抱稽琴　화랑염복포계금
巫女雲鬢亞畵簪　무녀운빈아화잠
堂上歌酬堂下樂　당상가수당하악
暗中相授是何心　암중상수시하심

화랭이와 무당은 가무에 능한 자들이다. 계금을 뜯는 화랭이와 그림비녀 꽂은 무당, 그리고 마루의 위와 아래에 진열해 놓은 잔칫상으로 보아 양반집에서 질펀한 술판이 벌어진 것을 알 수 있다. 술과 안주, 음악이 소비되는 공간이니만큼 그런 분위기에 적당히 편승하면 그만일 텐데, 지방민들에게 애정을 지니고 있던 작자에게 그것은 쉬운 일이 아니었다. 풍류공간에 참석한 사람들끼리 혹은 그들이 기녀들에게 던지는 말들이 곱게 보일 리 없었다. '어둠 속에서 어떤 마음 서로 주는가暗中相授是何心'라는 부분에서 암중暗中을 '은연중'으로 이해해도 그것이 긍정적인 대화는 아니었다.

이는 조선후기 기생들이 등장하는 죽지사 〈응천교방죽지사〉를 통해 짐작할 수 있다.

누가 벼슬아치 서방 얻기 바랄까
얼굴 이름 알려져야 좋을 거 없네
작년에 언니가 의녀로 뽑혀
울면서 어머니 이별하고 서울로 갔네

官人誰願作書房　관인수원작서방
知面知名也不祥　지면지명야불상
前年阿姊選醫女　전년아자선의녀
啼別孃孃上洛陽　제별양양상낙양

다음은 〈평양죽지사〉의 일부분이다.

꽃떨기들 신분 좋다고 말하지만
공문公門에서의 삼 일은 일 년과 같네

縱道花叢身分好　종도화총신분호
公門三日一年如　공문삼일일년여

기생이 태생적으로 해어화解語花이기에, 그들이 온전히 기능하는 것은 타인을 위한 꽃일 때에만 가능하다. 삼 일을 일 년처럼 보내는 그들에게는 벼슬아치 서방도 필요 없다. 풍류 공간의 '어둠 속에서 어떤 마음 서로 주는가暗中相授是何心'는 꽃으로 기능하기를 바라는 수작酬酌이었기에 그것이 작자에게 호의적으로 보일 수 없었다.

결국 〈인주요〉와 〈속인주요〉를 통해 보건대, 작자 이규상에게 〈인주요〉의 소재들은 호기심과 관찰의 대상이었지만 〈속인주요〉에 이르러서는 지방민들의 고단한 삶의 실상을 파악하고 그들의 방식을 이해하고 있었던 것이다. 예컨대 〈인주요〉에서 발견할 수 없었던 무속과 지방민에 대한 애정이 〈속인주요〉에서 각각 3개와 1개로 나타나기에 그렇다. 이를 통해 방문자의 시선(《인주요》)에서 지방민들의 삶의 본질에 공감하는 시선(《속인주요》)으로 이동했다는 것을 알 수 있다.

이규상이 둘러본 공간은 문학산 주변에만 한정되지 않았다. 〈손돌설화〉의 현장에 가서 느낀 점을 시로 남겼다. 다음은 〈인주요〉 8연이다.

손돌의 무덤 앞에 물결 벼랑에 부딪히고
정령은 마침내 바다의 신선이 되었네
뱃사람들 이곳에 이르러 정성껏 고사 지내지만
바람과 파도 그치지 않는 것이 화와 복의 이유이네

孫石墳前潮打垠　손석분전조타은
精靈竟作海中仙　정령경작해중선
船人到此齊虔告　선인도차제건고
不盡風波禍福人　부진풍파화복인

작자는 손돌의 무덤이 있는 곳까지 답사를 했다. 험한 물길을 피해 배를 몰던 뱃사공 손돌이 상대방(고려 공민왕 혹은 고종)의 오해를 받아 죽음을 당하였다. 그러나 뱃사공이 죽은 후에 그의 판단이 옳았다는 게 증명되었다. 상대방을 위해 자신의 역량을 발휘했던 뱃사공이 죽자, 주변사람들은 그의 원혼이 격한 풍랑과 거센 바람으로 되돌아온 것으로 생각했다. 물살이 거센 것은 물목이 좁아진 지형적

탓이겠지만 뱃사람들은 그것을 초월적 존재와 결부해 이해했기에 고사告祀를 통해 안전한 운항을 기원했다. 이것이 〈손돌설화〉의 줄거리이다. 하지만 '禍福人(화복인)'에서 '人(인)'이 '因(인)'이기에 사람에게 복이나 화를 주는 원인은 고사가 아니라 '不盡風波(바람과 파도 그치지 않다)'에서의 풍파風波에 있었다.

손돌의 이야기는 특정 지역에 한정된 게 아니다. 음력 10월 20일을 전후해서 부는 바람을 '손돌바람'이나 '손돌이바람', 그리고 추위를 '손돌뱅이 추위'나 '손사공 얼어죽은 날' 등으로 부르는 것은 전국적으로 분포한다. 예컨대 "엄청시리 춥는 기라. 고래가지고 인자 제일 춥으모 우리가 전해 오는 말이, 인자 시월 초하릿날이면은 인자, 걸음강 손사공 빠져 죽은 날이다"(『한국구비문학대계』, 1982, 경남 의령 지정면)로 진술하는 데에서 '걸음강'은 한자 표기 '기강岐江'으로 '물살이 험한 곳' 즉 낙동강과 남강의 합수 지역을 지칭한다. 물살이 험한 합수지역에 빠져 죽은 자가 손사공인 것도 우연이 아니다.

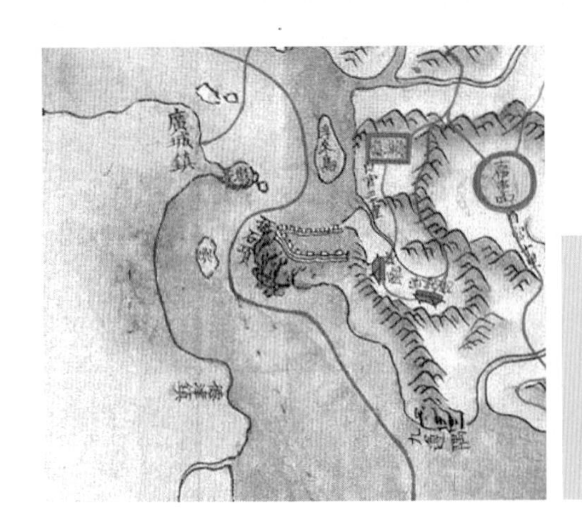

《통진부지도》(1872년)에 나타난 손돌항은 광성진과 덕진진 사이의 굽은 물길 사이에 위치하고 있다. 손돌항과 암초 사이가 뱃길이다.(규장각한국학: 10364)

3장

자연도,

맑은 달빛 하늘 가득하고
바다는 고요한데

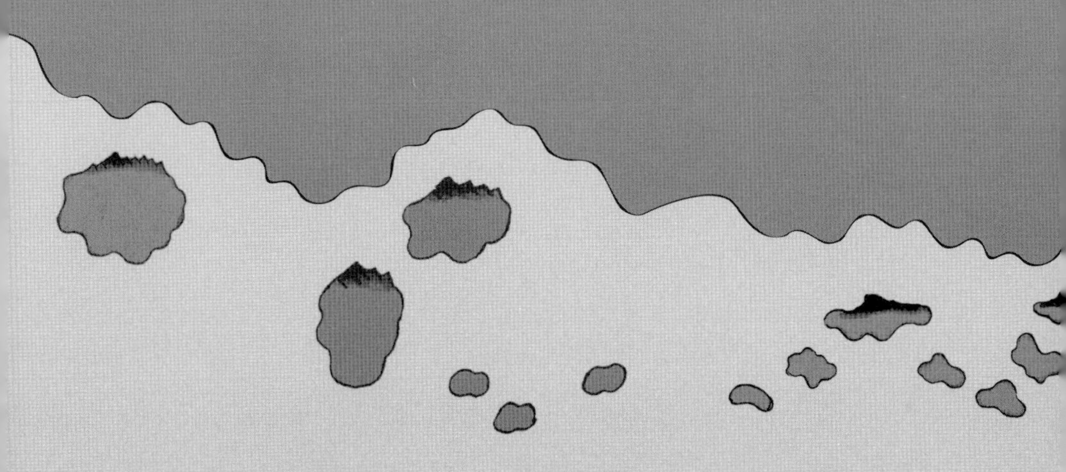

비경에 대한 기대

이곡李穀(1298~1351)은 고려 말엽의 학자이다. 한산 출생으로 호는 가정稼亭, 한산이씨 시조인 이윤경李允卿의 6대손이다. 찬성사 이자성李自成의 아들이며, 이색李穡의 아버지이다. 가전체문학에 해당하는 〈죽부인전竹夫人傳〉을 비롯해 많은 시편을 지었다. 《가정집稼亭集》을 남겼다.

다음의 시는 1329년 예성강에서 배를 타고 고향 한산으로 가는 길에 강화도를 거쳐 자연도에 도착한 것과 관련돼 있는 〈자연도에서 차운하다次紫燕島〉이다.

> 가는 도중에 자연도에 들러
> 노를 두드리며 한가로이 읊조리네
> 갯가의 뻘은 전서篆書처럼 구불구불하고
> 돛대는 비녀처럼 배 위에 꽂혀 있네
> 소금 굽는 연기는 가까운 물가를 가로 지르는데

바다의 달은 저 멀리 산 위로 솟아오르네
조각배의 이 흥치 나에게 있는데
어느 해에 다시 찾아오려나

行過紫燕島　행과자연도
扣枻一閑吟　구설일한음
浦漵盤如篆　포서반여전
竿檣簇似簪　간장족사잠
塩烟横近渚　염연횡근저
海月上遙岑　해월상요잠
我有扁舟興　아유편주흥
他年擬重尋　타년의중심

고향을 향하는 마음은 흥겹기만 하다. 시선을 수평이건 수직이건 어디로 두더라도 포착된 것들은 흥을 돋우는 대상들이다. 구불구불한 갯고랑과 비녀처럼 꽂힌 돛대, 물가를 가로 지르는 소금 굽는 연기와 산 위로 솟아오른 달이 그것이다. 시선이 수평에서 수직으로 바뀜에 따라 갯벌 → 돛대, 연기 → 달이 차례로 등장하고 있다. 마지막으로 '달은 저 멀리 산 위로 솟아오르네'에서 '산 위'와 '달'은 모두 수직의 시선에 의해 거듭 포착된 것들이다. 그래서 '어느 해에 다시 찾아오려나'는 당시의 거듭된 흥치가 예사롭지 않았다는 진술이다. 다음은 〈제물사에 묵으면서 벽 위의 시에 차운하다宿濟物寺 次壁上韻〉이다.

선왕은 은혜를 남기시어
이 정자에 제물이란 편액을 내리셨네
달 뜨니 천지가 온통 흰빛이다가
구름 걷히자 섬들이 푸른빛이네
이끼로 뒤덮인 옛 벽돌담과
늙은 잣나무 그늘 드리운 마당이 있네
붓을 쥐었다가 다시 그만 것은
하늘이 아껴 두어 쉬이 보여주려 하지 않아서이네

先王有遺澤　선왕유유택
濟物牓玆亭　제물방자정
月出乾坤白　월출건곤백
雲收島嶼靑　운수도서청
閑苔封古甃　한태봉고추
老栢蔭中庭　노백음중정
搦筆還須閣　익필환수각
天慳未易形　천간미이형

제물사의 부속 건물에 해당하는 제물정濟物亭에서 그곳의 내력과 소회를 읊고 있다. 제물정에 편액을 내린 자는 충선왕이었으며 그곳에서 주변을 조망하니 하늘이 아껴두었던 비경天慳이 나타날 것 같다는 진술이다. 뭔가 대단한 비경이 있을 듯하여 시화詩化하려고 붓을 쥐었다가 그만둔 것은 이런 사정과 관련돼 있다. 시간의 흐름에 따라 작자의 시선이 천지[乾坤] → 섬 → 벽돌담 → 마당의 순서로 이동하면서 대상의 색깔도 점차 바뀌고 있다. 흰색, 푸른색, 이끼색, 잣나무 그늘이 이에 해당한다. 특히 달빛이 만들어낸 잣나무 그림자가 시간에 따라 모습을 달리하는 것과 달빛의 조도照度에 따라 대상들의 색깔이 조금씩 바뀌는 모습을 천간天慳(하늘이 아껴둔 비경)으로 여겼던 것이다.

참고로 자연도에 있었던 경원정慶源亭은 고려의 예성강禮成江과 중국의 등주登州를 잇는 서해 연안 해로海路에 설치된 객관客館이었다. 《고려도경》에는 "산에 의지하여 관사를 지었는데爲館, 방榜에 경원정이라고 하였다"고 기술돼 있다. 부근에 있었던 제물사濟物寺는 사신으로 왔다가 자연도紫燕島에서 죽은 송밀宋密에게 반승飯僧 의식을 하는 곳이었다. 자연도에 머물던 선원들이 항로航路가 편안해지기를 바라며 의식을 치렀던 곳이 제물사였다.

먼 바다

안민학安敏學(1542~1601)은 조선 중기의 문신이다. 본관은 광주廣州, 호는 풍애楓崖이다. 과거에 뜻을 두지 않고 25세에 박순朴淳(1523~1589)에게 나아가 사제관계를 맺은 뒤 이이李珥(1536~1584)와 정철鄭澈(1536~1593) 등과 교유하였다. 1580년(선조 13), 이이의 추천으로 희릉참봉禧陵參奉이 되었다. 1583년 외직에 해당하는 대흥大興, 아산 등지에서 현감을 역임했다. 문집으로 《풍애집楓崖集》이 있다. 다음은

〈아산창에서 미곡선을 타고 서울로 가다가 밤에 자연도에 배를 대다 自牙山倉乘米船赴上游夜泊紫燕島〉이다.

외로운 배 만 리를 떠도니 초나라 신하와 같고
해 저물어 안개와 파도 일자 생각이 끝이 없네
맑은 달빛 하늘 가득하고 바다는 고요한데
물새는 새벽바람에 놀라 우네

孤舟萬里楚臣同　고주만리초신동
日暮煙波思不窮　일모연파사불궁
明月滿天滄海靜　명월만천창해정
水禽驚叫五更風　수금경규오경풍

작자는 조세미租稅米를 아산에서 서울의 창고京倉로 옮기는 임무를 맡았다. 아산 창고를 출발한 세곡선은 바람과 조류를 타고 북쪽으로 향했다. 안개와 파도가 일자 그 속으로 작자의 옛 기억이 엉겨들었다. 과거科擧에 뜻을 두지 않고 경經·사史·백가百家를 널리 섭렵하여 20세에 원릉참봉元陵參奉에 천거되었으나 나아가지 않았던 기억이 되살아났다. 그리고 그 위로 멱라수汨羅水에 빠져 죽은 초나라 굴원屈原(BC 343~BC 278)의 고사故事가 겹쳐졌다.

해 떨어지자, 세곡선이 자연도(영종도)에 정박했다. 바다 안개와 파도가 뱃전을 두드릴 무렵, 생각이 복잡해졌다. 먼 바다를 바라보며 자신과 굴원의 처지를 오버랩overlap시켰던 조금 전의 상황이 좀처럼 사라지지 않았다. 벼슬을 하고 있는 처지에서, 세상에 순응하는 게 맞는지 아니면 굴원처럼 그것을 거부해야 하는지에 대한 생각이 한 데 엉겼다. 머릿속은 복잡했지만 눈에 포착된 광경은 조화로웠다. 파도가 잦아든 잔잔한 바다는 물고기 비늘인양 달빛을 반사시켰다. 그런 조화로움을 깨뜨린 것은 물새의 울음 소리였다. 삭자는 다시 세곡선의 임무를 깨달았다.

우정과 형제애

남용익南龍翼(1628~1692)은 조선 후기의 문신이다. 본관은 의령宜寧, 호는 호곡壺谷이다. 문집으로 《호곡집壺谷集》이 있다. 다음은 〈자연도에서 취하여 계양 사군 정시형에게 주다紫燕島醉贈桂陽鄭使君時亨〉이다.

2월 봄 물결은 거울함을 열어 놓은 듯하고
간드러진 동풍은 돛에 가득하네
다정한 벗 어느 곳에 와서 나를 기다리나
아침 썰물 물러난 태평암일 텐데

春波二月鏡開函　춘파이월경개함
褭褭東風滿一帆　뇨뇨동풍만일범
何處故人來待我　하처고인래대아

早潮初退太平巖　조조초퇴태평암

작자는 계양의 사군 정시형鄭時亨(1619~1699)이 기다리고 있는 자연도의 태평암을 향하고 있다. 태평암은 중산동 구읍舊邑 나루터 동쪽 바닷가에 있었던 넓고 평평한 바위이다. 인근에 있는 태평루는 자연도를 찾는 사람이면 누구건 방문하여 회포를 푸는 공간이었기에 그들도 그렇게 했을 것이다.

정시형이 사군使君으로 인천과 인연을 맺은 때가 1667년이고, 작자는 그 해 1월에 청나라에 갔던 일을 복명復命하고 6월에 경상도관찰사로 부임했으니, 시에 나타나는 '2월 봄'은 이즈음이다.

이하조李賀朝(1664~1700)는 조선 후기 문신이다. 본관은 연안延安, 자는 낙보樂甫, 호는 삼수헌三秀軒이다. 부제학 이단상李端相(1628~1669)의 아들이며 이희조李喜朝(1655~1724)의 동생이다. 그의 아버지와 형이 각각 1664년과 1696년에 인천부사로 부임했다. 1698년에 부평현감이 됐으나 37세의 나이로 일생을 마쳤다. 《삼수헌고三秀軒稿》를 남겼다. 다음은 〈늦가을 인천 관아에서 맏형과 사촌 형 자동을 모시고 자연도에 가서 태평루에 배를 대고 사촌 형에게 차운하다暮秋 自仁衙奉伯氏及從兄子東 作紫烟行 舟泊太平樓 次從氏韻〉이다.

서남으로 큰 바다 있어
자리를 깔고 안장을 풀었네
신선을 만난 듯이
우리 행차 헛되지 않네

누각 높아 낙조를 볼 수 있고
파도 잔잔하여 더딘 바람 맞을만하네
가는 곳마다 술상 좋기만 하고
인어들 서로 생선을 올리네

西南有大海　서남유대해
掛席卸鞍餘　괘석사안여
仙子如相見　선자여상견
吾行定不虛　오행정불허
樓高看日落　누고간일락
波伏愛風徐　파복애풍서
隨處杯盤好　수처배반호
鮫人各薦魚　교인각천어

작자는 친형 이희조와 사촌형 이해조李海朝를 모시고 자연도의 태평루에 왔다. 그곳은 서남쪽의 넓은 바다를 향해 트여 있어 낙조를 조망하는 적소適所였다. 누상樓上에 앉아 술상을 맞기에 알맞을 정도로 바람도 더디게 불었다. 게다가 가는 곳마다 술상이 좋았는데, 특히 '인어들 서로 생선을 올리네'처럼 술상에 오른 생선들이 인상적이었다. 인어가 물 밖의 인가人家에 머물면서 비단을 짜다가 작별할 때 눈물방울로 구슬을 만들어 집주인에게 주었다는 〈오도부吳都賦〉의 이야기를 염두에 두면, 술상의 생선들이 진귀하고 다양했다고 짐작할 수 있다. 물론 다음의 시에 나타나듯, 술상에 가득했을 생선들은 가을철에 나는 것들이었다.

다음은 〈구양서 문집 가운데의 운에 차하다[과거를 기억하건대 아버님께서 인천부사로 나가시어 이 섬에서 놀기로 하여 형이 어린 아이로 따라갔다. 지금 형이 다시 태수로서 행차하기로 했으니 실로 눈물을 이길 수 없다. 호랑이 머리는 바다 가운데 있는 바위 이름이다.]次歐陽集中韻[記昔先君子嘗出宰仁府 作此島之游 伯氏以童子隨之 今伯氏又以太守作此行 實有不勝愴涕者 虎頭卽海中巖名]〉이다.

언덕 가까이 있는 조각배 노 젓는 소리 그치자
뿔피리 소리 수향水鄕의 가을에 높이 울리네
태수의 풍류는 백성들 풍속을 기쁘게 하고
장군이 예를 따지자 우리들은 만류하네
하늘 구름 아득하여 붕새의 등이 낮기만 한데
섬들은 창망하고 호두암은 물에 잠기네
동향桐鄕의 옛 자취 찾으며 눈물 흘리니
이번 행차 옛날과 유사하다 할 만하네

扁舟近岸櫓聲休　편주근안로성휴
畫角高吹水國秋　화각고취수국추
太守風流氓俗喜　태수풍류맹속희
將軍禮數我曹留　장군례수아조류
天雲浩渺低鵬背　천운호묘저붕배
島嶼蒼茫縮虎頭　도서창망축호두

垂淚桐鄉尋舊跡　수루동향심구적

此行云似昔年遊　차행운사석년유

인천부사의 일행을 맞이하는 행사가 열렸다. 배가 닿자 뿔피리 소리가 가을 하늘에 가득했다. 환영행사가 부담스러웠던 일행들은 절차를 간소하게 하자 했지만 자연도의 수군水軍 장군이 그럴 수 없다며 고집을 부리며 예禮를 차렸다. 방문하는 쪽에서는 32년 전에도 그런 행사를 했으니 조금 생략하자는 입장이었고 맞이하는 쪽에서는 부자父子 모두 인천부사가 되어 자연도를 방문한 게 흔한 일이 아니기에 더욱 예를 찾고자 했다.

조수가 밀물로 바뀌자 멀리 있는 섬들이 더욱 아득해 보였고 앞에 있는 호랑이 머리 바위는 바닷물에 조금씩 잠기고 있었다. 과거처럼 극진히 맞아주는 자연도 사람들을 통해 동향桐鄉의 고사故事가 떠올랐다. 동향은 지방관이 정사를 잘 하여 백성들에게 존경받는 것을 의미한다. 한漢나라 주읍朱邑이 동향에서 선정을 베풀었는데, 그가 죽은 뒤에 그곳 백성들이 묘 옆에 사당을 짓고 제사를 올렸다는 고사이다.

제목에 나타나듯이, '과거를 기억하건대 아버님께서 인천부사로 나가시어 이 섬에서 놀기로 하여 형이 어린 아이로 따라갔다. 지금 형이 다시 태수로서 행차하기로 했으니 실로 눈물을 이길 수 없다'는 데에서 위의 시를 이해해야 한다.

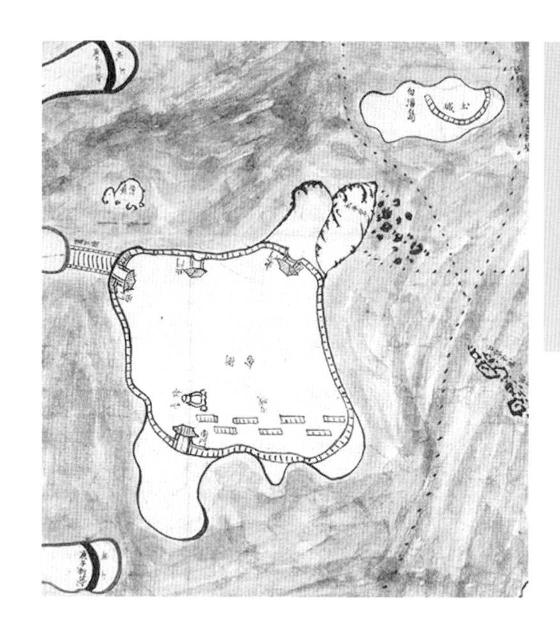

《영종지도》(1872년)에는 태평암과 그 앞의 바다에 호랑이 머리(虎頭) 바위가 등장한다. 좌측 중앙에 자연도와 연결된 잔교(棧橋)가 만세교이다.(규장각한국학: 10347)

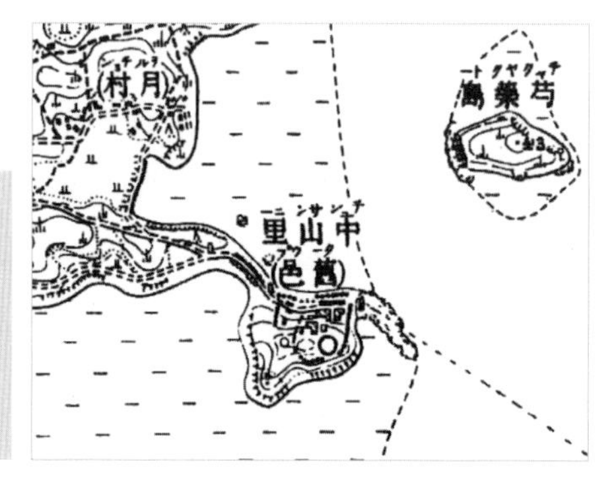

《1918년 지도》에 나타난 구읍(舊邑)과 태평암이다. 만세교를 돌을 포개 놓았다는 부호[纍石圍]로 나타낸 것으로 보아 구읍과 영종도는 연육된 상태였다.

이해조李海朝(1660~1711)의 본관은 연안延安, 자는 자동子東, 호는 명암鳴巖이다. 아버지는 대제학 이일상李一相이고 작은 아버지가 이단상이다. 이희조와 이하조와는 사촌형제이다. 시문에 뛰어나 김창흡金昌翕으로부터 천재라는 격찬을 받았다. 《명암집鳴巖集》을 남겼다.

다음은 사촌 형제들과 자연도(영종도)에 놀러 갔을 때 지은 〈낙보와 함께 종씨의 인천 부임지에 가서 바다를 건너 자연도에 들어가 백운사에 묵다與樂甫 赴從氏仁川任所 仍與泛海 入紫燕島 宿白雲寺〉이다.

저녁 내내 진루에서 찌든 가슴 씻어내고
운암을 향해 작은 길 찾았네
외로운 섬 바다를 삼켜 넓기만 한데
산에 둘러싸서 사찰은 깊기만 하네
저물녘 돛대에 부는 바람은 구름을 당겨 홰나무에 그림자 만들고
가을 신기루 엉겨 안개 끼자 섬이 그늘진 듯하네
옛날의 감흥이나 새로운 기쁨은 모두 허망한 것이라며
관가의 술통 비우는 형제의 마음이여

鎭樓竟夕滌煩襟　진루경석척번금
又向雲菴小路尋　우향운암소로심
孤島漱呑溟海闊　고도수탄명해활
一山環擁寺門深　일산환옹사문심
帆風夕掣雲槐影　범풍석체운괴영
蜃氣秋凝霧嶼陰　신기추응무서음
舊感新歡俱妄幻　구감신환구망환
官樽聊瀉弟兄心　관준료사제형심

연회를 마치고 백운산白雲山의 동북쪽에 있는 백운사로 향했다.

해안가의 길을 따라 이동하면서 날씨의 변화와 그에 따른 지형의 모습이 인상적이었다. 작자는 자신이 예상했던 것보다 섬의 규모가 훨씬 컸기에 '섬이 바다를 삼켰다'고 표현했다. 마지막 부분은 태평루에서 환대를 받아 '찌든 가슴 씻어 내滌煩襟'며 '옛날의 감흥이나 새로운 기쁨舊感新歡'을 얻은 것에 대한 진술이다. 하지만 감흥이나 기쁨은 사촌이 인천부사라는 벼슬과 관련된 것이기에 그보다는 그들과 동행하며 술상 앞에 같이 있었던 기억이 훨씬 좋았다. 벼슬은 유한하기에 허망한 것이지만 형제애는 대代를 잇는다는 게 작자의 생각이었다. 다음은 〈아침 일찍 백운사를 떠나다白雲寺 早發〉이다.

백운사를 돌아 보고
푸른 바닷가를 거닐며 읊조리네
어가에서는 가을날 배를 고치고
소금 굽는 집에서는 연기 피우네
사나운 바람은 산의 나무 흔들고
물결은 높아 포구의 밭까지 밀려오네
섬의 봉우리 모두 보기 좋으니
바로 진짜 신선을 물어볼까 하네

回望白雲寺　회망백운사
行吟滄海邊　행음창해변
漁家秋理舶　어가추리박
鹽戶晩生烟　염호만생연

風厲披山木　풍려피산목
潮高浸浦田　조고침포전
島峯面面好　도봉면면호
直欲問眞仙　직욕문진선

가을 아침, 바닷가를 거닐면서 목격한 것들을 나열하고 있다. 배를 손질하는 어부와 소금을 굽는 염부鹽夫, 나무를 흔드는 바람과 포말을 일으키며 뭍으로 향하는 파도, 그리고 백운산의 봉우리가 작자의 눈에 들어왔다. 특히 '섬의 봉우리 모두 보기 좋島峯面面好'다고 하는데, 이는 병와甁窩 이형상李衡祥이 오가팔영五嘉八咏(영종팔경)에서 첫 번째로 선정한 것이었다.• 예컨대 '무엇보다 꾀꼬리 날며 북을 빈틈없이 던지니, 문득 한줄기 아지랑이 금실의 베가 됐다最是流鶯梭擲密 却將金織敵孤嵐'며 아지랑이가 백운산 정상을 에두르고 있는 모습을 그려낸 게 그것이다. 산 정상의 안개가 바람에 의해 다양한 모습을 연출하자 작자는 절경에 감동하여 혹여 신선이 있지 않나 하는 생각을 하기도 했다. 다음은 〈저물녘 고종암에 배를 대고 박생의 팔선정에 묵다暮泊高宗巖 宿朴生八宜亭〉이다.

배를 두고 시골 별장으로 들어가니

• 이형상은 오가팔영을 선정하고, 각각의 소표제에 대하여 7언시 3수와 5언시 2수 모두 40수의 한시를 남겼다. 소표제는 白雲晴嵐(백운산의 아지랑이), 紫烟霽月(자연도의 비 개인 날에 뜨는 달), 三玉落照(삼옥의 낙조), 八尾歸帆(팔미도로 돌아드는 돛단배), 迦羅課農(사찰의 농사일), 瞿曇訪釋(구담사의 스님 방문), 松山放牧(송산의 목장), 桐江釣魚(동강에서의 낚시)이다.

썰물에 저녁 바람 부네
산을 개간하여 밭은 거칠고
갯벌이 넓어 바다 사방으로 통하네
상에 오른 생선은 희게 구웠고
광주리에 가득한 홍시는 붉은 것을 딴 거네
수향을 두루 보았으되
여기에 이르러 흥이 무궁하네

舍檝入村墅　사즙입촌서
潮歸生晩風　조귀생만풍
山開田坱莽　산개전앙망
浦闊海横通　포활해횡통
登案魚燖白　등안어심백
盈筐柿摘紅　영광시적홍
水鄕行已遍　수향행이편
到此興無窮　도차흥무궁

박생朴生과 고종암高宗巖에 대해서는 구체적으로 알 수 없다. 아침에 백운사를 떠나 자연도를 두루 구경하고 난 뒤, 저녁 무렵에 박생의 별장과 가까운 고종암에 배를 댔다. 그곳 주변의 밭은 개간해서인지 척박했고 썰물 빠져나간 사방은 온통 갯벌이었다. 물론 저녁상에 오른 생선구이와 간식으로 나온 홍시가 이채로웠다. 태평루의 환영 잔치와 백운사에서 형제들과 마주한 술상에 비해 차린 게 많이 부족했지만 팔선정에서 박생이 올린 저녁상은 소박하되 정성이 가득했다. 그래서 '수향을 두루 보았으'나 '여기에 이르러 흥이 무궁' 했던 것이다.

자연도紫燕島(영종도) 관련 한시에 태평루太平樓가 자주 등장한다. 윤시동尹蓍東(1729~1797)이 남긴 중수기를 통해 그 이유를 짐작할 수 있다.●

> …앞바다에 자연도가 있으니 지금의 영종진이다. 섬의 동쪽 가에 바다를 끼고 날개를 펼친 듯한 곳이 태평루太平樓인데, 그 곁의 태평암太平巖에서 취하여 이름으로 삼았다. 북으로는 심도沁都·교동과 통하고 남으로는 호남과 영남으로 이어지니 도성으로 가는 조운로漕運路의 요처이다. 도성의 10만호를 먹여 살리는 것은 삼남三南의 곡식으로, 이 삼남의 곡식이 모두 조운되는 것이 아니지만 크고 작은 상선은 이 섬을 거치지 않고 경강京江에 다다를 수 없다. 때문에 큰 배와 긴 배가 돛을 달고 왕래하는 것은 날마다 그 수를 헤아릴 수 없이 많다. 이 누대에 오르면 바람을 품고 파도를 가르는 돛배가 마치 갈매기의 날갯짓 같기도 하고 베틀을 짜는 것 같기도 하다. 언뜻 멀어졌다 가까워지고, 노 젓는 소리 여기저기서 들려온다. 또한 바람 부는 아침이나 달 뜬 저녁이면 크고 작은 섬들은 가리어져 숨겨지고, 바람이 거세고 파도가 높이 일면 그 변화하

● 중수기의 끝부분에는 "가선대부 경기관찰사 겸 병마수군절도사 개성부유수 강화부유수 순찰사 윤시동이 기술한다(嘉善大夫京畿觀察使兼兵馬水軍節度使開城府留守江華府留守巡察使 尹蓍東記)"며 당시에 기문을 작성한 자의 직책을 밝히고 있다.

는 모습이 각양각색으로 과연 장관이다. 그런즉 이 누대의 경치가 우리나라에서 으뜸이라 하여도 지나친 것은 아니다.…

…前洋有紫烟島 卽今之永宗鎭也 島之東頭枕海而翼然者曰太平樓 取其傍太平巖而名 北通沁喬南控湖嶺 爲都內漕運之咽喉 京師十萬戶所仰哺者 卽三南之穀 而三南之穀不獨漕運 大小商舶無不經是島而抵京江 故凡巨艦長舸掛帆往來者 日不知其數 登斯樓也 飽風之帆 輕浪之檣 如鷗之泛 如梭之織 乍遠乍近 棹謳互發 又其風朝月夕 島嶼掩翳 颶颱高浪 變態百出者 儘壯觀 然則斯樓之承 雖謂之甲於一邦 不爲過也…

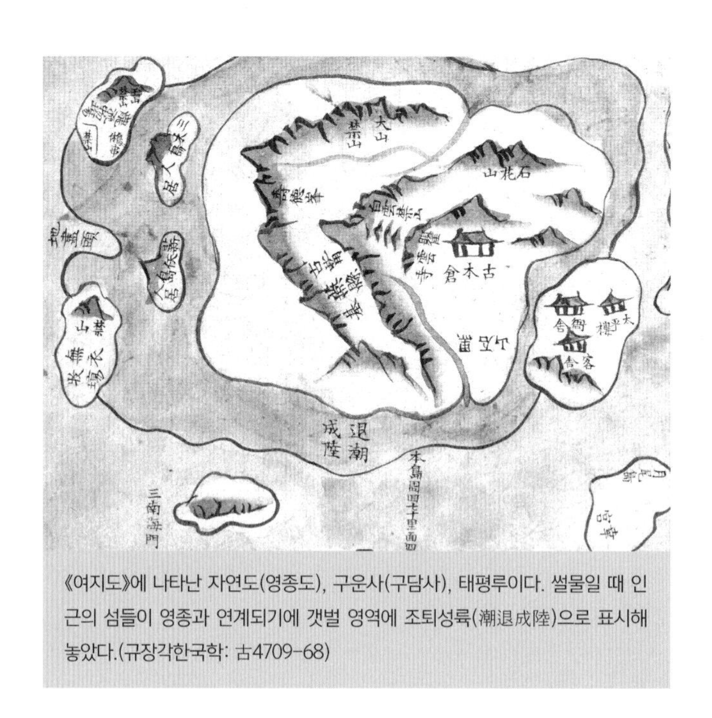

《여지도》에 나타난 자연도(영종도), 구운사(구담사), 태평루이다. 썰물일 때 인근의 섬들이 영종과 연계되기에 갯벌 영역에 조퇴성륙(潮退成陸)으로 표시해 놓았다.(규장각한국학: 古4709-68)

하찮은 대상을 통해 읽어내는 도학

이형상李衡祥(1653~1733)은 인천 죽수리竹藪里 소암촌疏巖村에서 태어났다. 자는 중옥仲玉, 호는 병와瓶窩이며, 본관은 완산完山으로 효령대군 10세손이다. 1680년 별시 문과에 급제한 후 성주목사, 청주목사, 동래부사 등을 역임했다. 강화의 《강도지》와 제주의 《탐라록》을 엮을 정도로 자신이 거주했던 지방에 대한 생각이 각별했다. 그의 나이 79~81세 때에 《소성속록》을 엮었는데, 그 안의 《부해록》에는 영종도 주민들의 생활상이 한시漢詩 형태로 남아 있다. 《부해록》에 전하는 한시 중에서 〈이곳은 본래 급제한 후에 부임한 곳으로 52년이 지난 후에 다시 돌아오는 것인데, 역풍이 갑자기 순풍으로 변하여 편안히 건넜으니 가히 괴이한 일이다此本決科之地還到於五十二年之後逆風猝順利涉可怪〉라는 제목을 통해 보건대, 병와가 27세 때 문과에 급제하여 부임한 곳이 영종도였으며 52년이 지난 1731년에 다시 그곳을 방문했다는 것을 알 수 있다. 다음은 〈가까운 포구에서 고래가 죽다鯨斃近浦〉이다.

큰 수염의 고래가 조류를 타고 바닷가에 이르러 죽었나니
먹을 것만 탐하고 자신은 돌보지 않은 까닭이네
분주히 바쁜 세상의 도리도 모두 이와 같으니
탐하고 음란한 우리 인간들에게 경계를 드리우네

巨髥乘潮斃海濱　거염승조폐해빈

只緣謀食不謀身　지연모식불모신
奔忙世道皆如此　분망세도개여차
却把貪淫更戒人　각파탐음갱계인

영종도 바닷가에 수염고래의 사체가 밀려왔다. 낯선 광경에 대해 이리저리 기술하지 않고 고래가 죽은 원인을 '먹을 것만 탐하고 자신은 돌보지 않은 까닭'이라 한다. 깊은 바다에 있어야 할 고래는 먹이를 탐하여 얕은 바다까지 왔다가 끝내 돌아가지 못했다. 작자는 그것의 죽음을 인간에게 경계를 주는 것으로 이해하고 있다. 이른바 자신의 분수에 대해 편안하게 여기는 안분安分이야말로 동물이건 인간이건 필요하다는 것이다.

하찮은 개미라도 배움의 대상이 될 수 있다는 것을 다음의 〈개미蟻垤〉로 표현하였다.

임금과 신하의 대의를 네가 먼저 알았으니
땅속에 구멍파고 잠복하니 또한 사사로움이 없구나
너의 충성은 부역에 달려 나갈 즈음에 이미 보았고
피 같은 성실함은 양식을 모을 때 더욱 알았네
날 때부터 개미집을 지으니 일편단심과 합치되고
죽어서도 들판으로 나가지 않으니 본성을 미룬 것이네
난신적자亂臣賊子는 지금처럼 해를 이어 봉기하니
가련하다 사람 사는 이치를 홀로 어찌 하리오

君臣大義爾先知　군신대의이선지
穴地潛藏亦不私　혈지잠장역불사
忠蓋已看趨役際　충개이간추역제
血誠尤識聚粮時　혈성우식취량시
營生有垤丹心合　영생유질단심합
抵死无原素性推　지사무원소성추
亂賊如今連歲發　난적여금연세발
可憐人理獨何爲　가련인리독하위

개미를 통해 군신의 대의大義를 진술하고 있다. 개미의 부역에서 충성과 성실을, 집 짓는 과정에서 일편단심을 읽어내고 있다. 개미가 몸을 낮춰 구멍을 파고 거주하기에 사사로움이 개입되지 않는데, 인간에 해당하는 '난적亂賊'들은 해마다 봉기를 하고 있다. 작자에게 그들은 단어 그대로 '가련可憐'한 존재들이다.

이런 경우는 파리[蠅]도 마찬가지인데 다음의 〈파리는 고삐를 두려워하지 않는다蠅不畏鞁〉에서 확인할 수 있다.

파리의 습성이란 먹기 위해 자신을 돌보지 않는 것
더럽고 상처 나도 오히려 다시 사람에게 침입하네
입과 배로 말미암아 이다지도 급한데
가련하다 재물 욕심에 또한 얼굴 찡그릴 뿐이네

蠅習皆營不顧身　승습개영불고신

塵傷猶復却侵人　진상유복각침인
口腹由來如是急　구복유래여시급
可憐財慾亦堪顰　가련재욕역감빈

'먹기 위해 자신을 돌보지 않는' 파리의 모습이 가련할 뿐이다. 파리는 제 몸이 처해진 상황을 돌아보지 못하고 입[口]과 배[腹]가 요구하는 대로 급하게 날아다니고 있다. 욕심을 앞세우는 모습은 단순히 파리에게만 한정되지 않고 그와 유사한 인간들과 겹쳐 나타난다. 파리의 습성에 기대 사람의 욕심을 견인한 것은 단지 작자만의 생각이 아니라 동양의 오랜 전통이었다. 구양수歐陽修(1007~1072)의 〈증창승부憎蒼蠅賦〉를 통해 파리가 욕심쟁이, 아첨꾼, 모사꾼, 소인배와 결부된 경우를 확인할 수 있다. 〈증창승부〉에서 "그릇과 접시에 엉겨 붙은 놈, 술상에 온통 진을 치는 놈, 맛 좋은 진국 술에 취해 그대로 술 속에 몸을 던져 익사하는 놈, 국 맛에 넋을 잃어 펄펄 끓는 국 속에 빠져 혼백을 날리는 놈或集器皿 或屯几格 或醉醇酎 因之投溺 或投熱羹 遂喪其魄"들이야말로 제 몸을 돌보지 않고 욕심을 앞세운 인간의 또 다른 모습이었다. 이외에도 귀뚜라미(《蟋蟀》)를 소재로 도道를 드러내는 한시를 남기기도 했다.

주민의 궁핍 상황

영종도에서 이형상이 목격한 것은 주민들의 궁핍이었다. 《소성속록》에 등장하는 영종도 주민의 생활은 전반적으로 궁핍이라 할 수 있다. 자급할 만큼의 기름진 농토가 없는 게 가장 큰 원인이겠지만, 작자가 영종도에 거주할 때 대기근大饑饉이 성행한 것도 한 이유이다. 다음은 〈궁벽한 섬에서 다섯 가지의 괴로움窮島五苦〉이다.

마을 사람들 먹을 것 없어 밭의 소출 고대하는데
마을의 벼슬아치 세금 독촉하는 기세가 매우 등등하네
창밖에서 모여든 모기 부채 휘둘러 쫓아내고
잠자리에 있는 굶주린 이蝨 이불로 막아도 소란스럽네
파리는 몰래 빨며 맛을 찾을 줄 알기에
객지의 생활 이처럼 고달프네
빈대가 기름이 있는 곳으로 몰래 튀어가더라도
홀로 시구를 읊조리며 불평하지 않으리

鄕居乏食待田毛　향거핍식대전모
里尹催租氣甚豪　이윤최조기심호
窓外聚蚊揮扇逐　창외취문휘선축
寢中飢蝨隔衾搔　침중기슬격금소
蠅營暗嘬知探味　승영암최지탐미
客寓生涯如是苦　객우생애여시고
蚤躍潛投覺噀膏　조약잠투각손고
獨吟詩句不嫌高　독음시구불혐고

괴로움이 순서대로 제시돼 있다. 궁벽한 섬에서 배고픔[乏食], 모기[聚蚊], 이[飢蝨], 파리[蠅營], 빈대[蚤躍]는 견디기 힘든 것들이다. 굶주린 모기와 이, 몰래 빠는 파리와 기름진 곳을 튀어 오르는 빈대는, 객지 생활하는 작자를 고달프게 하는 해충들이다. 물론 먹을 것이 떨어진 상황인데[乏食] 세금 독촉하는 벼슬아치들 또한 괴로움을 배가시키는 자들이다. 하지만 작자는 '홀로 시구를 읊조리며 불평하지 않'겠다고 한다. 다음 〈유민과 거지들이 거리에 가득하다 流丐滿巷〉를 보자.

올해도 흉년이니 팔도가 똑같아
하늘은 봄빛이건만 여름날이 더욱 근심이네
처음 지아일地啞日에 밭 갈기와 추수 끊기고
다시 천롱일天聾日에 개밋둑 같은 집들 비어 있네
마른 시체 거리에 가득해 산길 좁아졌고
초목이 우거진 길 다니기도 어려워라
안연顔回의 단표누항 이 거리엔 없으니
어느 누가 나물 먹고 팔베개 하며 즐거워하리

今歲凶荒八路同　금세흉황팔로동
九重春色倍夏忡　구중춘색배하충
初仍地啞耕收絶　초잉지아경수절
更値天聾垤室空　갱치천롱질실공
藁殣滿街山似窄　고근만가산사착

萑竅藏藪道難通　추규장수도난통
顏瓢抵處皆無巷　안표저처개무항
孰枕蔬肱可樂中　숙침소굉가락중

상상할 만한 흉년이 아니라 지옥을 방불케 하는 상황이다. 땅과 하늘이 귀먹은 날이라는 지아일地啞日과 천롱일天聾日에는 밭 갈기와 추수해야 하지만 현실은 그렇지 않다. 개밋둑[垤室]처럼 허름한 곳에 거주해야 할 사람들이 마른 시체로 변해 산길에 쌓여 있고 통행이 끊긴 산길은 수풀로 뒤덮여 좁아져 있었다. '나물 먹고 팔베개 하며 즐거움을 찾아'야 한다飯疏食飲水 曲肱而枕之 樂亦在其中矣(《논어》)는 성현의 가르침은 책 안의 낡은 구절로 남아있어야 했다.

다음의 〈닭, 개, 새, 참새 대부분 굶어 죽었고 산 것은 또한 새끼 낳지도 못한다鷄犬鳥雀多餓死存亦不孳〉를 보면 이러한 참상은 인간에게만 국한된 게 아니었다.

산과 들에 짐승 드물고 굴뚝에 연기 오르지 않고
온 마을이 물 끓듯 하니 또한 가엾네
이즈음 손자와 증손자는 술지게미 마다 않고
안빈낙도 몸에 배어 홀로 고치지 않으리

山野稀禽突未烟　산야희금돌미연
閭村如沸亦堪憐　염촌여비역감련
孫曾際此糠無厭　손증제차강무염

獨有顔瓢不改前　독유안표불개전

제목처럼 흉년이 동물들에게 미친 경우이다. 다만 동물들의 피해가 구체적으로 적시되어 있지 않지만 인간의 피해도 심각했기에 '산 것은 또한 새끼 낳지도 못한다存亦不孳'며 섬뜩한 제목으로 시를 지었던 것이다. 산과 들에 있어야 할 짐승들의 흔적은 물론 민가의 굴뚝 연기도 사라졌다. 살아있는 대상들에게 뭐든지 입으로 넘길 게 있다는 사실만으로도 감사해야 할 때다. 작자의 손자나 증손자도 술지게미를 마다하지 않고 있는 모습에 대해 〈즉사卽事〉라는 시에서 "어린 손자들은 죽이 싫어 간간이 배고픔을 호소한다稚孫厭粥間呼飢"며 고백하고 있다.

절대 궁핍 속에서의 안분

배고픔과 추위를 동시에 겪으면 고통은 더욱 크다. 다음은 콩죽, 부스럼, 동짓날 추위, 징경이 뱃속의 순서로 진술된 〈임자년 동지壬子冬至〉의 일부분이다.

콩죽으로 삶을 이어가며 부스럼을 다스리려 하지만
주린 육신 펴지도 못하는데 추위는 지렁이처럼 찾아오고
따뜻한 소식 들려오지 않고 징경이 뱃속은 여위어만 가네

豆粥支頤解疫瘡　두죽지이해역창
頑飢未展寒蚯結　완기미전한구결
煖響空空瘠鳴腸　난향공공척단장

밤이 가장 길고 추위가 절정에 이르는 동짓날이다. 그런 상황에서의 배고픔은 남다른 고통이다. 콩죽으로 연명하며 부스럼을 견뎌내는 일도 버거운데, 추위는 지렁이처럼 스멀거리며 찾아온다고 한다. 섭생을 온전히 해야 추위에 맞설 수 있지만 창자가 비어 있으니 난감하기 이를 데 없다. 동지의 날씨와 멀건 콩죽에서 벗어날 방법에 해당하는 '따뜻한 소식'이 들려올 가능성은 거의 없다.

이와 유사한 상황은 "급한 바람 타고 내리는 비에 극심한 추위, 구휼한다 한들 굶주린 백성 태반이 죽었急風乘雨劇寒凉 賑幕飢民太半殭" 다며 〈풍우가 몰아치고 갑자기 추워지자 가난한 백성이 많이 죽었다風雨猝寒賑民多死〉는 한시에서도 반복되고 있다. 다음은 〈키를 걸고 안자의 표주박 물 마시다掛箕飮顔〉이다.

밭도 없고 물 긷는 일도 없고 땔나무도 없는데
태학생은 물 대기 위해 밭둑을 태우네
괴이한 마음일랑 옛 도에 의지해 기쁘나니
키를 걸고 안자顔子의 표주박 물을 마시네

無田無汲亦無樵　무전무급역무초
太學生爲灌圃焦　태학생위관포초

所恠冲襟依舊悅　소괴충금의구열
掛箕今作飲顔瓢　괘기금작음안표

작자는 궁핍한 상태에 있다. 그러나 키를 걸고 안자의 표주박 물을 마시는 옛날의 도道에 대해 기쁘다고 한다. '키를 걸다掛箕'는 요임금이 천하를 양여讓與하려 하자 산속으로 들어가 은거하였던 허유許由의 고사를 가리킨다. 그는 기산箕山에 숨어 살며 물을 마실 그릇이 없어서 손으로 늘 움켜 마셨는데 그것을 본 어떤 사람이 바가지 한 짝을 그에게 주었다. 허유가 그 바가지로 물을 퍼 마시고 나뭇가지에다 걸어 두었더니 바람이 불 때마다 딸그락딸그락 소리가 났다. 그러자 허유는 그것이 번거롭다 하여 바가지를 버리고 다시 손으로 움켜 마셨다고 한다. 안자顔子의 표주박 물은 단표누항簞瓢陋巷과 관련된 고사이다.

작자가 영종도에서 목격한 궁핍은 전술한 경우 이외에 〈흉년 든 마을에서 보리이삭을 따다飢村摘麥〉의 "궁벽한 마을 보리이삭은 더디 익고, 바쁜 손길로 베어내어 찧어보지만 죽도 끓일 수 없네窮閭麥穗懶騰黃 忙手戈舂不厭糠"와 〈소금을 만들기 위해 땔감을 훔치다鹽竈偸薪〉의 "섬사람들은 모두 먹고 사는 문제로 급한데, 입산을 금하니 몰래 나무를 베어내니 청렴함이 다칠까 걱정이네最是島民生事急 犯禁偸斫恐傷廉"와 〈마을 안의 친척끼리 서로 훔치는 일이 있다里中有至親相偸〉의 "온 집안이 아이 업고 유리걸식하니, 담장 너머 도적질이 짐승 벌레 같네渾室流離童稺挈 閱墻偸竊獸虫均" 등에서 확인할 수 있다.

이런 상황을 다소 진정시키는 작물로 영종 용유에서 자생하는 순채를 노래한 〈용유순龍流蓴〉를 보자.

용유순의 맛이 세상에서 가장 뛰어난데
젊은 날 맛보니 환약보다 낫다네
올해는 굶주린 백성들이 모두 캐어갔으니
궁벽한 섬사람들 생계의 어려움을 구제하네

龍流蓴味最人寰　용유순미최인환
少日親嘗勝丸還　소일친상승환환
今歲飢民偸採盡　금세기민투채진
却知窮島濟生艱　각지궁도제생간

용유순의 '맛이 세상에서 가장 뛰어나다'고 할 정도로 굶주림의 정도가 심각했다. 용유순의 맛을 환약이라 했는데, 배고픔을 벗어날 수 있는 귀한 약藥으로 생각했기에 주석에는 단약丹藥이라 표기하고 있다. 물풀에 해당하는 순채蓴菜는 국, 탕湯, 회膾 등으로 식용했다. 《영종방영도지》에 순지순채蓴池蓴菜가 영종팔경으로 선정돼 있는 것도 이와 관계가 있다.● 다음은 〈안분安分〉이다.

오리와 학은 길고 짧음이 없고

● 《영종방영도지》에 太平巖, 龍流妓巖, 白沙海棠, 王山觀海, 唐山落照, 蓴池蓴菜, 白巖待潮로 나타난다. 그리고 《영종진읍지》에도 용유순이 팔경으로 등장한다(太平巖, 龍流妓巖, 將軍石, 白沙海棠, 王山觀海, 唐山落照, 蓴池, 白巖).

봄 매미는 멂과 가까움이 있네
만족함과 만족하지 못함을 논하지 마라
나 스스로 나의 분수 편안히 여기리

鳧鶴無長短　부학무장단
春蛄有遠近　춘고유원근
毋論足不足　무론족부족
我自安吾分　아자안오분

물생物生은 저마다 특징이 있어 그것에 대해 편안하게 받아들여야 한다. 혹여 오리가 목이 긴 학을 부러워하면 자신의 처지에 대해 불만이 생긴다. 매미의 울음소리도 가깝든 멀든 매미가 울어대는 소리일 뿐이다. 그저 자신의 분수에 대해 편안하게 여기면 그만이다. 결국 절대 궁핍의 상태이지만 배부름과 배고픔을 논할 게 아니라 어떤 것이건 자기의 분수로 편안히 여기면 된다는 것이다. 작자가 영종도에서 경험한 궁핍은 다른 사람들과 달리 불편함이 아니라 도학道學을 견인하는 계기였다.

龍流蓴

龍流蓴味最人家少日親寄勝凡還藥今歲飢民偷

採盡却知窮島濟生艱

〈용유순〉

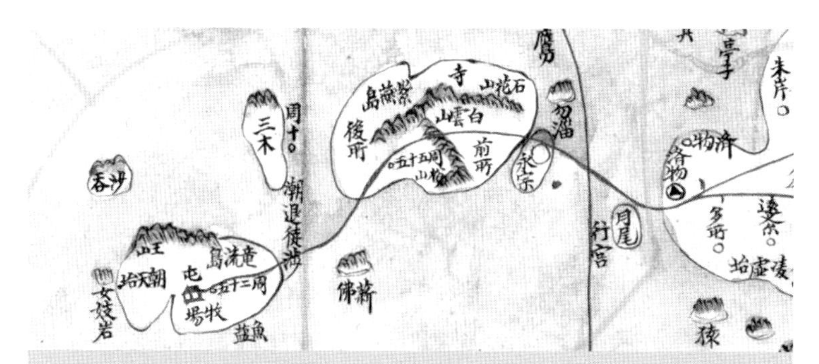

《동여도》에 나타난 영종도(자연도), 삼목도, 용유도이다. 용유팔경과 관련하여 왕산(王山), 여기암(女妓巖)이 표시돼 있다.(규장각한국학: 10340)

4장

부평과 계양,

따스한 햇살 고운 바람에
저녁 풍경 맑기만 하고

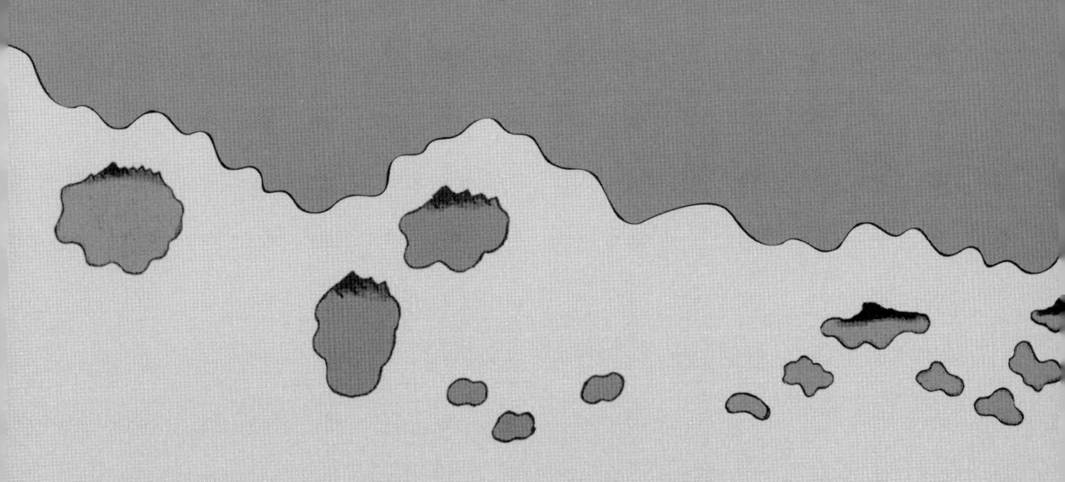

부평으로

정추鄭樞(1333~1382)는 고려 후기의 문신이다. 자는 공권公權, 호는 원재圓齋이다. 1353년(공민왕 2) 익재益齋 이제현李齊賢이 지공거知貢擧였던 과거에서 목은牧隱 이색李穡과 함께 급제한 이후 여러 관직을 거쳤다. 정추는 당시의 권문세족과 대립하던 고려말의 전형적인 사대부였다. 《고려사열전高麗史列傳》에 "항상 권간들이 나라의 정치를 좌우하는 것을 미워하고 분개하여 마음에 불평을 가지고 있다가 등창이 나서 죽었다"고 기술되어 있는 것을 통해서도 이를 짐작할 수 있다. 《원재고圓齋稾》를 남겼다. 다음은 〈부평으로 가는 도중富平道中〉이다.

> 도호부는 어느 해에 사라졌나
> 성 안의 옛터는 흐릿하네
> 사람을 만나 어디에서 왔냐 물으면
> 말을 세워놓고 뜻 가는 대로 말하리

나무 점점하여 마을은 손바닥 모양이고

하늘 낮은 듯 고개는 눈썹 같네

아이들아 조심해서 뛰어다녀라

포구의 널다리 위태로우니

都護何年破　도호하년파

城闉迷舊基　성인미구기

逢人問奚自　봉인문해자

立馬志所之　입마지소지

樹點州如掌　수점주여장

天低嶺似眉　천저령사미

兒童愼奔走　아동신분주

浦口板橋危　포구판교위

말을 몰고 부평을 가는 길에 느꼈던 것을 읊고 있다. 작자가 향하던 곳의 지명은 주부토主夫吐에서 장제長堤, 수주樹州, 안남安南, 계양桂陽, 길주吉州, 부평富平의 순서로 바뀌었다. 그리고 1215년(고종 2)에 계양도호부, 1308년(충렬왕 34)에 길주목, 1310년(충선왕 2)에 부평부로 바뀐 점을 감안하면 1~2행은 계양도호부와 계양산성에 대한 진술이다. 도호부는 사라졌고 산성은 관리가 되어 있지 않은 상태이다. 삼국시대에 축조된 산성은 한강 하류를 관장할 수 있는 공간에 위치하고 있었기에 백제와 고구려, 신라의 중요한 군사거점으로 기능하였다. 그러한 기능은 간데없고 옛터의 흔적이 흐릿할 정도로 남아 있었다. 작자가 산성의 옛터에서 마을을 내려다보고 고개[嶺]를 수평으로 조망했다는 점은 손바닥 모양의 마을 주변부에 나무들이 점점이 있고 낮은 듯한 고개가 완만한 눈썹 모양이었다는 데에서 짐작할 수 있다. 산성 아래로 내려와 물가에 이르렀다. 대교大橋, 잔교棧橋, 방축의 널반지인지 그 위를 뛰어 노는 아이들이 위험해보일 정도로 시설물이 낡아 있었다.

《해동지도》에 나타난 계양산성, 망조산, 유등방축, 대교(大橋)이다. 정추의 한시에 따르면, 그는 산성의 남측 고개에서 눈썹 모양의 망조산 능선을 조망하고 대교에 이르렀다. 무지개(紅霓門) 모양으로 축조된 대교는 대교어화(大橋漁火, 한다리의 고기잡이 불)라 하여 부평팔경 중에 하나였다.(규장각한국학: 古大4709-41)

성현成俔(1439~1504)은 조선 전기의 관료문인이다. 문집으로 《허백당집虛白堂集》이 있다. 포천에 있는 고조高祖의 묘墓를 다녀오면서 '수원 → 부평 → 강화 → 포천 → 부평'의 노정을 밟으며 방문한 곳에 대해 시문을 남겼다. 다음은 〈부평헌에 차운하다次富平軒韻〉이다.

아득한 곳에 있을 서경부
큰 들판 동쪽은 넓디넓기만 하네
논밭 이랑이 종횡으로 펼쳐 있고
산빛은 있는 듯 없는 듯하네
해질녘 온 마을에 참새 지저귀고
소 옆으로 젓대 소리 날아드네
말을 몰아간들 무슨 소용이랴
백발이 된 감회 면치 못할 텐데

渺渺西京府　묘묘서경부
茫茫大野東　망망대야동
禾田縱橫畝　화전종횡무
山色有無中　산색유무중
雀噪千村日　작조천촌일
牛橫一笛風　우횡일적풍
驅馳竟何益　구치경하익
未免感霜蓬　미면감상봉

작자는 광활하게 펼쳐진 부평 들판에 압도되어 있다. 산이 가로막지 않은 '넓디넓은 큰 들판茫茫大野'에 대해 '산 빛이 있는 듯 없는 듯山色有無中'하다고 표현했다. 그런 공간에 '논밭 이랑이 종횡으로 펼쳐禾田縱橫畝'져 있었다. 부평이란 지명이 '평평한 평야平'에서 유래했듯이, 작자가 목격한 그곳의 들판은 자신이 예상했던 것을 훨씬 넘어섰다. 들판의 끄트머리 어디쯤에 서경(평양)이 위치한다며 '아득한 곳에 있을 서경부'라는 진술이 이를 증거하고 있다. 넓은 들판에 기대 사는 마을들은 평화롭기만 하다. 마을마다 참새 지저귀고 목동 피리소리 들리고 있다는 것으로 보아, 추수를 한 이후의 한가한 모습이다. 시각과 청각에 의해 포착한 부평 들판과 마을 정경은 내년은 물론 후년에도 계속될 것 같았다. 이에 비해 자신은 나날이 백발만 늘어간다고 시를 마무리하고 있다. 다음은 〈부평에 거듭 이르러 밤에 빗소리를 듣고 운을 사용하다重到富平夜聞雨用韻〉이다.

> 오늘은 나그네 신세
> 어느 때 말머리 동쪽으로 향하나
> 등불이 침상을 밝게 비추자
> 온갖 생각 흉중에 모이네
> 연못가에 비 내리자 나뭇잎 지고
> 지붕 모서리에 바람이 일자 기러기 나는데
> 무심코 헝클어진 머리를 빗다 보니
> 양쪽 귀밑털은 이미 백발 되었네

此日長爲客　차일장위객
何時馬首東　하시마수동
一燈明枕上　일등명침상
百慮萃胸中　백려췌흉중
葉落池邊雨　엽락지변우
鴻飛屋角風　홍비옥각풍
無心理梳櫛　무심리소즐
兩鬢已成蓬　양빈이성봉

성묘를 마치고 부평을 다시 방문했다. 저물녘에 비가 내리고 있었기에 하루를 묵어야 했다. 등불을 켜자 빗소리가 유독 크게 들렸다. 잡생각이 맴돌아 창문을 열었더니 연못이 보였다. 가을을 밀어내고 겨울을 끌어당기려는 가을비가 나뭇잎을 떨어뜨리고 있었다. 곧 겨울을 알리는 기러기가 바람을 타고 오면, 작자의 귀밑털이 더욱 하얗게 샐 것 같았다. '온갖 생각 흉중에 모이네'에서 '온갖 생각'은 세월의 흐름과 대비되는 자신의 처지이다. '나뭇잎 지고' '기러기 나는' 일은 자연의 일상이며 반복인데, 이에 비해 작자는 자신이 표현한 대로 단순히 '나그네 신세'에서 벗어날 수 없었다.

해 저무는데

민제인閔齊仁(1493~1549)은 조선 중기의 문신으로 본관은 여흥驪興,

호는 입암立巖이다. 1520년(중종 15) 별시 문과에 병과로 급제해 승정원주서, 우찬성 등을 역임했다. 《동몽선습》을 공술共述하고 《입암집》, 《동국사략》 등을 남겼다. 다음은 〈부평으로 가는 도중富平道中〉이다.

따스한 햇살 고운 바람에 저녁 풍경 맑기만 하고
외로운 구름 멀리 비추자 푸른 산 밝게 보이네
아득한 나그네 길은 거친 들판 너머 있어
말머리 돌리자 꾀꼬리 위아래로 날며 울어대네

暖日和風晩景淸　난일화풍만경청
孤雲遠映碧山明　고운원영벽산명
迢迢客路平蕪外　초초객로평무외
馬首鶬鶊上下鳴　마수창경상하명

해 지기 전에 목적지에 도착해야 할 나그네는 따스한 햇살이 비추는 저물녘의 풍경에 압도되어 말을 멈추어 세웠다. 거친 들판과 그것의 끝에 푸른 산이 보였다. 끝없이 펼쳐진 들판을 보니 자신이 가야 할 나그네 길이 아득하기만 했다. 풍경을 조망하던 나그네는 꾀꼬리의 울음소리를 계기로 정신을 가다듬고 다시 길을 재촉할 수 있었다.

허봉許篈(1551~1588)은 조선 선조 때의 문신이다. 호는 하곡荷谷이고, 저서로는 《조천록朝天錄》, 《하곡집荷谷集》 등이 있다. 여류시인 허난설헌許蘭雪軒(1563~1589)의 오빠이며, 〈홍길동전洪吉童傳〉을 지은 허균許筠(1569~1618)의 형이다. 18세에 생원시生員試에 장원하였고, 이후 승문원부정자承文院副正字·사헌부지평司憲府持平 등을 역임하였다. 임금의 앞에서도 직간直諫을 서슴지 않는 성격으로 벼슬길이 순탄치 못했다. 부모에게 문안을 드리는 일 외에는 주로 방안에서 독서하는 일에 매달렸다.

허봉許篈과 부평과의 인연은 공무를 수행하면서 부평객관에 머물 때와 유배에서 풀려나 인천을 유람할 때의 한시漢詩를 통해 엿볼 수 있다. 다음은 〈부평객관富平客館〉이다.

종남산 지척에서 서울을 바라보다
해변가에서 갈 길 멀어 시름겨워 하네
슬프다, 벼슬하며 떠돌다보니 봄은 또 저무는데
해질녘 변방의 나무는 정히 꽃잎 날리네

終南咫尺望京華　종남지척망경화
傍海愁聞去路賖　방해수문거로사
怊悵宦遊春又晚　초창환유춘우만
夕陽關樹正飛花　석양관수정비화

작자가 1583년 2월 경기수무어사京畿巡撫御史의 직책으로 부평에 왔을 때 지은 시이다. 종남산(남산) 근처에 있다가 바다를 조망할 수 있는 부평에 도착했다. 작자에게 부평이 첫 파견지였기에 앞으로의 갈 길을 멀게만 느꼈을 것이다. 그리고 이런 느낌의 배후에는 '한 해가 저물고 있는데 나는 아직 벼슬살이 하고 있네'라는 생각이 자리 잡고 있었다. 공무를 수행하면서 '슬프다怊悵'고 진술한 이유는, 작자의 바람이 '벼슬'보다는 독서讀書와 저술활동에 전념하는 데 있었기 때문이다. 하고 싶은 일을 못하고 있기에 마음속은 항상 '국경의 변방'처럼 추위와 긴장감에 휩싸여 있는 듯했다. 그래서 부평의 꽃나무를 '변방의 나무'로 받아들이며 바람에 꽃잎이 떨어지자 자신의 바람希望도 함께 날아가 버렸다고 진술했던 것이다. 다음은 〈인천에서 아우에게 부치다仁州寄舍弟〉이다.

은하수 낮게 깔려 쓸쓸함을 뿜어내고
한밤중 찬 서리는 버들가지에 모였네
무슨 일로 한강은 푸른 바다와 잇닿아 있더라도
돌아가는 조수歸潮에 소식 부치지 않으리

星河垂地泬寥寥　성하수지혈요요
午夜寒霜集柳條　오야한상집류조
何事漢江連碧海　하사한강련벽해
不將音信寄歸潮　불장음신기귀조

'아우에게 부치다寄舍弟'라는 제목으로 보건대, 서울에 있는 허균에게 자신의 소회를 전하는 시이다. 작자는 1583년 8월 창원부사로 제수를 받고 부임지에 왔지만 그날로 갑산으로 유배 명령을 받았다. 2년 후 유배에서 풀려나 인천과 춘천 일대를 유람하면서 시문을 남겼는데, 그 중에 하나이다.

대상을 관찰하고 그것을 풀어내는 데에도 억울한 유배생활의 흔적이 녹아 있다. '쓸쓸함을 뿜어낸 듯한 은하수'와 '버들가지에 엉긴 찬 서리'가 이에 해당한다. 이런 상태에서 형제에 대한 생각이 간절했지만, 혹여 자신 때문에 그들에게 해가 되지 않을까 하는 염려도 있었다. 인천의 푸른 바다가 한강과 맞닿아 있더라도 '돌아가는 조수에 소식 부치지 않으리'라는 게 그것이다.

이렇듯 허봉이 시어를 선택하고 연역해내는 능력에 대해 손곡蓀谷 이달李達(1539~1612)은 "공의 시는 장편과 단편이 청아하고 웅장하면서 호탕하여 이백의 유법遺法을 깊이 체득하였고, 오언시五言詩 역시 청아하고 격이 높아 당시唐詩에 가깝다公詩長篇短韻 淸壯動盪 深得靑蓮遺法 而五言亦淸邵逼唐"며 높이 평가하기도 했다.

일의 고단함

김용金涌(1557~1620)은 조선 중기의 문신으로 호는 운천雲川이다. 광해 6년(1614) 김용은 추고경차관推考敬差官으로 부평에 와서 수십 일 동안 머물렀다. 다음은 〈부평관에 머물며 쓰다富平館留題〉이다.

> 부평의 승경은 기주의 으뜸이지만
> 서늘한 집 끄트머리에 피곤한 객은 머물러야만 하네
> 홰나무 버드나무 심은 바로 앞의 들판은 넓기만 한데
> 창문을 열어보니 북쪽 산은 그윽하기도 하네

공무 여가에 은좌[隱几]에서 긴 하루 보내다가

졸고 나서 시를 읊더라도 걱정만 남네

내일 아침엔 뿔피리 불지 마라

뜰에 가득한 조비造備가 사람의 머리 세게 하기에

富平形勝冠畿州　부평형승관기주

涼閣端宜倦客留　양각단의권객류

槐柳種當前野曠　괴류종당전야광

軒窓開爲北山幽　헌창개위북산유

公餘隱几消長日　공여은궤소장일

睡後哦詩遣漫愁　수후아시견만수

莫向明朝吹畫角　막향명조취화각

盈庭造備白人頭　영정조비백인두

작자는 추고경차관推考敬差官으로 부평에 와서 수십 일 동안 머물면서 자신이 담당한 옥사獄事가 쉽지 않다는 것을 예상하고 있다. 하루 종일 일에 매달려도 끝이 보이지 않으니 마음은 답답하기만 했다. 간혹 의자에 기대 졸기도 하지만 깨고 나면 산더미처럼 쌓인 일거리가 자신을 기다리고 있었다. 내일 아침에 불어댈 기상 피리 소리를 원망할 정도로 감당해야 할 일이 많았다. 실제로 죄를 심문하기 전, 사건과 연루된 사람과 물건 등을 갖추어 놓는 것을 조비造備라 하는데 그것이 뜰에 가득했다. 게다가 부평의 승경勝景이 작자를 둘러싸고 있었으니 마음이 더욱 착잡할 수밖에 없었다. 넓디넓은 들판과 그윽한 산을 통해 보건대 '부평의 승경은 기주의 으뜸'이었다. 그런 공간에서 복잡한 일을 담당해야 하니, 자신의 처지는 글자 그대로 '피곤한 객倦客'이었다.

김용은 추고경차관의 임무를 마치고 서울로 향해야 했다. 하지만 '눈앞에 있는 제일강산第一江山列眼前'을 두고 떠날 생각을 하니 마음이 편치 못했다. 아이에게 지필을 가져오게 하여 부평과 관련하여 느낀 것을 〈부평노래 13장富平歌十三章〉으로 표현했다.•

백방으로 생각해도
내가 갈 곳이네
강변 강물 위의 세 칸 집에 있으니
제일강산이 눈앞에 나란히 있네
끝없는 풍경을 누가 다툴까
맘대로 배회하며 나물 캐거나 낚시 하겠네
좋은 고기와 반찬 없는 게 없고
석 잔의 막걸리에 묘한 이치가 있네
흰 저고리 쑥색 수건을 쓴 여인이여 나를 즐겁게 하네
이란과 출척을 끝내 듣지 않더라도
순박한 풍속은 결승結繩 아래 있지 않네
한가한 사이에 무슨 일 있겠나

• 해당 한시의 제목은 "富平館銜命仍留推考已畢兀左竟夕坐右無可與語者 畏日苦長 煩襟块鬱 欹枕一睡之餘 不勝歸思 呼童供紙筆 賦我所思 歌十三章 其辭曰"로 노래를 지은 배경이 장황하게 설명돼 있다. 필자가 제목에 해당할 만한 것을 집자(集字)하여 '부평노래 13장(富平歌十三章)'으로 부기하였다.

깨끗한 탁자 맑은 창가에 티끌 하나 없어
손 씻고 책을 펴고 엄숙히 마주하더라도
사람에게 바라는 바는 모두 여기에 있네

百爾所思	백이소사
不如我所之	불여아소지
臨河河上三間舍	임하하상삼간사
第一江山列眼前	제일강산렬안전
無邊風景誰爭者	무변풍경수쟁자
倘佯隨意採或釣	상양수의채혹조
鮮食美茹無不可	선식미여무불가
三杯濁醪有妙理	삼배탁료유묘리
縞衣綦巾聊樂我	호의기건료악아
理亂黜陟了不聞	이란출척료불문
淳風不在結繩下	순풍불재결승하
閒閒此間有何事	한한차간유하사
淨几明窓絶塵累	정궤명창절진루
盥手開卷儼相對	관수개권엄상대
所慕之人咸在此	소모지인함재차

제13장의 전편前篇을 통해 보건대 부평은 작자의 눈과 입, 그리고 마음을 즐겁게 했던 공간이었다. 눈에 포착된 부평의 승경들은 평소에 자신이 바라던 것들이었다. 맘대로 배회하며 낚시하고 온갖 반찬

에 막걸리, 흰 저고리에 쑥색 수건의 여인 등등. 게다가 '이란과 출척(공무원에 대한 평가)'에 고민할 필요 없고, 소박한 정치라도 개입[結繩, 결승]될 여지가 없을 정도로 순박한 부평의 인심이 더욱 좋았다. 특히 '구름처럼 몰려든 여자들이 있다 해도 나를 즐겁게 하는 것은 흰 저고리 쑥색 수건을 쓴 여인縞衣綦巾聊樂我'이라는 《시경詩經》의 구절을 견인하여 부평 여인을 그려낸 것이 주목된다. 비록 가난하고 누추하나 그런대로 스스로 즐길 수 있는 여인을 지칭하는 게 '흰 저고리 쑥색 수건縞衣綦巾'이란 표현이다. 작자는 부평의 여인들을 통해 《시경》의 구절을 기억해내고 '사람에게 바라는 바는 모두 여기'에 있다며 제13장의 전편前篇을 마무리했다.

좌우에 충만할 정도로 스승이 있고
격언과 좋은 계책은 손으로 가리키는 대로 있네
천 년의 아름다운 자취 역시 찾을 수 있고
경치 좋은 곳 만 리는 내가 가본 것 같네
이밖에 분분하게 말해 무엇하리
바다를 본 자는 물 되기 어렵다네
이곳에서 유유자적 남은 인생 보내기에 족하지
바라노니 몸에 큰 허물이 없으니
아, 여기를 버리고 다시 어디로 갈꼬
돌아가리 돌아가리 즐거운 일 많은데
내일 벼슬을 그만두고 옷자락 털어낼 터
붓을 잡아 생각한 것을 쓰네

洋洋左右有餘師	양양좌우유여사
格言嘉謨如掌指	격언가모여장지
千載芳蹤亦可尋	천재방종역가심
佳處萬里如身履	가처만리여신리
此外紛紛何足道	차외분분하족도
觀於海者難爲水	관어해자난위수
優游於此足以送餘齡	우유어차족이송여령
所冀身無大過耳	소기신무대과이
噫乎吾舍此復何歸	희호오사차부하귀
歸歟歸歟多樂事	귀여귀여다악사
明朝掛冠便拂衣	명조괘관편불의
取筆書之所以志	취필서지소이지

제13장의 후편後篇에서도 부평을 예찬하고 있다. 작자가 스승으로 삼기에 족할 정도로 조망 대상들이 충만하게 전개돼 있었다. 넓은 평야와 그것의 가장자리에 있는 산은 과거에 '산빛이 있는 듯 없는 듯하다山色有無中'며 성현成俔(1439~1504)이 부평에 대해 남겼던 인상과 별반 다르지 않다. 그래서 '천 년의 아름다운 자취'를 운운하며 이곳의 지명이 주부토主夫吐에서 출발하여 부평富平으로 정착된 과정을 기억해 냈다. 특히 '이밖에 분분하게 말해 무엇하리, 바다를 본 자는 물 되기 어렵다'며 《맹자孟子》의 특정 구절을 견인하여 부평의 경관을 진술하는 부분이 이채롭다. 그것은 "공자가 노나라 동산에 올라가 노나라를 작게 여겼고, 태산에 올라가 천하를 작게 여겼다.

그러므로 바다를 본 자는 물이 되기 어렵다孔子登東山而小魯 登太山而小天下 故觀於海者難為水"는 구절이다. 《맹자》 진심 상盡心上의 구절이 성인의 도가 큼을 나타내려는 표현이었다면, 김용金涌은 부평의 좋은 경치를 이미 봤으니 딴 데 가봐야 소용없다는 뜻으로 구사하고 있다. 결국 '여기를 버리고 다시 어디로 가겠냐'며 부평의 경관을 예찬하는 데로 귀결되었던 것이다.

맡은 일을 마무리하고 서울로 떠나야 할 사람이 과도한 수사를 동원하여 부평에 대해 읊고 있다는 점을 감안하더라도 김용에게 부평은 꽤나 인상이 깊었던 공간이었다. 그래서 《시경》과 《맹자》의 구절을 통해 그것을 더욱 강조했던 것이다.

《여지도》에 보이는 부평 관아, 객사(客舍), 향교, 굴포교, 대교, 방축(防築) 등이다. 산과 산 사이, 천계(川溪) 주변은 대부분 넓은 들판이었다.(규장각한국학: 古4709-68)

이식李湜(1458~1488)은 조선 전기의 왕실 종친으로 자는 낭옹浪翁, 호는 사우정四雨亭이다. 할아버지가 세종대왕이고 아버지는 계양군桂陽君 이증李增이다. 당시 종실의 어른이었던 월산대군月山大君과 시문을 견줄 정도로 문장이 뛰어났다. 《사우정집四雨亭集》을 남겼다. 다음은 〈부평 별서에서 쓰다題富平村莊〉이다.

부질없이 분주하다 보니 귀밑털 이미 새었는데
새로 살 곳에는 산과 물이 겹쳐있네
정히 화정和靖이 있던 서호湖野의 들판 같고•
흡사 소동파의 백학봉이네
세금 걷는 벼슬아치 향해 사립문의 개가 크게 짖고
이끼 낀 언덕, 놀란 기러기, 무심히 낚시하는 늙은이
일생 도처에서 흥을 탈만 한데
무슨 일로 양주楊朱는 길에서 우나••

奔走徒勞鬢已蓬　분주도로빈이봉
爲卜新居山水重　위복신거산수중
政如和靖西湖野　정여화정서호야
還似蘇仙白鶴峯　환사소선백학봉

• 화정(和靖)은 북송(北宋)의 은사(隱士)인 임포(林逋)의 시호(諡號)이다. 서호(西湖)의 고산(孤山)에 초막을 짓고 매화를 심고 살았다.

•• 전국 시대에 위아설(爲我說)을 제창했던 양주가 갈림길을 만날 때마다 남쪽으로도 갈 수 있고, 북쪽으로도 갈 수 있다 하여 울었던 데서 온 말이다.

大吠蓽門收稅吏　대폐필문수세리
雁驚苔岸釣魚翁　안경태안조어옹
一生到處堪乘興　일생도처감승흥
何事楊朱泣路中　하사양주읍로중

〈부평 별서에서 쓰다題富平村莊〉라는 제목의 시는 모두 3편이다.• 위의 시는 여타의 시문에 비해 별서 주변에 대해 구체적이다. 산과 물이 겹쳐山水重 있고 들판은 은사隱士 화정의 서호를, 주변의 산은 시인 소동파가 기거하던 백학봉을 방불케 했다. 주변의 산빛이 예사롭지 않았다는 점은 소동파가 백학봉의 빛깔을 '자취紫翠'로 표현했던 데에서 짐작할 수 있다. 그래서 작자는 귀거래를 주저하는 여러 청자들에게 자신이 거처하는 곳에서는 무슨 일이건 흥에 오를 수 있다며 '양주楊朱'의 울음을 운운했던 것이다. 이는 사람이 마음 쓰기에 따라 선인善人이든 악인惡人이든 될 수 있건만, 양주가 갈림길을 만날 때마다 어느 길을 택할지 고민하여 울었다는 고사이다. 작자는 자신의 거처 주변에서는 호불호好不好의 문제에 매달릴 필요 없이 모든 대상을 통해 흥에 오를 수 있다며 양주의 고사를 견인한 것이다.•• 다음의 한시도 〈부평 별서에서 쓰다題富平村莊〉이다.

• 별서의 이름은 작자의 호(號) 사우정(四雨亭)인 듯하다.

•• 사육신(死六臣)의 한 사람이었던 성삼문(1418~1456)이 사우정을 방문했다가 '청산백운도'를 보고 〈사우정에 소장되어 있는 청산백운도에 제하다(題四雨亭所藏靑山白雲圖)〉라는 시를 남겼다. 예컨대 "문득 그림을 보고 꿈이라 여겼지만 시든 꽃과 단풍잎에 생각이 분분하네(忽見畫圖疑是夢 冷花涼葉思紛紛)"라는 진술도 사우정 주변의 빼어난 경관과 관련돼 있다.

연기 낀 마을에 두세 집 보일 듯 말 듯

끊어진 언덕과 평평한 제방, 굽어 있는 길 하나

벼슬길 십 년 동안 근심 끊이지 않았건만

농가의 생활 반나절 만에 흥이 어찌 이리 많나

작은 며느리 물 길어 향긋한 밥을 짓고

아이는 수풀을 뒤져 이슬 머금은 부추를 따네

임금의 커다란 은혜 멀고 가까운 게 없으니

태평세월에 술 취해 노래 부르네

煙村出沒兩三家　연촌출몰량삼가

斷隴平堤一逕斜　단롱평제일경사

宦路十年愁不禁　환로십년수불금

田家半日興何多　전가반일흥하다

小姑汲井炊香粳　소고급정취향갱

稚子搜林摘露芤　치자수림적로고

聖主鴻思無遠邇　성주홍사무원이

大平佳節醉酣歌　대평가절취감가

끊어진 언덕과 굽어 있는 길, 보일 듯 말 듯한 두세 채의 집이라는 표현으로 보아 별서는 사람의 왕래가 드문 곳에 위치하고 있었다. 작자는 현재의 상황에 대해 '흥이 어찌 이리 많'냐며 만족감을 드러내고 있다. 흥은 상 위에 오른 밥과 부추 반찬을 계기로 촉발되었다. 밥 지을 물을 길어오는 작은며느리의 수고를 알았기에 밥 냄새를

'향긋한香'으로 표현했고 부추를 따는 아이를 보았기에 부추의 싱싱함을 이슬露에 기대 나타냈던 것이다. 다음의 한시도 〈부평 별서에서 쓰다題富平村莊〉이다.

수풀 사이 시골길 좁고 구불구불
비바람 불자 갈대 부딪히는 소리 나네
초가 주점에 연기 오르자 울타리 고요하고
창호지 없는 부서진 창문 새끼줄로 매달았네

林間村路細縈紆　임간촌로세영우
風雨蕭蕭韻碎蘆　풍우소소운쇄로
茅店煙生籬落靜　모점연생리락정
破窓無紙只繩樞　파창무지지승추

별서 생활을 화폭畵幅에 담아 설명하고 있는 듯하다. 가느다랗고 구불구불한 시골길을 따라 한 사내가 걸어가고 있다. 비바람을 맞은 갈대가 쓰러질 듯 한쪽으로 치우쳐 있다. 시골길의 구석에 초가 주점이 있었고 그곳의 굴뚝에서 솟아난 연기는 비바람 탓인지 한쪽으로 낮게 깔리다 사라졌다. 창호지 없는 창문은 비바람을 막기는커녕 문틀에 고정시키는 돌쩌귀마저 없었기에 궁색하게나마 새끼줄에 의해 문틀에 매달려 있었다.

그림 속의 사내는 작자이다. 고약한 날씨인데도 엉성한 주점을 찾아가는 작자의 모습은 여타의 부평 관련 시문에서 운운했던 '흥興'을 통해 이해해야 한다. 전원생활에서 포착된 어떤 것이든 흥을 낳고 작자는 그 흥을 통하여 인간의 정취를 자연스럽게 표현하면 그만이었다. 흔히 자연현상이 인간에게 흥을 전달하는 일을 계기적 연상이라 규정하거나(《문심조룡》), '일어나다[起]'의 뜻으로 풀이하는데(《설문해자》), 작자의 흥 또한 이런 기제에 의해 작동됐던 것이다. 다음은 〈부평 별서에서 밤에 앉다富平村莊夜坐〉이다.

등불 다하도록 오래 앉으니
새벽녘에 말이 풀을 씹네
전야田野의 흥 금할 길 없어
술 취해 저절로 나를 잊네

밤이 깊어 만뢰가 고요하고
달 뜨자 뭇별이 드무네
술 다하여 사람들 누웠는데
찬바람은 나그네 옷에 스며드네

창가에 등불 사라지려 하자
바람 차갑고 밤이 깊어가네
술잔 급히 돌리는 거 싫어마오
숲에 가득한 달빛 볼 테니

坐久燈垂燼　좌구등수신

宵殘馬齕芻　소잔마흘추
不禁田野興　불금전야흥
醉酒自忘吾　취주자망오

夜深萬籟靜　야심만뢰정
月出衆星稀　월출중성희
酒盡人將臥　주진인장와
寒風透客衣　한풍투객의

窓虛燈欲滅　창허등욕멸
風冷夜將深　풍랭야장심
莫厭傳觴急　막염전상급
須看月滿林　수간월만림

부평 별서에서 지인들과 술자리를 즐기고 있다. 1~3의 순서인 듯하지만 참석자들의 취기醉氣와 시간의 흐름으로 보아 그것의 역순이다. 술잔 급히 돌리는 거 싫어마오(3수) → 술 다하여 사람들 누웠는데(2수) → 술 취해 저절로 나를 잊네(1수)처럼 참석자들의 취기가 오르고 있고, 숲에 가득한 달빛(3수) → 밤이 깊어 만뢰가 고요하고(2수) → 새벽녘에 말이 풀을 씹네(1수)처럼 시간의 경과를 확인할 수 있다. 저녁에 시작해 다음날 새벽까지 이어진 술자리를 통해 '전야田野의 흥 금할 길 없어'서 '저절로 나를 잊'을 수 있다고 한다. 물론 술자리와 관련된 진술은 여타의 한시 〈부평 별서에서 쓰다題富平村莊〉

의 '초가 주점에 연기 오르자 울타리 고요하고茅店煙生籬落靜'에서도 확인할 수 있었다. 다음은 〈정중에게 부치다寄正中〉이다.

나에게 몇 칸 집이 있는데
부평 서산[西崦]의 서쪽이라네
느티나무 버드나무 저절로 마을 이루어
동네는 구석구석 나뉘어 있네
인기척 없는 마을은 고요하고
낮은 담 너머 푸성귀 밭이 있네
거마 소리 끊겨 사람들 이르지 않고
궁벽한 지경이라 진흙이 없네
산은 옥으로 빚은 연꽃 같고
강물은 푸른 유리 같다네
남쪽 포구의 물은 상앗대 반쯤 잠길 정도이고
노니는 물고기는 물소처럼 크네
낚시 와서 흰 회를 뜨고
부추를 향기롭게 버무리네
순박한 별천지이기에
술병을 다투어 차고 오네
세상 사람들 벼슬하는 데 매여
조롱에 깃든 새와 같네
어찌 이 사이에서
서로 이끌어 노닐며 읊조리는 것을 알겠나

동쪽으로 개화사가 있어

시 한 수 남기지 않을 수 있나

듣건대 그대가 시로 이름을 날렸다 하니

나란히 시를 읊을 수 있을지

내 그대와 더불어 귀거래하여

지팡이 잡고 산에서 노닐고 싶네

我有數椽廬　아유수연려

富平西峰西　부평서엄서

槐柳自成村　괴류자성촌

洞戶分角圭　동호분각규

闃寂墟落靜　격적허낙정

短籬過蔬畦　단리과소휴

車馬絶不到　차마절불도

境僻無塵泥　경벽무진니

山如玉芙蓉　산여옥부용

水似靑玻瓈　수사청파려

南浦半篙深　남포반고심

游魚大如犀　유어대여서

釣來爲玉膾　조래위옥회

韭萍爲香虀　구평위향제

淳朴別乾坤　순박별건곤

壺酒爭攜提　호주쟁휴제

世人縶簪纓　세인집잠영
如鳥籠中棲　여조롱중서
那知此中間　나지차중간
遊詠相扶携　유영상부휴
東有開花寺　동유개화사
不可無留題　불가무류제
聞君以詩鳴　문군이시명
可得吟肩齊　가득음견제
我欲與之歸　아욕여지귀
遊山偕杖藜　유산해장려

종친 이정은李貞恩(?~?)• 에게 자신의 부평 별서 생활에 대해 자랑하고 있다. 물소만한 물고기를 낚아 회를 뜨고 부추에 버무려서 먹을 수 있는 곳, 그곳은 작자가 진술한 대로 순박한 별천지淳朴別乾坤이다. 새장 속에서 벼슬하는 자들은 이런 즐거움을 알 수 없을 터, 시 잘 짓는 그대와 더불어 귀거래해서 지내고 싶다는 것이다. 다음은 〈배를 타고 부평 별서로 돌아가다乘舟歸富平村莊〉이다.

홀연히 농가의 취미가 생겨
돌아갈 생각에 흥이 더욱 짙어지네

• 생몰 연대 미상, 자는 정중(正中), 호는 월호(月湖)이다. 할아버지가 태종이고, 아버지는 익녕군(益寧君)이다.

기러기는 가을 그림자 속으로 비껴 날고
배는 맑은 물 위에 떠 있네
이슬 머금은 국화는 차갑고
서리에 취한 단풍잎은 붉기만 하네
거문고 당겨 한 곡조 타니
깊은 골짜기 숨은 용이 춤을 추네

忽有田家趣　홀유전가취
懷歸發興濃　회귀발흥농
雁橫秋影裏　안횡추영이
舟泛鏡光中　주범경광중
露浥菊花冷　노읍국화랭
霜酣楓葉紅　상감풍엽홍
抱琴彈一曲　포금탄일곡
幽壑舞潛龍　유학무잠룡

부평 별서로 향하는 배 위에서 기러기와 국화, 단풍을 발견했다. 가을 산빛을 가르며 나는 기러기와 강가 주변의 이슬 머금은 국화는 가을과 겨울의 경계에 있었다. 작자는 문득 부평 별서의 늦가을 풍경을 떠올렸다. 부평 관련 시문에 나타나듯, 그곳의 '산은 옥으로 빚은 연꽃山如玉芙蓉'이며 '강물은 푸른 유리 같水似青玻瓈'은 곳이었다. 그리고 산빛은 흡사 '소동파의 백학봉似蘇仙白鶴峯'처럼 자취색을 띤 '순박한 별천지淳朴別乾坤'였다. 그런 곳이 늦가을 기운에 의해 어떻게 변했을까 생각을 하니 '돌아갈 생각에 흥이 더욱 짙어'졌던 것이다. 배를 타고 있지만 마음은 이미 부평 별서의 늦가을 풍경을 즐기고 있었다.

아니 온 듯 다녀간 서릿발

장유張維(1587~1638)는 조선 중기의 문신으로 본관은 덕수德水, 호는 계곡谿谷이다. 1609년(광해군 1) 증광 문과에 을과로 급제하고 인정반정仁祖反正에 가담한 후 여러 관직을 역임했다. 문장에 뛰어나 이정구李廷龜, 신흠申欽, 이식李植 등과 함께 조선 문학의 사대가四大家라는 칭호를 받았다. 《계곡만필谿谷漫筆》과 《계곡집谿谷集》 등을 남겼다. 다음은 〈계양으로 가는 도중桂陽途中〉이다.

가을 다하게 서릿발 날리고
습한 지역에는 쓸쓸한 기운 가득하네
드넓은 가을밭에 기러기 날고
저물녘 그늘진 계곡의 수리는 움직이지 않네
나무꾼은 옛날 산길 찾고
차가운 숲 언저리엔 저녁연기 피네
집은 첩첩산중 밖에 있고
멀리 구름 속에 산봉우리 보이네

원래 떠돌이 생활 버릇되어
은총과 오욕 같이 보려하네
길은 길게 뻗어 가을 풀로 덮혀 있고
하늘은 멀고 저물녘 산은 낮게 보이네
따뜻한 포구에 기러기 자취 남아 있고
위태로운 다리 말도 건너려 하지 않네
외로운 마을 나그네 돌아갈 곳인데
햇살 머금은 붉은 구름 서쪽에 있네

霜飛西候盡　상비서후진
澤國氣蕭森　택국기소삼
雁起秋田闊　안기추전활
鵰盤暮壑陰　조반모학음
樵蘇尋古道　초소심고도
煙火傍寒林　연화방한림
家在連山外　가재련산외
遙瞻雲際岑　요첨운제잠

故自羈遊慣　고자기유관
仍將寵辱齊　잉장총욕제
路長秋草遍　노장추초편
天逈暮山低　천형모산저
暖浦留鴻迹　난포류홍적

危橋澁馬蹄　위교삽마제

孤村客歸處　고촌객귀처

日脚赤雲西　일각적운서

서릿발 날리던 하늘이 붉은 구름 사이로 햇살을 드러내며 개었다. 갑작스럽게 내린 서리는 사냥하던 수리를 멈추게 했고 땔감을 찾던 나무꾼을 산에서 내려오게 했다. 숲 저편에서 솟아 오른 굴뚝 연기도 일과를 끝내야 할 정도의 날씨 변화와 관련된 것이었다. 하지만 서릿발이 온데간데없이 사라지고 일상적인 가을 날씨로 다시 돌아왔다. 작자가 응시한 대상들은 서릿발이 내리기 전이건 후이건 조금 전의 일상으로 복귀했다. 잠시 서리가 지나갔을 뿐, 가을 저물녘의 햇살을 머금은 구름은 붉은 빛을 띠며 서쪽에 걸려 있었다. 난데없이 등장한 서릿발이 금방 사라졌다는 것은 '따뜻한 포구暖浦'를 통해 재구할 수 있다. 냉기冷氣를 머금은 서리가 포구의 물과 부딪혀 온도차에 의해 옅은 안개를 일으킨 모습을 '따뜻한 포구暖浦'라 표현했던 것이다. 어찌 보면 '은총과 오욕 같이 보려寵辱齊'한다는 심사도 날씨 변화를 계기로 촉발된 것이었다.

'나무꾼, 차가운 숲 언저리, 길은 길게 뻗어, 저물녘 산은 낮게 보이, 위태로운 다리'라는 표현으로 보건대, 작자는 산언저리의 긴 길을 따라 이동하며 주변을 조망하다가 말이 건너기를 저어한 다리에 다다랐다. 다리가 방축의 다리인지 굴포천 지류의 다리인지 알 수 없지만, 작자는 해당 공간에서 산, 들판, 쭉 뻗은 길, 물, 다리 등을 한꺼번에 경험할 수 있었다.

넓은 들판을 보니

조석윤趙錫胤(1606~1655)은 조선 후기의 문신으로 본관은 배천白川, 자는 윤지胤之, 호는 낙정樂靜이다. 계곡谿谷 장유張維(1587~1638)에게 고문사古文詞를 배웠다. 1626년(인종 4) 별시문과에 병과로 급제한 후 벼슬길에 나섰다. 왕에게 진언을 서슴지 않아 여러 차례 귀양을 갔다. 금천金川의 도산서원道山書院, 종성의 종산서원鍾山書院에 제향되었다. 《낙정집樂靜集》을 남겼다. 다음은 〈부평서헌富平西軒〉이다.

옛 고을에 인가도 드무네
새 집에서 멀리 바라보니
평평한 들판에 기러기 낮게 날고
높은 나무엔 까마귀 지저귀네
바다 안개는 해를 두루 가리고
봄추위에 꽃 피지 못하네
구름 가장자리에 솟은 삼각산
머리 돌려 서울을 생각하네

古邑人煙少　고읍인연소
新軒眺望賒　신헌조망사
平郊低落雁　평교저락안
喬木噪棲鴉　교목조서아
海霧偏藏日　해무편장일

春寒未放花　춘한미방화

雲邊聳三角　운변용삼각

回首憶京華　회수억경화

시의 제목에는 을해乙亥라고 창작 시기가 부기돼 있다. 그 해 2월에 교리가 되고 8월에 파직된 작자의 이력과 본문의 '봄추위에 꽃 피지 못하네'를 감안하면, 교리가 된 후에 새롭게 단장한 부평의 서헌西軒을 방문했을 때 지은 시이다. 작자에게 포착된 풍경들은 부평의 특성을 반영하고 있었는데, 넓은 들판과 바닷물을 머금은 안개가 있던 공간이라는 게 그것이다. 바다와 인접해 있으면서 들판이 광활하고 서울 가까이 위치한 곳이 부평이었다. 저 멀리 구름 가장자리에 솟아 있는 서울의 삼각산도 눈에 들어왔다. 물론 1628년 문과에 급제한 이후부터 벼슬이 계속 올라 1634년에 수찬, 이조 좌랑에 올랐고 을해년(1635년)에 교리가 되었으니 '머리 돌려 서울을 생각'하는 일은 인조 임금과 관련돼 있기 마련이다. 이런 점을 고려하면 작자에게 포착된 부평풍경들, '안개는 해를 두루 가리고'와 '봄추위에 꽃 피지 못하네'는 당시 조정의 분위기를 반영한 것일 수 있다.

윤기尹愭(1741~1826)는 조선 후기의 문신으로 본관은 파평坡平, 호는 무명자無名子이다. 1773년(영조 49)에 생원시에 합격하고 20여 년간 성균관 유생으로 지내다가 1792년(정조 16)에 비로소 식년문과에 병과로 급제하여 남포현감藍浦縣監, 황산찰방黃山察訪을 역임하였다. 과거제가 문란했던 시기, 52세의 늙은 나이로 대과大科에 급제한 뒤에도 미관말직微官末職을 전전할 수밖에 없었다. 권문세가의 후손이거나 뇌물을 통한 경우가 아니면 과거에 합격하기 어려웠고, 과거에 합격하더라도 요직要職에 임용될 수 없는 시기였다. 작자가 양반의 허위虛僞를 고발하는 글을 남긴 것도 자신이 처한 상황과 무관하지 않다. 《무명자집無名子集》을 남겼다. 다음은 〈계양으로 가는 도중桂陽道中〉이다.

계양산 빛깔은 맑은 하늘에 빼어나고
들국화와 짙은 단풍길은 끝이 없네
바닷가에 소금 굽는 집 점점이 까맣고
마을마다 울타리 밖엔 감나무 숲이 붉네
여러 해 흉년으로 고을 풍속 흉악한데
하늘의 형세는 멀리 넓은 들판과 통하네
고목과 인가는 그림 속 같은데
저녁연기 동쪽과 서쪽으로 흔들거리네

桂陽山色秀晴空　계양산색수청공
細菊深楓路不窮　세국심풍로불궁
點點海邊鹽戶黑　점점해변염호흑
村村籬外柿林紅　촌촌리외시림홍
土風屢値凶年惡　토풍루치흉년악
天勢遙將大野通　천세요장대야통
老樹人家如畫裏　노수인가여화리
暮煙搖曳自西東　모연요예자서동

작자는 바닷가 마을의 모습을 그림 같다면서 그것의 배후에 있는 흉년을 지적하고 있다. 계양산의 빛깔, 단풍길, 소금 굽는 집, 저녁 연기는 평화스러운 모습이되 마을 풍속이 야박해진 원인을 여러 해의 흉년에서 찾고 있다. 하늘과 통할 정도로 넓은 들판이 펼쳐 있더라도 흉년을 이겨낼 방법은 천후天候의 조화 이외에 딱히 없었다.

이런 상황에 백성들이 겪는 고통은 다음의 시 〈계양의 농가에서 묵을 때 주인이 이웃 노인과 창밖에서 말하는 것을 듣고 시로 기록하다宿桂陽村舍 主人與隣翁語於窓外 詩以記之〉를 통해 구체적으로 확인할 수 있다.

날 저물어 계양 마을에서 묵는데
빗소리 나그네 잠을 깨우네
밤 깊으니 온갖 동물들 고요하고
등잔의 불똥 이따금 떨어지네
창 너머에 주인이 앉았는데
마침 이웃 노인이 찾아왔네
처마 기둥 사이에 서로 앉아서
마음속에 품은 것 이야기하네

금년은 참으로 흉년으로
우리 고을은 더욱 심하네
벼는 이삭 영글지 않고
낟알은 겨우 한두 알이네

기장과 조는 이미 수확할 게 없고
팥과 콩도 모두 버려야 하네
아, 이처럼 모든 게 흉작인 건
한 가지 지극히 구비되었기 때문이네•
목화도 흉작이라
베틀이 텅 비었네
먹을 것도 입을 것도 없으니
올해 보내는 일 구태여 얘기할 필요 있나
사채 독촉 급하지만
관아의 환곡 갚을 일이 더욱 두렵네
항아리에 뭐를 저장했겠나
채찍질 매질을 피할 수 없네
형틀 쓰고 밧줄에 묶여 차가운 감옥에서
살아 나오기를 어찌 바라겠나
강제로 빼앗는 게 이웃과 친족에 미치어
세금을 독촉하고 팔뚝을 묶어 잡아가네
마을의 개들 두들겨 일으키니
밤새도록 관리 향해 짖는다네
수령은 크게 위엄 부리며
날마다 매질을 하네
때문에 백성들 괴로움 참지 못해

• 비가 너무 잦았기 때문이네.

독약을 먹거나 목을 맨다네

더구나 금년 봄에

양전量田 대부분 거짓으로[●]

아래를 보태준다면서 오히려 아래를 덜어내니[●●]

어떻게 궁핍하지 않겠나

다른 고을엔 시행하지 않는데

우리 지역에 치우쳐 시행하니

명목도 많은 일을 처리하며

문서 살피어 차례를 나누었네

새끼줄을 당기라고 농부들 모아놓고

들녘을 뒤덮으며 말을 나란히 몰지만

네모이든 휘든 사다리 모양이든

넓고 좁은 것은 오직 마음대로이네

땅의 등급 상하가 바뀌고

복卜과 속束도 오르내리네

무畝에 따라 부세賦稅가 올라

이전에 비해 서너 배가 되었네

혹여 억울함이 있다 하면

언제나 매질과 꾸짖음을 당하니

● 양전은 국가에서 20년에 한 번씩 전국적으로 토지의 넓이를 측량하던 것을 가리킨다.

●● 《주역》 〈손괘(損卦)〉 정전(程傳)에 "위를 덜어 내어 아래를 더해 주면 익이 되는 것이요, 아래를 덜어 내어 위를 더해 주면 손이 되는 것이다(損上而益下則爲益 損下而益上則爲損)"라고 하였다.

화가 나도 감히 말도 못하고
돌아서서 부질없이 눈물만 떨어뜨렸네
아전들 날마다 농가를 차지하니
밤에 재워주고 낮에 음식 먹이네
개를 삶거나 닭을 잡아
낭자한 가운데 술잔도 있으니
어찌 미움과 원망이 없겠냐만은
노여움만이라도 면하기 위해서이네
땅이 많고 적음 다시 헤아려
돈을 거두어 관아에 깊숙이 두고
가을에 비록 재민災民을 구휼한다 해도
백성은 혜택을 받지 못하네
흉년인데 세금 무거우니
어떻게 모두 실어 보낼 수 있나
씨앗이나 양식 무엇이 있으리
감히 내년의 풍년을 바라겠는가
군역軍役과 호역戶役
일시에 또 다 몰려
설령 몸이라도 팔고 싶지만
누가 쇠하고 병든 몸을 사려 하겠나
허물어진 집은 정말 팔기 어렵고
흙솥은 본디 그릇 아니네
추위를 호소하는 병든 노인 걱정이고

배고파 우는 어린 아이 가엾네
임금이 백성을 위하는 뜻은
본래 차별 없이 똑같이 보려는 것一視之仁인데
어찌 그 뜻을 받들지 않고
벼슬자리 이용해 이익만 꾀하는지
하늘이 높아 하소연 못하지만
오히려 속일 수도 없을 것이네

한동안 이야기 소리 끊기고
다만 탄식 소리만 들리네
그대들 사정 처량타 생각하니
내 마음 취한 듯하네
백성이 어찌 가엾지 않으며
관리가 어찌 부끄럽지 않겠나
삼백예순 고을
이를 미루어 알 수 있으니
탄식하며 이 시를 지어
풍속을 관찰하는 뜻을 몰래 취하네

暮宿桂陽村　모숙계양촌
雨聲攪客睡　우성교객수
夜久群動闃　야구군동격
燈花時自墜　등화시자추

隔窓坐主人　격창좌주인
時適隣翁至　시적린옹지
相對簷楹間　상대첨영간
共話心中事　공화심중사

今年固歉歲　금년고겸세
吾鄉尤赤地　오향우적지
禾穀不成穗　화곡불성수
厥粒纔一二　궐립재일이
黍粟既無收　서속기무수
豆菽又全棄　두숙우전기
噫此百無成　희차백무성
蓋緣一極備　개연일극비
木綿亦凶荒　목면역흉황
杼柚皆空匱　저유개공궤
無食兼無衣　무식겸무의
卒歲其敢議　졸세기감의
私債督已急　사채독이급
官糶心尤悸　관조심우계
瓶盎曾何儲　병앙증하저
鞭箠無所避　편추무소피
枷纆繫凍獄　가묵계동옥
生出安可冀　생출안가기

誅求及隣族　주구급린족
追呼紛繫臂　추호분계비
打起村中狗　타기촌중구
通昔吠官吏　통석폐관리
太守大肆威　태수대사위
日日肉鼓吹　일일육고취
所以不堪苦　소이불감고
仰藥或自縊　앙약혹자액
況於今年春　황어금년춘
量田多虛僞　양전다허위
益下反損下　익하반손하
焉得不困悴　언득불곤췌
他邑所不行　타읍소불행
一境獨偏被　일경독편피
斡事多名目　간사다명목
按籍分第次　안적분제차
引繩會田夫　인승회전부
蔽野聯駿騎　폐야련준기
直方與句梯　직방여구제
闊狹惟意恣　활협유의자
等品變上下　등품변상하
卜束隨軒輊　복속수헌지
逐畝增厥賦　축무증궐부

比前倍三四 비전배삼사

或有稱冤枉 혹유칭원왕

動輒遭笞詈 동첩조태리

敢怒不敢言 감노불감언

背立空墮淚 배립공타루

排日占村舍 배일점촌사

夜宿仍晝饋 야숙잉주궤

烹狗復殺鷄 팽구부살계

狼藉間酒觶 낭자간주치

豈不含疾怨 기불함질원

聊以免嗔恚 요이면진에

更計田多少 경계전다소

斂錢官府邃 염전관부수

及秋雖恤災 급추수휼재

未蒙惠澤曁 미몽혜택기

年饑稅則重 연기세칙중

何以畢輸致 하이필수치

種糧俱烏有 종량구오유

敢望歲興嗣 감망세흥사

簽丁與戶役 첨정여호역

一時又咸萃 일시우함췌

縱欲自賣身 종욕자매신

誰肯收衰瘁 수긍수쇠췌

破屋良難售　파옥량난수
土銼本非器　토좌본비기
呼寒念老疾　호한념로질
啼飢憫幼稚　제기민유치
聖人爲民意　성인위민의
本欲推一視　본욕추일시
云胡不少體　운호불소체
因之以爲利　인지이위리
天高不可訴　천고불가소
尙亦無訛寐　상역무와매

良久語聲絶　양구어성절
但聞太息喟　단문태식위
念爾情則慽　염이정칙척
而我心如醉　이아심여취
爲民豈不哀　위민기불애
爲官豈不愧　위관기불괴
三百六十州　삼백륙십주
引伸可觸類　인신가촉류
感歎爲此詩　감탄위차시
竊取觀風義　절취관풍의

위의 한시를 세 부분으로 나누어 보았다. 앞부분은 시를 지은 계기이고, 가운데 부분은 집 주인과 이웃 노인이 창 밖에서 대화한 내용이다. 그들의 이야기는 흉년을 아랑곳 않고 탐욕에만 눈이 먼 관리들에게 집중돼 있다. 심각한 흉년이지만 관리들은 환곡을 갚으라고 독촉하거나 매질까지 해대고 있다. 경우에 따라서는 '팔뚝을 묶어 잡아가'기에 집 안의 개들이 '밤새도록 관리를 향해 짖'기도 한다. 백성은 '독약을 먹거나 목을 맬' 수밖에 없는 처지이다. 토지를 측량하는 양전量田을 한다면서 넓이와는 관계없이 '넓든 좁든 오직 마음대로' 작성하였기에 '부세가 올라서 이전에 비해 서너 배가 되'기도 했다. 군역軍役과 호역戶役을 감당해야 할 백성들은 딱히 내다 팔 것이 없기에 '설령 몸이라도 팔고 싶'지만 '쇠하고 병든 몸'이기에 그럴 수도 없었다. 마지막 부분은 집 주인과 이웃 노인의 이야기를 들은 작자의 느낌으로 '백성이 어찌 가엾지 않으며 관리가 어찌 부끄럽지 않겠나'에 집중돼 있다. 특히 특정 지역의 문제가 아니라 나라 전체의 '삼백예순 고을 이를 미루어 알 수 있'다는 부분을 통해 '내 마음 취한 듯하'다는 작자의 심정을 이해할 수 있다.

위의 시는 작자 나이 51세 때인 1791년(정조15) 가을 추수철의 작품이다. 《조선왕조실록》에는 오랜 장마로 강변 인근의 지역이 피해가 컸기에 환곡과 신포身布를 탕감해주거나 세금 징수를 중지하고 감면해 주라는 왕의 전교가 산견돼 있다(정조 15년 9월 7일). 하지만 왕의 전교가 실현되지 못했던 것이 당시의 상황이었다.

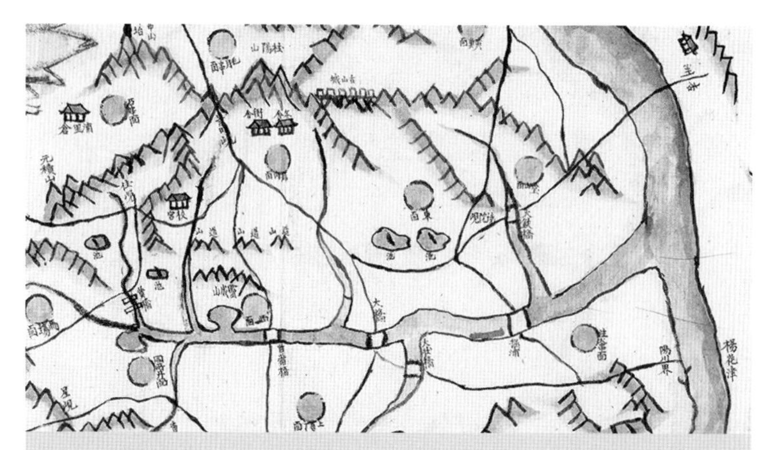

《부평군읍지》(규장각한국학: 10715)에 나타난 산(山), 천계(川溪), 도로(道路), 교량(橋梁) 등이다. 이를 통해 보건대, 이식(李湜)이 부평별서(富平村莊)에서 머물며 '평평한 제방'과 '산과 물이 겹쳐있다'거나 '물고기가 물소처럼 크기'에 '흰 회를 떠서' '부추에 버무린다' 라고 표현한 것도 과도한 수사(修辭)가 아니다. 산성의 남쪽 길과 굴포천 사이에 당산면 동양리(현재 동양동)가 위치했는데 그곳이 예로부터 전주 이씨 집성촌이었다고 한다.(『인천의 지명유래』, 1998)

이규보와 계양

이규보李奎報(1168~1241)는 고려중기의 대표적 문인이다. 본관은 황려黃驪, 자는 춘경春卿, 호는 백운거사白雲居士이다. 만년晩年에는 시·거문고·술을 좋아해 삼혹호 선생三酷好先生이라고 불렸다.

그에 대하여 역사학자 이우성은 "소년시절을 유혈이 낭자한 정변의 되풀이로 분위기가 살벌했던 개성에서 보내면서, 점차 분방한 성격으로 시속에 잘 영합되지 않아 불우한 생활 속에 더욱 반발적인 체질을 키우게 되었고, 중년이 훨씬 넘어서는 다시 표면적 영달과는 달리 정신적 번민과 갈등으로 피란지인 강화도에서 어두운 여생을 마(『한국의 역사상』)"쳤다고 규정하기도 했다.

이규보가 계양부사로 온 것도 그가 살던 시기와 무관하지 않았다. 외방의 수령들이 팔관하표八關賀表를 올리지 않자 그것을 문제 삼으려다가 자신만 탄핵을 받아 계양부사로 온 것이었다. 자신만 처벌을 받아 억울했지만 딱히 다른 방법이 없었다. 이규보의 복잡한 마음은 〈조강부祖江賦〉에 나타나 있다.

> 정우 7년 4월에 내가 좌보궐左補闕에서 탄핵을 받고 얼마 후에 계양으로 부임하는 길에 조강을 건너려고 하였다. 이 조강은 본래 물결이 빠르고 세찬데다 마침 폭풍을 만나 온갖 곤란을 겪은 후에 건너게 되었다. 그래서 이 부賦를 지어 신세를 슬퍼하고 끝내 마음을 스스로 달래었다.
>
> ……
>
> 아무리 태수자리가 영화스럽다 할지라도 나로서 바란 바는 아니었네. 아, 이렇게 멀리 떠나는 길이 옛날에도 어찌 없었으랴. 맹가孟軻도 사흘 밤 자고 주晝로 떠났고, 공구孔丘도 노魯나라를 떠나는 걸음이 더디었다네. 가의賈誼도 낙양洛陽의 재자才子였건만 비습卑濕한 장사長沙 땅에 귀양 갔었네. 성현聖賢들도 오히려 이렇게 되었는데 나쯤이야 뭐 슬플 게 있으랴. 옛사람의 불우不遇에 비교하면 나는 또 고을의 부사가 됐구나.
>
> ……
>
> 험한 강물 아무리 사나워도 나는 벌써 건너왔으니 무서워할 게 무

엇이 있겠으며 서울을 떠났어도 오히려 즐길 수 있으니 뭐 돌아가려고 애쓸 필요 있겠는가. 출처出處는 맘대로 안 되는 것, 하늘이 내려준 운명을 그대로 즐기면서 선철先哲과 같기를 희망해야지(원문 생략).

이규보는 맹가와 공구, 가의도 타인에 의해 떠날 수밖에 없었다면서 나쯤이야 대수롭지 않다며 스스로 위로하고 있다. 자신은 계양부사로 가는 길이기에 옛 사람들보다 형편이 낫다고 한다. 그리고 서울로 돌아가려고 애쓰지 않을 것이며 하늘이 내려준 운명을 그대로 즐기면서 선철과 같기를 희망하겠다樂天知命兮先哲是希고 다짐을 한다. 여기서 '하늘이 내려준 운명을 그대로 즐기樂天知命'는 일은 지명知命을 지칭한다. 맹자가 "명命 아님이 없으나 그 정명正命을 순順히 받아야 한다. 때문에 명을 아는 자는 위험한 담장 아래에 서지 않는다莫非命也 順受其正 是故知命者 不立乎巖牆之下(《맹자》 盡心上)"는 게 그것이다. 이에 대한 주자의 해설에 따르면, 지명자知命者는 어떠한 경우에 처하더라도 하늘이나 남을 원망하지 않고 자기의 운명으로 받아들이지만, 천명이 있음을 모르고 믿지 못하는 자들은 의리義理를 돌보지 않고 해害를 보면 반드시 피하고 이利를 보면 얻으려는 사람들이라 한다. 지명자知命者는 어떠한 경우에 처하더라도 하늘이나 남을 원망하지 않고 자기의 운명으로 받아들일 뿐이다. 다음은 〈기묘년 사월에 계양 군수가 되어 조강을 건널 때 짓다己卯四月日 得桂陽守 將渡祖江有作〉이다.

저문 산 어두운 연기에 물은 길기만 하고

험한 여울, 미친 바람으로 건너기도 어렵네

천박한 운명 이제 또 귀양살이 가는 길이지만

그래도 장안 향한 마음 버리기 어렵다네

晩山煙暝水漫漫　만산연명수만만

灘險風狂得渡難　탄험풍광득도난

命薄如今遭謫去　명박여금조적거

尙難拚却望長安　상난변각망장안

〈조강부祖江賦〉에서 다짐했던 마음이 느슨하게 이완돼 있다. '장사 땅으로 귀양을 떠난 가의賈誼洛陽之才子兮…謫長沙'와 자신을 견주면서 '하늘이 내려준 운명을 그대로 즐기樂天知命'며 그것을 '지명知命'으로 받아들이겠다고 했지만, 그런 다짐은 간데없고 '장안(임금님) 향한 마음 버리기 어렵다'며 선철의 운운과 거리를 두고 있다. 가고 싶지 않은 곳을 향해 가니 그곳의 길목은 연기에 휩싸이고 물길은 길게만 보였던 것이다. 때마침 바람이 불어 여울이 요동치기도 했다. 이규보에게 계양은 가서는 안 될 곳, 혹은 그것을 천명으로 받아들여 가야 할 곳이었다. 조강을 건너면서 이규보의 몸은 계양 쪽으로 이동하고 있었지만 머리는 장안(서울)을 향하고 있었다.

이규보는 2,088수 가량의 시문을 남겼다. 이 중에서 절반을 강화도에서 지었다. 하지만 현전하지 않는 작품이 훨씬 많았다는 것은 "만분의 일쯤 주워 모았다收拾萬分之一"는 《동국이상국전집》의 서문을 통해 짐작할 수 있다. 작품의 수와 함께 "우리나라 한문학사상 최치원·고려의 이제현·조선시대의 신위 등과 같이 최고급 시인(문선규, 『한국한문학』)"이자 "고려 제일인자(김동욱, 『국문학사』)"라는 평가를 통해 당대의 대표적 문인이란 것을 확인할 수 있다.

이규보는 13개월 동안 계양부사로 있었다. 그곳의 생활을 귀양[謫]으로 받아들였기에 자신을 '수인囚人(죄인)'으로 표현했다. 다음의 〈통판 정군에게 보이다示通判鄭君〉에서 확인할 수 있다.

강의 남쪽 벽지에 외로운 죄인 되어
갇힌 새 자유롭지 못함과 같네
남장이 훈증熏蒸하여 얼굴 점점 검어지니
옛 친구 만나면 부끄럽겠네

江南地僻作孤囚　강남지벽작고수
猶似籠禽不自由　유사롱금불자유
嵐瘴熏人顔漸黑　남장훈인안점흑
相逢應愧舊交遊　상봉응괴구교유

작자는 계양을 벽지[地僻]로, 자신을 외로운 죄인[孤囚]이라 지칭한다. 그에 따라 자신을 '갇힌 새 자유롭지 못함과 같'다고 여겼다. 계양 도착시기부터 일관되게 자신을 유배[謫]와 관련시켰던 만큼 죄인[囚]도 그것의 연장에 있다. 예컨대 퇴근한 후 자신의 처지를 "백수로 외로운 죄인과 같白首若孤囚"다거나, 수량사의 누각에서 놀면서

"즐거워라 죄인이 풀려난 것 같다軒然似脫囚"는 데에서 이런 면을 확인할 수 있다. 특히 자신을 보러 계양까지 왔던 부인이 서울로 돌아가는 모습을 보고 "난 죄인 같다孀無拘迫我如囚"며 자신의 처지를 표현한 경우도 마찬가지이다. 얼굴빛이 검은 것은 물을 갈아먹거나 혹은 섭생을 달리 하여 생기는 일시적인 몸의 반응일 텐데, 작자는 거기에 의미를 부여한다. 계양부사의 소임을 맡고 있되 딱히 마음이 편하지 않은 마당에 마침 얼굴빛이 약간 변하자 그것을 죄인들의 안색으로 이해하고 싶었던 것이다. 다음 〈퇴근하여 아무 일 없다退公無一事〉를 보자.

퇴근하여 아무 일 없으니
백수로 외로운 죄인과 같네
벼슬의 즐거움 알지 못하고
부질없이 임금 뒤따른 것만 생각하네
조정은 하늘과 함께 멀기만 한데
해와 달은 물 따라 흐르네
우스워라 잔성을 지키는 사람
벼슬을 탐내어 물러갈 줄 모르네

退公無一事　퇴공무일사
白首若孤囚　백수약고수
未識邦侯樂　미식방후악
空思法從遊　공사법종유

朝廷天共遠　조정천공원

日月水同流　일월수동류

笑矣殘城守　소의잔성수

貪官莫退休　탐관막퇴휴

작자에게 퇴근 후의 생활은 '백수로 외로운 죄인과 같'아 계양부사라는 벼슬도 즐겁지 못하다. 몸이 계양에 있되 '부질없이 임금 뒤따른 것만 생각하'는 마음은 여전히 조정朝廷을 향해 있었다. 자신의 나이를 생각하니 물처럼 지나는 세월이 야속하기만 했다. 이런 상황은 세월과 더불어 계속될 듯하고 자신은 여전히 계양을 지켜야 할 처지이다. 그런 생각을 하는 작자에게 계양은 잔성殘城(쇠잔한 성)으로 인식될 수밖에 없었다.

이규보는 '우스워라 잔성을 지키는 사람, 벼슬을 탐내어 물러갈 줄 모르네笑矣殘城守 貪官莫退休'라고 했다. 서울과 떨어져 있는 자신을 죄인[囚人]이라 칭하고 선정을 베풀어야 할 계양을 '잔성'이라 여겼기에 '벼슬을 탐내어 물러갈 줄 모르네'는 단순히 탐관貪官으로만 읽어야 할 부분이다. 천명을 운운하면서 마음 한쪽에서는 계양부사이되 그것을 죄인으로 여기며 임금을 향한 짝사랑을 진술하고 있었기에 이런 판단도 크게 어긋나지는 않는다. 작자를 '어용문인'으로 평가할 수 있었던 것도 계양 관련 시문에 남겼던 표현과 무관하지 않다.

하지만 '탐관'은 탐관오리貪官汚吏나 탐관활리貪官猾吏처럼 개인의 이득을 위해 관직을 탐하는 자를 지칭하는 것이지만, 이규보에게 탐관의 목적은 다른 데 있었다. 2개의 한시에서 확인할 수 있다. 먼저 〈승선 김양경이 안렴사 진식에게 화답한 시에 차운하다次韻金承宣良鏡和陳按廉湜〉이다.

북쪽 변방의 높은 공功으로 벼슬이 마땅히 귀하고
몸이 왕 앞에 있으니 도를 진언하겠네
임금님 뵙고 맑은 잔치에 말 묻는다면
동갑 중에 한 궁한 사람 잊지를 마오

功高塞北官宜貴　공고새북관의귀
身在王前道可陳　신재왕전도가진
若對天顔清讌問　약대천안청연문
莫忘同甲一窮人　막망동갑일궁인

다음으로 〈요우 제군과 명월사에서 놀다與寮友諸君 遊明月寺〉이다.

주린 호랑이 너는 으르렁대지 말라
나의 소신은 충과 신뿐이란다
나무 끝에 아련히 절이 서 있고
가옥은 암벽을 의지하고 있네

飢虎爾莫嘷　기호이막호
忠信吾是仗　충신오시장

木末得招提　목말득초제

架屋依巖嶂　가옥의암장

이규보의 탐관은 개인 영달을 위한 욕심과 거리가 있다. 무엇보다 '나의 소신은 충과 신뿐이란다忠信吾是仗'는 진술로 보아 탐관의 궁극적 목적은 '충과 신'이었다. 그리고 '충과 신'의 방법은 〈승선 김양경이 안렴사 진식에게 화답한 시에 차운하다〉에 나타나 있듯이, 왕의 앞에서 '도를 진언하王前道可陳'는 것이었다. 여기서의 '도'는 '치도治道'이다. 그에게 치도는 무사武士와 다르게 자신이 가장 잘 할 수 있는 위국문장爲國文章을 방편으로 삼는 것이었다.

이규보 스스로 벼슬해야 할 이유에 대해 "대개 마음에 배운 바를 장차 정치에 베풀며 경국제세經國濟世의 방책을 떨치고 힘을 왕실에 베풀어 이름을 백세百世에 날려서 길이 남기를 기약하려는 것蓋將以所學於心者 施於有政 振經濟之策 宣力王室 垂名於百世(〈상국 최선에게 올리는 서上崔相國詵書〉)"으로 밝힌 점을 염두에 두면, '탐관'은 개인의 영달을 위한 게 아니라 '치도'에 힘을 보태는 자신만의 방법이었다. 흔히 역사학자 이우성이 "그의 시와 산문의 대부분은 긴박한 국난의 극복과 초조한 민심의 위무에 관한 것(『한국의 역사상』)"이라 하거나, 한문학자 김영이 "이규보에게 있어서 시문은 爲國文章의 중요한 수단이었을 뿐만 아니라 이렇게 어려운 현실 상황 속에서는 자기 구원의 훌륭한 통로였다(『한국한문학의 현재적 의미』)"는 지적도 이런 면과 관련돼 있다.

탐관의 목적이 왕의 앞에서 '도를 진언하王前道可陳'는 일과 밀접하고 그것의 한 방편이 위국문장爲國文章이라 할 때, 계양에 있던 이규보는 그럴 수 없는 처지였다. '도를 진언王前道可陳'할 수 없는 상황이 자신을 죄인[囚人]으로 인식하게 했던 것이다.

임금의 주변에서 도道를 진언할 수 없는 자신의 상황을 어느 정도 받아들인 후, 그의 눈에 포착된 것은 계양 주민들의 삶이었다. 계양 주민의 삶이 시문의 소재로 등장하기 시작했는데, 이 또한 작게 시작하는 치도의 한 방법이었다.

이규보는 13개월 동안 계양태수로 있었다. 부임지의 여러 특성을 파악하고 그에 맞게 선정을 베풀기에는 짧은 기간이었다. 하지만 가시적인 성과를 내는 데 짧은 시간이었지만, 태수나 관료들이 백성들을 대하는 방법에 대해서는 일관된 생각을 가지고 있었다. 다음 〈태수가 부로에게 보이다太守示父老〉를 보자.

나는 본래 서생이라
스스로 태수라 칭하지 않네
이 말을 고을 사람에게 부치니
나를 늙은 농부로 여기네
억울하면 곧 와서 호소하여
어린아이 어미 젖 찾듯 하네
비 내리지 않은 오랜 가뭄
이 또한 나의 죄이네
은근히 부로에게 사과하지만
속히 벼슬 그만두는 것만 같지 않네

내가 가면 너희들 편할 텐데
어찌하여 이 늙은이인가

我是本書生　아시본서생
不自稱太守　불자칭태수
寄語州中人　기어주중인
視我如野耈　시아여야구
有蘊卽來訴　유온즉래소
如兒索母乳　여아색모유
久旱天不雨　구조천불우
是亦予之咎　시역여지구
慇懃謝父老　은근사부로
不如速解綬　불여속해수
我去爾卽安　아거이즉안
何須此老醜　하수차로추

태수로 부임한 후 계양의 부로父老에게 보여준 시이다. 태수라는 직함을 내려놓자 백성들이 그를 늙은 농부로 여길 정도로 거리감이 좁아졌다. 고을 사람들은 억울한 일이 있어도 참아야 했던 과거와 달리 '어린아이 어미 젖 찾듯'이 늙은 농부에게 호소할 수 있었다. 그래서인지 작자는 지금의 혹독한 가뭄을 자신의 탓으로 돌린다. 물론 이규보는 계양생활 13개월 중에 기우제문祈雨祭文을 3편 남겼는데, "당장 아침에나 저녁에 비가 오지 않으면 바로 금년은 추수가 없을 지경입니다. 내가 부끄럽고도 한탄스러워 땀이 물 흐르듯 하는가 하면, 팔짱을 낀 채 우두커니 서서 달갑게 천벌을 기다릴 각오였습니다(〈又祈雨城隍文〉)"처럼 자신의 허물을 뉘우치겠다면서 비를 내려 달라고 하늘에 간절히 빌기도 했다. 다음은 〈우연히 읊어 관료에게 보이다偶吟示官寮〉이다.

공수龔遂와 황패黃霸도 특이한 사람은 아니지
힘써 배우면 이를 수 있다네
다만 천성이 워낙 성글어
두각이 오래도록 나타나지 못했네
달게 먹고 편히 잠자며
백성의 송사는 까마귀 울음소리에 맡겼네
일찍 그 완악함을 벌하지 않고
그 도둑도 꾸짖지 않았네
누각에 누워 한가히 노닐면서
술 있으면 맘껏 취하였네
인정이 각각 같지 않으니
늙어 망령이라 말하지 마오
잔민을 급하게 다스리기 어려우니
어루만져야지 폭력을 써서는 안 된다네

龔黃非異人　공황비이인
力學行可到　역학행가도

但緣天性疏　단연천성소
稜角久未露　능각구미로
甘食與安眠　감식여안면
民訟任鴉噪　민송임아조
不曾罰其頑　불증벌기완
亦不詰其盜　역불힐기도
臥閣自逍遙　와각자소요
有酒卽醉倒　유주즉취도
人情各不同　인정각불동
莫道老而耄　막도로이모
殘民難急理　잔민난급리
可撫不可暴　가무불가폭

백성들을 대하는 관료들의 기본적인 태도를 제시하고 있다. 관리로서 백성들에게 선정을 베풀었다는 공수龔遂와 황패黃霸를 거론하며, 누구건 그렇게 될 수 있다고 한다. 공수龔遂와 황패黃霸는 유능한 지방관을 대표하는 인물들이다. 공수는 한漢나라 때 영천 태수太守로 부임해서 백성들이 허리에 차고 있는 칼을 팔아 밭가는 소를 사게 하여 그 고장을 풍요롭게 만들었던 자이다. 황패黃霸 또한 한나라 때 선정을 베풀었던 대표적인 지방관이다.

작자 또한 마음만 먹으면 공수와 황패처럼 할 수 있지만, 천성이 그렇지 못하다고 한다. 그들과 달리 계양태수로서 손을 놓고 있는 듯한 표현들이 등장하고 있다. 송사를 까마귀 울음소리에 맡기고 도

둑을 꾸짖지 않는다는 표현이 그것이다. 하지만 계양에 부임해서 그곳의 여러 특성을 파악하고 있는 시기라 하면, 작자의 마음도 이해할 수 있다. 특히 관료들이 백성들을 급히 다스릴 수 없을 때 폭력을 사용하지만 그렇게 하지 말라고 당부하는 데에서 이런 면이 두드러진다. 이런 생각의 바탕에는 백성들 개개인의 인정[처지]이 다르다는 점과 그들의 처지에서 이해하려는 점可撫不可暴(어루만져야지 폭력을 써서는 안 된다네)이 자리를 잡고 있었다.

이규보에게 계양 생활 13개월은 선정善政을 펴기에 짧은 기간이었다. 선정에 대한 구체적인 자료는 등장하지 않지만, 관료로서 계양 사람들을 대하는 〈태수가 부로에게 보이다太守示父老〉와 〈우연히 읊어 관료에게 보이다偶吟示官寮〉가 전할 뿐이다. 그리고 3편의 기우제문에서 애민愛民으로 읽어낼 수 있는 구절들도 있다. 다음 〈고을을 떠나면서 시를 지어 전송객에게 보이다發州有作 示餞客〉를 보자.

태수가 처음 올 때
부로들이 도로를 메웠고
그들 사이로 부녀자들도
머리 나란히 하여 울타리에서 엿보았네
내 모습을 보려는 것이 아니라
은혜를 얻고자 원함이었지
이 고을 와서 만약 혹독히 했다면
그 눈을 씻고자 했을 텐데
내 생각건대 아무 일도 한 것 없어

떠나려니 벽돌을 품은瓦全 게 두렵기만 하네
어찌하여 길을 가로 막아서나
가는 수레 앞에 누우려는 듯하네
잘 갈 테니 멀리 따라오지 마라
내 행차는 내닫는 냇물처럼 빠르네
너의 고을이 나를 괴롭게 하여
두 해가 백 년 같기만 하네

太守初來時　태수초래시
父老夾道邊　부로협도변
其間婦與女　기간부여녀
駢首窺蘺偏　병수규리편
非欲苟觀貌　비욕구관모
庶幾沐恩憐　서기목은련
到郡若酷暴　도군약혹폭
其眼願洗湔　기안원세전
我今理無狀　아금리무상
欲去畏懷甎　욕거외회전
胡爲尚遮擁　호위상차옹
似欲臥轍前　사욕와철전
好去莫遠來　호거막원래
我行疾奔川　아행질분천
爾邑誠困我　이읍성곤아

二年如百年　이년여백년

이규보가 계양으로 부임할 때와 그곳을 떠날 때의 광경을 상상할 수 있다. 서울에서 태수가 새로 부임한다는 소식을 듣고 계양사람들이 모여들었다. 길가에 서 있는 노인들과 울타리 위로 머리를 내밀고 있는 부녀자들이 호기심 가득한 눈빛으로 부임하는 태수의 행렬을 바라보았다. 부임 행렬은 흔한 광경이 아니었기에 계양사람들에게 구경거리가 될 만했다. 이에 대해 이규보는 낯선 광경을 보려는 목적이 아니라 선정을 베풀기를 바라는 마음으로 읽어냈다.

다행히 작자는 부임 때 느꼈던 계양 사람들의 기대감 어린 시선을 떠나는 행렬에서도 여전히 감지하고 있었다. 만약 자신이 계양 사람들에게 혹독하게 했다면, 계양 사람들이 과거에 보냈던 눈빛이 사라졌을 것이라는 진술이 이를 대신하고 있다. 하지만 작자는 계양 생활 13개월을 회고하며 '아무 일도 한 것 없我今理無狀'다고 한다. 작자는 '벽돌을 품은 일懷甎' 혹은 '기와를 온전히 품은 일瓦全'에 대해 두렵다고 한다. 선정을 베풀기 위한 여러 시도를 하고 그에 따른 시행착오도 겪으며 그것을 바로 잡아가는 게 태수의 책무일 텐데, 자신은 '아무 일도 한 것 없'기에 벽돌이나 기와를 품었다고 표현했던 것이다.●

하지만 계양주민들의 생각은 달랐다. 수레 앞에 누우려는 듯臥轍,

● 《북제서(北齊書)》의 〈원경안열전(元景安列傳)〉에 "대장부가 차라리 옥그릇으로 부서짐을 당할지언정, 질그릇으로 온전하기를 바랄 수는 없다(大丈夫 寧可玉碎 不能瓦全)"라고 한 말에서, 작자는 후자를 자신과 결부시켰다.

서울을 향하는 이규보의 행렬을 막아섰다. 와철臥轍은 와철반거臥轍攀車의 준말로 《후한서後漢書》의 후패열전侯霸列傳에 전하기를, 선정善政을 베푼 지방 관원이 다른 곳에 가지 못하도록 그 지방의 주민들이 수레를 붙잡기도 하고 수레바퀴 앞에 누워서 가지 못하도록 하는 것을 뜻한다. 이별을 아쉬워하는 계양 사람들을 다독였지만 그들은 멀리까지 쫓아올 태세였다. 계양에서 그들과 함께 했던 정리情理를 생각해 보니 그들의 행동도 크게 나무랄 수 없었다. 작자가 그런 상황에서 벗어날 수 있는 방법은 그들을 향해 마음에도 없는 말을 내뱉는 것이었다. '너의 고을이 나를 괴롭게 하여, 두 해가 백 년 같기만 하다'가 그것이다. 13개월을 100년으로 여길 정도로 계양 생활이 괴로웠다는 것인데, 이는 계양 생활에 대한 이규보의 반어적反語的 표현이었다.

5장

누정,

오래지 않아 신선의 꿈에서 깨어나니

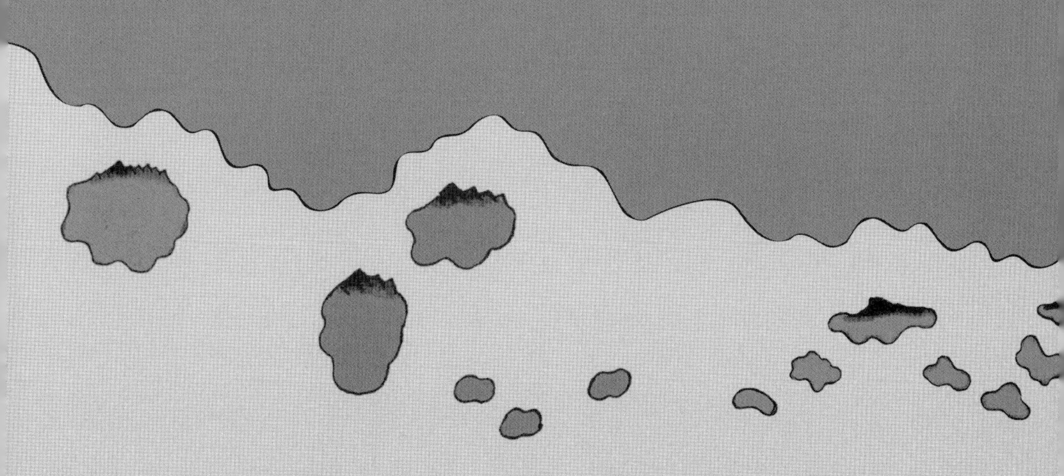

교동의 누정

누정樓亭은 누樓와 정亭이 결합된 단어이다. 누樓는 "겹 지붕重屋也(《설문해자》)"으로 다소 높게 축조된 건축물이다. 정亭은 높다[高]와 대못[丁, 기둥]의 결합으로 사방을 조망할 수 있는 건물이며, '쉬다, 정지하다[停]'의 의미처럼 '잠시 정지하여 쉬는 공간'을 지칭한다. 누樓와 정亭은 주변을 쉽게 조망할 수 있도록 기둥과 지붕으로 구성된 건물이다. 흔히 "대개 누정을 짓는 것은 높고 넓은 데 있는 게 아니라 그윽하고 깊숙한 데 있다(안축, 〈취운정기〉, 大抵樓亭之作 不在高曠 則在幽深)"라는 지적처럼 누정은 주변의 경관과 조화로운 곳에 위치한다. 누정이 주변 경관과 조화를 이루는 만큼, 그곳에서는 대자연에 동화되는 즐거움을 느낄 수 있다. 누정의 기능을 유흥, 수양, 회합, 군사 목적 등으로 나누는 것도 누정이 위치한 곳과 밀접한 관련이 있다.

기록에서 확인할 수 있는 교동도의 누정은 총 13개이고 그와 관련된 누정시는 12수이다. 13개의 누정은 모두 군사 목적으로 축조되었다. 그중에서 누정시는 동헌 남쪽에 있던 안해루晏海樓를 소재로 하는 11수와 읍성 북문의 공북루拱北樓를 소재로 하는 1수가 전한다.

다음은 1688년 축조된 안해루를 소재로 삼은 한시이다.

통어영 군문은 물가에 열려 있고
백 척 높은 누각은 구름에 닿았네
순치의 형세로 강도와 이어졌고
인후의 땅으로 바다를 지키네
삼도의 군사를 절제사가 총괄하니
사방엔 경보도 없어 속세가 아닌 듯하네
서생의 사업은 지금 이와 같으니
문무를 겸비한 예전 현자에 부끄럽네

統御轅門闢水邊　통어원문벽수변
樓高百尺接雲天　누고백척접운천
勢成脣齒連江都　세성순치련강도
地作咽喉鎭海延　지작인후진해연
三道摠師專節制　삼도총사전절제
四方無警絶塵烟　사방무경절진연
書生事業今如此　서생사업금여차
文武全才愧昔賢　문무전재괴석현

1724년 경기도수군절도사로 부임했던 이익한(1659~?)이 지은 한 시이다. 군사 요충지로서의 교동의 위치와 안해루의 기능, 그리고 현재의 상황에 대해 읊고 있다. 교동의 중요성을 순치脣齒와 인후咽喉를 통해 나타내고 있다. 이는 안해루의 상량문에 기술된 "천지의 빼어난 정기가 모이는 곳에 어찌 누대가 없으리…경기도와 충청도로 길이 연결되고 변경을 지키는 철옹성이오, 연백과 인접하여 서로 지원하니 나라를 지키는 울타리이다天地精英之所鍾 斯豈無也…畿湖倚而爲重 固圉金湯 延白接而成援 衛國屛翰"의 또 다른 표현이다. 그리고 그곳에서 삼도의 군사를 총괄한다며 안해루의 기능에 대해 언급하고 있다. 현재는 전쟁 경보가 없는無警 평화스러운 상태이다. 작자는 1700년(숙종 26) 진사로 춘당대문과春塘臺文科에 장원급제를 한 문신이었기에, 자신을 서생이라 칭하면서 '문무를 겸비한 예전 현자에 부끄럽'다 했던 것이다.

멀리 푸른 바다 위를 바라보니
나그네의 풍류로는 제격이라네
오래지 않아 신선의 꿈에서 깨어나니
저녁노을이 그림 같은 누각으로 들어오네

遠臨滄海上　원림창해상
遊子足風流　유자족풍류
暫罷蓬瀛夢　잠파봉영몽
夕陽入畵樓　석양입화루

1830~1831년 장신將臣 이완식李完植이 지은 한시이다. 안해루에

서 바라본 서쪽의 섬들은 바다와 하늘 사이에 떠있는 듯했다. 태양이 바다 속으로 잠길 무렵 물빛, 하늘빛, 구름빛이 복잡한 색깔을 연출해내며 뒤섞였다. 빛의 명암과 색깔의 농담에 따라 다기한 모습을 보이던 낙조는 태양이 바다 밑으로 침몰하고 나서야 완전히 끝났다. 그러고 나서 작자는 꿈같은 데에서 벗어나 안해루에 있는 자신을 깨닫게 되었다. 안해루 또한 신선 꿈의 연장인 듯, 저녁노을의 끄트머리에 의해 그림 같이 보였다. 그래서 '나그네의 풍류로는 제격'이고 '그림 같은 누각'이라며 유흥상경[遊息]의 자세를 취했던 것이다.

동일한 공간이되 그곳을 매개로 뭔가를 연상해내는 것은 개인의 몫이다. 어떤 쪽은 군사와 문루의 기능으로, 다른 쪽은 유흥의 기능과 관련해 시화詩化하였다. 물론 양쪽이 시화할 수 있었던 계기는 해당 누정이 주변 경관과 조화를 이루며 동시에 사방을 조망할 수 있는 공간에 위치했기 때문이다.

특정 대상을 응시하려면 '눈돌리기[游目]'를 해야 하는데, 이를 위해서는 사방을 조망할 수 있는 공간에 관찰자가 위치해야 한다. 이른바 누樓, 정亭, 대臺, 각閣, 전殿, 헌軒 등이 그런 공간이다. 특히 사방이 트이도록 건축한 누정은 사면의 경치를 마주하기에 적합한 공간이다. 그곳에서 관찰자는 눈돌리기[游目]를 하며 산수의 경치와 흥취의 본질에 관한 어떤 이치를 깨닫기도 한다. '눈돌리기[游目]'의 방법에는 두 가지가 있는데, 하나는 사람이 직접 이리저리 움직이면서 감상하는 경우이고, 나머지는 시각만 움직이는 것이다. 후자는 시선이 닿을 수 있는 곳까지 굽어보기, 올려다보기, 가까이 보기, 멀리 보기, 가까운 곳에서 먼 곳으로 보기 등이 있다.

은총 입어 통어사로 나가 집안 명예를 이었으니
책임 무거운 근기近畿 지방의 수군절도사라네
병영 밖의 풍운은 노장에게 듣고
바다에서 병기 들고 직접 열병閱兵하였네
달밤에 전함戰艦이 뜨니 어룡魚龍마저 조용하고
찬바람 피리소리에 나무도 흔들리네
퇴근 후 누각에 올라 한잔 마시자
눈 개인 송도엔 저녁연기 피어오르네

承恩出守繼家聲　승은출수계가성
任重圻西水使營　임중기서수사영
梱外風雲聽老將　곤외풍운청로장
海中鐵鉞列親兵　해중철월렬친병
戰船明月魚龍靜　전선명월어룡정
畵角寒天樹木鳴　화각한천수목명
吏退官閑樓上飮　이퇴관한루상음
雪晴松島夜烟生　설청송도야연생

1859년 10월~1860년 4월까지 통어사統禦使였던 오길선吳吉善이 지은 한시이다. 수군절도사의 임무를 맡은 작자는 집안의 명예를 이었다며 자부심을 느끼고 있다. 자신의 직분을 다하고자 '병영 밖의 풍운은 노장老將에게 듣고, 바다에서 직접 열병閱兵'을 했다. 야간 훈련을 알리는 피리소리가 나무를 흔들 정도로 준엄하게 울렸다. 그에게 안해루는 군사 기능을 하는 공간이었다. 한편 '퇴근 후 누각에 올라 한잔 마시'며 '눈 개인 송도엔 저녁연기 피어오르'는 모습을 눈돌리기[游目]로 포착한 것으로 보아 안해루는 유흥상경[遊息]의 공간이기도 했다.

다음은 공북루를 소재로 삼은 이건창(1852~1898)의 누정시이다.

강 남쪽에 이처럼 좋은 누대가 있어
북쪽 길손은 처음으로 기러기 따라 왔네
흰 성가퀴와 붉은 용마루는 저 멀리서 초연하고
흰 모래와 푸른 절벽이 어지러이 둘러싸고 있네
변방의 천 리를 한번 쳐다보고
비바람 치는 중양절에 홀로 잔을 드네
임금은 신하의 어리석음을 알지 못하는데
암행어사는 무엇을 해야 하나

江南有此好樓臺　강남유차호루대
北客初隨鴻鴈來　북객초수홍안래
粉堞丹甍迥超忽　분첩단맹형초홀
白沙翠壁紛縈迴　백사취벽분영회
關山千里一翹首　관산천리일교수
風雨重陽獨擧杯　풍우중양독거배
聖主不知臣不肖　성주불지신불초
繡衣使者何爲哉　수의사자하위재

작자는 1866년 15세에 과거시험에 합격한 후, 19세가 돼서야 벼슬길에 나섰다. 1874년 서장관書狀官으로 발탁돼 청나라에 가서 외교활동을 했고, 두 번에 걸쳐 암행어사의 소임을 맡았다. 1905년 을미사변乙未事變이 일어나자, 역적을 성토하는 상소[討逆疏]를 올렸다. 예컨대 "필부필부匹婦匹夫의 죽음에 있어서도 자신이 천명天命으로 죽지 못하면 원수를 갚지 못한 원한이 있는 것인데, 어찌 국모國母가 시해되었는데도 그 원수를 갚지 않을 수 있겠습니까匹婦匹夫之死而不得其命者 猶無不償之寃 豈有國母被弑 而讐終不復者乎"라는 격절한 내용이었다.

작자는 자신이 방문한 공북루에 대해 '좋은 누대好樓臺'라고 규정했다. 먼저 '흰 성가퀴'와 '붉은 용마루'가 구비된 누대에서 '변방의 천 리를 한번 쳐다'볼 수 있으니 문루門樓의 기능을 수행하기 좋다는 것이다. 게다가 '푸른 절벽이 어지러이 둘러싸고 있'으니 적을 방어하는 데 수월해 보였다. 한편 암행어사의 소임을 받은 작자가 '중양절에 홀로 잔'을 들고 유흥상경[遊息]의 공간으로 삼기에도 좋다고 한다. 공북루는 군사와 유흥상경[遊息]의 기능이 동시에 가능했던 누정이었다.

가정동의 누정

《부평부읍지》(1899) 고적古蹟에는 "가정佳亭이 서곶면에 있는데 복흥군復興君 조반趙胖의 별업이다石串面 卽開國功臣趙胖之別業也"라고 기록돼 있다. 조반은 조선을 개국할 때 공을 세워 복흥군에 봉해졌던 자이다. 1394년(태조 3) 11월 이방원을 수행하여 명나라에 다녀온 후 판중추원사, 상의문하부사, 참찬문하부사 등을 역임했다.

조서강趙瑞康(?~1444)은 조반의 아들로 가정佳亭에서 만년晩年을 보냈다. 세종은 조서강이 출사에 응하지 않자 화공에게 그가 사는 곳을 화폭畵幅에 담아 바치게 했다. 안평대군이 엮은 〈석호가정별업도石湖佳亭別業圖〉라는 화첩畵帖도 시회詩會와 관련됐을 정도로 가정은 시흥詩興을 일으킬 만한 곳에 위치하고 있었다. 가정이 있던 터, 가정지佳亭址는 가정동 456번지 4거리에서 서쪽 100m 지점에 있었다. 원래는 마을의 언덕 위에 있었지만 도시계획으로 그곳이 평지로 변하자 해당 공간에 비碑를 세웠다고 한다. 비문의 뒷면에 조서강이 지은 시문이 있다.

한가롭고 좋은 날 촌가에 이르니
십리 넓은 들판에 일만 나무 꽃 피었네
취한 듯 깬 듯 나귀타고 가는 일 없는 사람
태평성대의 춘흥 자랑할 만하네

乘閒勝日到村家　승한승일도촌가
十里芳郊萬樹花　십리방교만수화
半醉騎驪無事客　반취기려무사객
泰平春興自堪誇　태평춘흥자감과

한시를 통해 가정의 주변 풍경과 그 안에서 춘흥春興을 즐기는 조서강을 발견할 수 있다. 가정의 넓은 들판에 꽃이 수없이 피었고 그 사이를 한가롭게 나귀타고 가는 사람이 있다. 그 사람은 단어에 나타난 대로 '일 없는 사람無事客'이다. '취한 듯 깬 듯半醉'이 음주와 관련된 것인지 혹은 춘곤春困에 따른 것인지 분명하지 않지만, 꽃이 만발한 즈음에 일 없는 사람이니만큼 작자는 농사일이나 그 밖의 것과 무관한 사람이다. 그는 시각에 포착된 대로 봄기운이 주는 흥興을 자연스럽게 받아들이고 있었다.

위의 한시에는 바다 관련 진술이 없지만, 〈석호가정별업도石湖佳亭別業圖〉에 있는 정인지鄭麟趾의 "남포로 돌아오는 돛단배는 줄지어 온다南浦歸帆堪從日"거나 황정혹黃廷或의 "만 리의 파도는 멀기만 하다萬里波濤遠"는 표현으로 보건대 가정佳亭은 서쪽 바다를 조망할 수 있는 공간에 위치하고 있었다.

가정 주변의 풍경을 읊은 한시가 유방선柳方善(1388~1443)의 《태재집泰齋集》에도 수록돼 있다. 거기에는 조서강이 시를 짓게 된 배경과 유방선에게 화답시를 구한 과정이 나타나 있다. 다음은 〈조 사인에게 주다呈趙舍人〉이다.

취한 듯 깬 듯 나귀 타고 가는 한가한 사람
넓은 들판 두루 다녀보니 십 리가 봄이라네
오늘은 이미 일 없는 사람이 아닌데
태평성대의 춘흥은 내 신세일세

騎驢半醉一閒人　기려반취일한인
遊遍芳郊十里春　유편방교십리춘
今日已非無事客　금일이비무사객
太平春興屬吾身　태평춘흥속오신

유방선은 원주의 명봉산鳴鳳山 아래 법천에 머물고 있다가 조서강이 사인舍人의 직책을 맡아 바쁘게 생활한다는 것을 듣고 비로소 화답시를 지었다. 조서강의 시문과 동일한 듯하지만 '일 없는 사람無事客'이 '일 있는 사람非無事客'으로 바뀌어 있다. 조서강을 가리켜서 '오늘은 이미 일 없는 사람이 아닌데'라고 하고, 과거에 즐겼던 '태평성대의 춘흥은 내 신세일세'라며 자신의 한가한 처지를 진술하고 있다. 자구字句를 첨가하여 화답시를 지었기에 작자 스스로 "이 때문에 비졸함이 드러나지 않게 조군 좌하에게 써서 드린다是以不揆鄙拙錄呈趙君座下"며 부언하기도 했다.

조서강이 남긴 시문을 통해 가정佳亭에서 조망할 수 있는 꽃, 산, 들, 바다, 돛단배 등을 복원할 수 있었다. 어찌 보면 작자는 '일 없는 사람無事客'이 아니라 가정佳亭에서 조망할 것들이 봄기운과 함께 사방에 있었기에 가장 바쁜 사람이었을지도 모른다. 그래서 '태평성대의 춘흥 자랑할 만하다'고 진술했던 것이다.

계양의 누정

이규보李奎報(1168~1241)는 고려중기의 대표적 문인이다. 탄핵을 받아 계양부사로 부임했기에 그곳에서의 생활을 귀양[謫]으로 받아들였다. 계양 관련 시문에 자신을 '수인囚人'으로 표현한 것도 이런 이유에서이다. 하지만 13개월 만에 '기거주起居注'라는 직함으로 서울(개성)로 소환을 받고 계양에 대한 인상이 바뀌었다. 다음은 〈다시 모정에 놀며 황보 서기의 운에 차하다復遊茅亭 次韻皇甫書記〉이다.

이공이 마음의 계획으로 모정을 지어서
한여름에 올라서 서늘함과 맞설 수 있네
연기 묽어져 저 멀리 푸른 냇물이 보이고
햇볕 뜨겁지만 수목 깊고 푸르러 이르지 못하네
난간 앞의 산은 병풍 속에서 본 것 같고
자리 밑의 샘물 소리는 배 밑에서 듣는 것 같네
선문羨門에게 읍하니 소매를 당기는 듯하여
신선되어 하늘에 오르지 않고도 영험함이 통했네

李公心匠構茅亭　이공심장구모정
盛夏登臨敵馭冷　성하등림적어랭
烟淡未遮川遠碧　연담미차천원벽
日炎難犯樹深靑　일염난범수심청
檻前山似屛中見　함전산사병중견

座下泉如舸底聽　좌하천여가저청

長揖羨門堪挹袖　장읍선문감읍수

不因羽化亦通靈　부인우화역통령

계산동에 위치했던 모정茅亭을 소재로 하고 있다. 초정草亭과 동일한 것으로 추정되는 모정은 이규보 이전의 계양부사였던 이실충李實忠이 지은 정자이다. 서울로 가기 전, 이규보는 심각하게 훼손돼 있는 모정을 다시 세우고 기문記文도 남겼다.

한시에는 누정을 세운 사람과 누정의 기능, 주변의 경관 등이 제시돼 있다. '이공[이실충]'이 지은 누정은 '수목 깊고 푸른 곳'에 위치했기에 '한여름에 올라서 서늘함과 맞'설 수 있는 공간이었다. 게다가 누정의 바로 아래 샘물이 흐르면서 내는 물소리가 마치 배 밑에서 듣는 소리와 같았다. 그래서 작자는 자신을 진시황의 명을 받고 선문羨門이라는 신선을 만나러 가는 노생盧生으로 여기기도 했다.

이규보가 지은 기문에 따르면, 모정에는 '척서滌暑(더위를 씻음)'라는 현액懸額이 있었다고 하는데 이를 통해 보건대 모정은 피서避暑의 공간이었다. 다음은 〈만일사에서 요우寮友 제군이 부로父老를 위하여 성전聖殿에 재齋를 올리고 이어 술자리를 벌여 위로하기에 사례하다萬日寺 謝寮友諸君爲老夫展齋聖殿 仍置酒見慰〉이다.

얼마나 고마운지 제공이 늙은 나를 기억하는 게

진심으로 선경에 곡식을 시주하기도 하네

항아리 가득 익은 술 잇달아 불러 놓고

나는 듯이 솟은 망해정에 함께 올랐네
먼 포구에 떠가는 돛단배는 보료에 기대어 보고
석양의 어적 소리는 술잔을 잡고 듣네
동료의 정이 두터운데 술을 어이 사양하리
취하니 떨어지는 눈물 금하기 어렵네

多謝諸公記老生　다사제공기로생
心香信粒叩禪扃　심향신립고선경
仍呼蟻泛盈壺酒　잉호의범영호주
共上翬飛望海亭　공상휘비망해정
極浦歸帆欹枕送　극포귀범의침송
夕陽漁笛把杯聽　석양어적파배청
同寮情重那辭飮　동료정중나사음
醉後難禁感涕零　취후난금감체령

망해정望海亭에 대한 누정시이다. 망해정은 글자에 나타난 대로 계양산에서 바다를 조망하는 적소適所에 위치했다. 주변에 만일사萬日寺와 명월사明月寺가 있었는데, 명월사는 계양산 북쪽 산중턱 황어현 쪽에 있었고, 만일사는 계양산 서쪽 중턱(현재 공촌동 산 1번지)에 위치했었다.

작자는 서울로 부름을 받고 난후, 선경禪扃(사찰)을 경유해 환송회를 하려고 망해정에 도착했다. 술병을 거듭 비우며 동료의 술을 사양하지 않았기에, 몸을 가누지 못할 정도로 취했다. 보료에 살짝 기대어 돛단배가 지나는 것을 보기도 하고, 술잔 잡은 상태에서 석양을 가르는 피리소리를 듣기도 했다. 그럼에도 헤어질 일을 생각하니 눈물을 금할 수 없었다. 물론 이별이기보다는 서울로 간다는 기쁨의 눈물이었다.

이규보는 계양부사로 부임하면서 바다와 관련된 것들에 대해 불쾌하게 여겼다. 이후 13개월 만에 '기거주'로 발령을 받자, 바다가 좋게만 보였다고 〈계양망해지桂陽望海志〉에 고백했다. 13개월 전이건 후건, 동일한 바다일 텐데 자신의 처지를 어떻게 받아들이냐에 따라

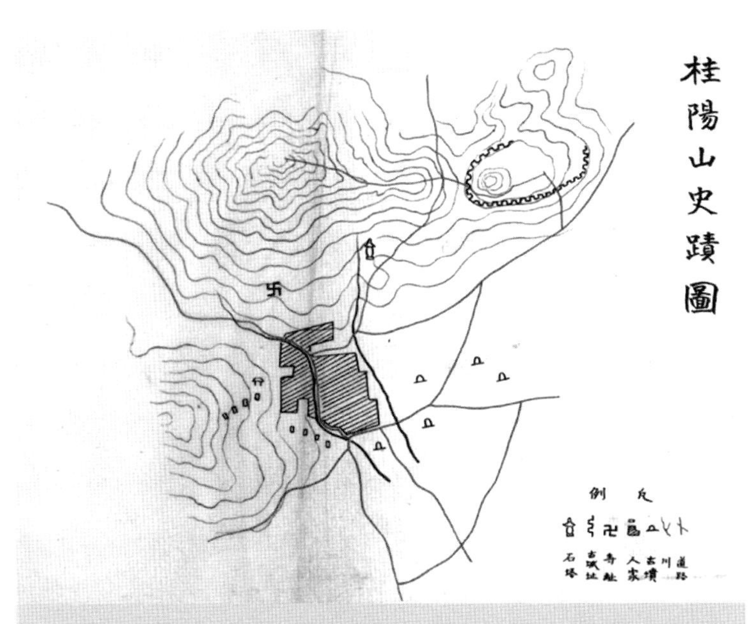

〈계양산사적도〉(1916년, 국립중앙박물관 소장)에 나타난 산성(山城), 만일사(萬日寺), 석등(石燈), 인가(人家) 등이다. 계양산 정상에 망해정이 있었는데, 그곳에서 이규보가 주변 경관에 대해 소회를 읊은 것이 〈계양망해지(桂陽望海志)〉이다. 초정(草亭)은 만일사 아래의 천(川) 중간쯤에 있었는데, 1916년경에는 인가(人家)에 싸여 있었다.

다르게 보였던 것이다. 계양으로 왔을 때는 '머리를 숙이고 눈을 감고 보려 하지 않輒低首閉眼不欲見也'을 정도였고, 그곳을 떠날 때는 '망망대해의 푸른 물이 다 좋게만 보였則向之蒼然浩然者 皆可樂也'던 것이다. 서울로 향하기 전, 이규보에게 계양의 누정은 즐거운 마음을 펼 수 있는 유흥상경의 공간이었다.

이규보의 다시茶詩

이규보의 《동국이상국집》에는 50여 수의 다시茶詩가 있다. 차와 관련된 논의들 거개가 이규보의 다시茶詩를 거론하는 것을 보더라도, 그는 고려의 대표적 다인茶人이었다.

다茶는 풀[++]과 여余가 결합된 글자이다. 여余는 독음讀音을 위해 견인된 글자이다. 기록에서 발견할 수 있는 최초의 다인茶人은 전설에 등장하는 신농神農이다. 《신농본초경神農本草經》에는 "신농은 100가지의 풀을 먹다가 어느 날 72종류의 독에 중독됐지만, 차를 먹고 풀었다神農嘗百草 一日遇七十二毒 得茶乃解"고 한다. 독초毒草의 성분을 차茶로 해독했던 것이다.

다음의 한시는 제목이 다소 길게 표현된 〈앵계에 거처를 정한 뒤 우연히 초당의 한적한 풍경과 두 집안이 서로 오가던 즐거움을 함께 서술하여 서편의 이웃 양 각교梁閣校에게 주다卜居鸎溪 偶書草堂閑適 兼敍兩家來往之樂 贈西隣梁閣校〉의 일부분이다.

도화 옆에 푸른 대나무를 심고
가시나무 베어내어 꽃다운 향풀을 보호하였네
차에 도취했던 육우陸羽를 닮아 가고
밭 가꾸기를 배우려던 번지樊遲가 되려 하네
거나한 취흥醉興으로 세월을 보내며
광탄한 심정으로 이 세상 마치려네

발 밖엔 미풍이 불지만
처마 앞에는 해가 한창 따스하네
꾀꼬리 노래 소리 자유롭고
나비는 꽃 그리워하며 원을 풀었네
그대 부디 이곳을 찾아 주게
시끄러운 세상 원만히 피할 수 있다네

傍桃栽翠竹　방도재취죽
剪棘護芳蓀　전극호방손
漸作顚茶陸　점작전다육
甘爲學圃樊　감위학포번
沈酣消日月　침감소일월
曠坦老乾坤　광탄노건곤

箔外風微颺　박외풍미양
簷前日正暄　첨전일정훤

鶯調啼柳舌　앵조제류설

蝶雪戀花冤　접설연화원

來往君何憚　내왕군하탄

猶堪避世喧　유감피세훤

조경을 하려고 대나무를 식재植栽하고 가시나무를 전지剪枝했다. 산들바람이 불고 햇볕이 따스한 어느 날, 맘대로 지저귀는 꾀꼬리와 꽃 위에 앉은 나비가 보였다. 청각이건 시각이건 촉각이건 모든 게 조화롭기에 '시끄러운 세상 원만히 피할 수' 있었다. 물론 그러한 조화에 쉽게 도달할 수 있었던 것은 '차에 도취했던 육우陸羽를 닮아가고漸作顚茶陸' 농사일을 배우려 하던 번지樊遲인들 어떠하냐는 마음이 있었기 때문이다(《논어》 자로). 차를 파는 사람들이 육우를 다신茶神이라 불렀을 정도로 그가 저술한 《다경》에는 차에 관한 모든 내용이 들어 있었다.

작자가 《다경茶經》에 관한 소양이 있었다는 것은 다음의 시 〈강가 마을에서 자다宿瀕江村舍〉에서도 발견할 수 있다.

강가에 방랑하며 스스로 형체를 잊고

날마다 갈매기와 친압하여 물가를 가네

묵은 서적은 다 흩어져 약보만 남았지만

남은 것들을 따져 보니 《다경》이 있네

흔들리는 나그네의 마음은 바람 앞의 깃발 같고

떠다니는 외로운 종적은 물 위의 부평초라네

장안의 옛 친구에게 부쳐 사례하노니
객중의 두 눈은 누구를 위하여 푸르렀을까

江邊放浪自忘形　강변방랑자망형
日狎遊鷗傍渚汀　일압유구방저정
散盡舊書留藥譜　산진구서류약보
檢來餘畜有茶經　검래여축유다경
搖搖旅思風前纛　요요려사풍전독
泛泛孤蹤水上萍　범범고종수상평
寄謝長安舊知己　기사장안구지기
客中雙眼爲誰靑　객중쌍안위수청

작자는 《다경》의 내용을 발췌한 약보藥譜를 휴대하고 다녔다. 《다경》은 차의 근원, 도구, 제조법, 그릇, 생산지, 약리작용, 그림 등 차茶의 전반에 대해 담고 있었다. 차茶는 종류와 제조법에 따라 응급상비약의 역할을 했기에 약보를 챙겼던 것이다.

작자는 강가 마을에서 혼자 있지 않았다. 눈의 흰자위를 드러낸다는 백안白眼과 반가움을 표현한다는 청안靑眼이란 글자를 염두에 둘 때, 작자는 마음에 맞는 동료들과 함께 있었다. 물론 이런 상황에서 차茶가 빠질 수 없기에 한쪽에서는 차를 끓이고 있었을 것이다.

이규보는 중국의 다신茶神이라 불리는 육우뿐 아니라, 노동盧仝이 지은 〈다가茶歌〉에 관하여 익히 알고 있었다. 다음 〈이날 보광사에 묵으면서 고故 서기 왕의의 유제시 운을 사용하여 주지에게 주다是日

宿普光寺 用故王書記儀留題詩韻 贈堂頭〉의 일부분을 보자.

향긋한 차 일곱 잔에 겨드랑이 바람이 일고
쟁반의 써늘한 과일은 창자에 눈[雪]이 스미는 듯하네
만약 석가와 노자를 부새와 을새 같다 한다면
우리 유가儒家에서 백양을 높이는 거 탓하지 말게

七椀香茶風鼓腋 칠완향다풍고액
一盤寒菓雪侵腸 일반한과설침장
若將釋老融鳧乙 약장석로융부을
莫斥吾家祖伯陽 막척오가조백양

사찰에 묵으면서 왕의가 남긴 시문에 차운하여 주지에게 건넨 글이다. 작자는 유가 경전을 독서하되 여타의 분야를 배척하지 않았다. '유가儒家에서 백양老子(노자)을 높이는 거 탓하지 말'라는 데에서도 이를 확인할 수 있다. 흔히 이규보의 다도관茶道觀을 논의하는 글들이 최치원의 삼교지도三教之道에서 기원을 찾는 것도 이런 이유와 관련이 있다. 유불도儒佛道의 조화로움이 풍류도風流道의 바탕인데, 이것은 종교나 사상, 형식이나 격식에 구애 받지 않은 그의 저작물을 통해 두루 확인할 수 있다.

'향긋한 차 일곱 잔에 겨드랑이 바람이 일어난다七椀香茶風鼓腋'는 당唐나라 시인 노동盧仝이 지은 〈다가茶歌〉를 견인한 부분이다. 〈다가茶歌〉에는 "첫째 잔에 목과 입을 적시고, 둘째 잔에 번민과 고독을 씻어내고, 셋째 잔에 메마른 창자를 적셔 오천 권의 책을 생각나게 하고, 넷째 잔에 모든 불평이 땀구멍을 통해 흩어지며, 다섯째 잔에 살과 뼈를 맑게 하고, 여섯째 잔에 신선의 세계와 통하여, 일곱째 잔을 채 마시기도 전에 겨드랑이에 청풍이 인다"는 내용이 기술돼 있었다. 다음은 〈안화사의 당 선사를 찾으니 선사가 시 한 편을 청하다 訪安和寺幢禪師 師請賦一篇〉의 일부분이다.

승려는 제 손으로 차 달이며
나에게 향기와 빛깔 자랑하네
나는 말하건대 늙고 병든 몸
어느 겨를에 차 품질 따지겠나
일곱 사발에 또 일곱 사발
바위 앞 물을 말리고 싶네
때는 마침 초가을이라
늦더위 다하지 않았다네

衲僧手煎茶　납승수전차
誇我香色備　과아향색비
我言老渴漢　아언노갈한
茶品何暇議　차품하가의
七椀復七椀　칠완복칠완
要涸巖前水　요학암전수
是時秋初交　시시추초교

殘暑未云弭　잔서미운미

안화사 승려가 차를 끓여 작자를 대접하고 있는 상황이다. 차에 대해 해박한 소양을 지니고 있던 작자와 그의 앞에서 차에 대해 주저리주저리 떠들고 있는 승려의 모습을 연상할 수 있다. '때는 마침 초가을'이었기에, 승려가 가을 찻잎의 효능에 대해 자랑하며 찻물을 끓이고 있었을 것이다. 흔히 봄과 가을에 찻잎을 수확하는데, 시기에 따라 약리작용이 다르게 나타나는 것을 익히 알고 있는 작자였기에 승려를 향해 무슨 차茶인들 관계없다며 '일곱 사발에 또 일곱 사발, 바위 앞 물을 말리고 싶'다 했던 것이다.

차로 다스리는 마음

이규보의 다시茶詩에는 차의 약리적 효과를 언급하는 부분들이 등장한다. 그중에서 졸음을 쫓는 각성 효과와 갈증을 해소하는 해갈 효과가 가장 두드러지게 나타난다.

다음은 각성 효과와 관련된 〈고우가苦雨歌〉 한시의 일부분이다.

지겨운 장마 한 달 동안 강물을 쏟듯 하더니
밤낮으로 깜깜하게 해와 달 가렸네

독 안의 맛난 술은 향기 이미 변했으니

어찌 맘껏 마실 것이며 마신들 취하겠나
상자 속의 좋은 차는 맛이 많이 변했으니
끓여 먹더라도 졸음을 쫓지 못하겠네

갑자기 고우가를 짓네

愁霖一月如懸河　수림일월여현하
晝夜昏黑藏羲娥　주야혼흑장희아

甕中美酒香已訛　옹중미주향이와
詎可酣飮令人酡　거가감음령인타
箱底芳茶貿味多　상저방다무미다
不堪烹煮驅眠魔　불감팽자구면마

率然忽作苦雨歌　솔연홀작고우가

한 달 동안 '강물을 쏟듯' 비가 내렸다. 기나긴 장마는 해와 달을 가린 데 머물지 않고 습도를 지나칠 정도로 높여 놓았다. 술맛과 찻잎 색깔이 변한 것도 습도 탓이었다. 그런 상황에 처해 있는 작자는 술을 맘껏 마시더라도 술맛을 느낄 수 없고 차를 '끓여 먹더라도 졸음을 쫓지는 못'할 것이라며 불편한 심기를 시문으로 나타냈다. 이것이 〈고우가苦雨歌〉의 창작 배경이다. 여기에 차茶에 대한 작자의 소양을 짐작할 수 있는 부분이 있다. 차의 색깔이 변하면 약효가 떨어져 졸음을 쫓지 못할 것이란 부분인데 이른바 각성覺醒 효과를 볼 수 없다는 것이다. 다음 〈차 가는 맷돌을 준 사람에게 사례하다謝人贈茶磨〉를 보자.

돌 쪼아 만든 바퀴 하나
돌리는 데 한쪽 팔만 쓰네
자네도 어찌 차를 마시지 않겠는가
초당 쪽으로 보내주었나
내가 잠 즐기는 걸 알고
이것을 나에게 부친 거네
갈수록 푸른 분말에서 향기 나오니
그대 뜻 더욱 고맙기만 하네

琢石作孤輪　탁석작고륜
廻旋煩一臂　회선번일비
子豈不茗飮　자기불명음
投向草堂裏　투향초당리
知我偏嗜眠　지아편기면
所以見寄耳　소이견기이
研出綠香塵　연출록향진
益感吾子意　익감오자의

찻잎 가는 맷돌을 선물로 받았다. 작자도 자신의 처지를 이해하고 있는 자를 향해 '그대 뜻 더욱 고맙'다고 했다. 맷돌을 통과한 찻잎이 푸른 분말로 바뀌고 그것의 향기가 작자의 후각을 자극하자 고마움을 전하기 위해 붓을 들었던 것이다. 맷돌을 보낸 사람이나 그것을 받은 사람은 모두 차의 각성 효과를 알고 있는 다인茶人이었다. 다음 〈일암거사 정분이 차를 보내준 데 대하여 사례하다謝逸庵居士鄭君奮寄茶〉를 보자.

그리운 소식 몇 천 리를 날아왔나
하얀 종이 풀칠하여 만든 상자를 붉은 실로 감았네
내가 늙어 잠 많은 줄 알고
새로 나온 화전 찻잎을 따서 구해 주었네

芳信飛來路幾千　방신비래노기천
粉牋糊櫃絳絲纏　분전호궤강사전
知予老境偏多睡　지여노경편다수
乞與新芽摘火前　걸여신아적화전

거사가 약리작용이 뛰어난 화전춘火前春을 작자에게 보내주었다. 화전춘은 한식寒食 이전의 찻잎으로 만든 상등품의 차이다. 실제로 갓 채취한 어린 찻잎은 늦게 채엽採葉한 것에 비해 카페인이 많이 포함돼 있어 각성 효과가 크다고 한다. 선물을 보낸 거사나 그것을 받은 작자는 모두 '새로 나온 화전 찻잎'의 효능에 대해 잘 알고 있었다.

이규보는 육우陸羽의 《다경》과 노동盧仝의 〈다가〉를 알고 있었고, 차의 약리적인 효능에 관한 부분만 발췌해 놓은 약보藥譜를 휴대하고 다닐 정도로 차에 대한 소양이 남달랐다. 차의 약리작용 중에서 가장 빈번하게 나타는 것은 각성 효과와 소갈 효과이다. 이외에 마음을 수양하는 방편으로 삼은 시도 등장했는데 다음은 〈시후관에서 쉬다憩施厚館〉의 일부분이다.

> 옛부터 문원文園의 병이 있었지만
> 무더운 여름에 다시 멀리 유람하네
> 시험 삼아 차 한 사발 마시니
> 시원한 얼음이 목으로 넘어가네
> 소나무 정자에 다시 잠깐 쉬니
> 이미 온몸이 가을 기분이네

> 舊有文園病　구유문원병
> 盛夏復遠遊　성하부원유
> 試嘗一甌茗　시상일구명
> 氷雪入我喉　빙설입아후
> 松軒復暫息　송헌부잠식
> 已覺渾身秋　이각혼신추

작자는 문원의 병을 앓고 있었다. 문원은 한漢나라 사마상여司馬相如가 역임했던 벼슬 이름이다. 그는 문장에 뛰어났지만 소갈병消渴

病(당뇨병)으로 벼슬을 그만두고 낙향하여 살았다. 이규보 또한 소갈병을 앓고 있었다. 그래서인지 물 대신 차 한 사발을 마시니 얼음을 먹은 듯 갈증이 사라졌다고 한다. 물을 자주 마시더라도 다뇨多尿에 의해 갈증이 빈번하게 나타나는 소갈증은 여름에 더욱 심해지기 마련이다. 게다가 소갈증을 앓는 사람은 술을 멀리해야 하는데, 작자는 그러지 못했기에 유람을 하며 겪은 고통이 심각했을 것이다. 이때 차 한 사발을 통해 갈증을 해소하며 가을을 느꼈던 것이다. 다음 〈천화사에 놀며 차를 마시고 동파의 시운을 쓰다遊天和寺飮茶 用東坡詩韻〉를 보자.

지팡이 잡고 푸른 이끼 찍으니 동전 모양인데
시냇가에 졸던 채색 오리는 놀라 깨어났네
차 달이는 오묘한 솜씨에 기댈 수 있고
설액雪液 반 사발로 번민으로 끓는 속을 씻네

一笻穿破綠苔錢　일공천파록태전
驚起溪邊彩鴨眠　경기계변채압면
賴有點茶三昧手　뇌유점차삼매수
半甌雪液洗煩煎　반구설액세번전

천화사로 가려면 이끼가 깔려 있는 길을 지나야 했다. 지팡이로 이끼를 찍어가며 사찰로 향하는데, 그 소리에 채색 오리가 낮잠에서 깨어났다. 재미삼아 지팡이로 찍은 행동이 오리의 일상에 균열을 가

게 한 것이었다. 이끼 길을 지나 천화사에 도착하니 승려가 차를 말고 달이기 시작했다. 그 모습을 지켜보자니 '오묘한 솜씨'라 칭할 만했다. 차를 반 사발 마시고 나니 마음속에 끓고 있던 번뇌가 일시에 사라지는 듯했다. 번뇌가 사라진 것은 차를 마시기 이전부터 예고되고 있었다. 이는 차를 달이는 절차와 관련된 오묘한 솜씨를 지켜보면서 이미 시작되었다. 물론 오리의 낮잠을 방해한 것도 자신의 '끓는 번뇌'와 관련돼 있다는 생각을 했다. 그래서 설액雪液 한 사발을 더 마시며 마음을 가다듬었다.

차를 달이는 것과 차를 마시는 것은 모두 마음속의 번뇌를 씻어내는 과정이다. 마시는 데에만 목적을 두는 게 아니라 마실 수 있게 만드는 과정도 마음을 수양하는 방법이었다. 흔히 사찰에서 차를 관리하고 승려들이 차를 말고 달이는 과정을 통해 심신수양의 방편으로 삼았던 것도 이런 이유와 밀접하다.

다담茶談을 통한 타인과의 소통

차茶 관련 시문에서 주목되는 것은 뭔가를 사라지게 하는 효과보다는 차를 매개로 누군가와 함께 하고 있다는 점이다. 이른바 다담茶談이다. 다음 〈또 운을 나누다가 악岳 자를 얻다又分韻得岳字〉를 보자.

성의 동쪽 달팽이 껍질 같은 데서 기거하며

추위 두려워 어찌할 수 없어 머리 파묻고 지내네

어쩌다 흥이 나서 성 밖에 나가면

석 자의 깊은 눈에 다리가 묻히네

와서 선방의 문을 툭툭 두드리니

한마디 기침 소리가 골짜기에 메아리치네

문안에 드니 대각을 본 듯 아찔하고

마치 소공을 보러 선각을 따르는 듯하네

숲 사이에서 불 지피니 깃든 새 떨어지고

목마른 사람 차를 찾으니 샘물이 마르려 하네

생각건대 하룻밤 이 안에서 즐겁게 지내는 게

여산에서의 세 번 웃는 것보다 훨씬 낫네

卜居城東蝸一殼　복거성동와일각

怯寒無奈縮頭角　겁한무나축두각

偶然乘興閑出郭　우연승흥한출곽

三尺雪深寒蘸脚　삼척설심한잠각

來打禪扉聲剝剝　내타선비성박박

謦咳一聲虛谷答　경해일성허곡답

入門眩恍見臺閣　입문현황견대각

似見小空隨善覺　사견소공수선각

隔林吹火棲鳥落　격림취화서조락

渴漢求茶泉欲涸　갈한구차천욕학

一夕忘懷這裏樂　일석망회저이락

大勝三笑遊廬岳　대승삼소유여악

눈이 많이 내린 날, 저녁 무렵 작자는 선방禪房을 찾아갔다. 표현한 대로 '목마른 사람이 차를 찾아 온' 것이었다. 작가에게 '목마름'은 단순히 육체적 갈증이 아니라 정신적 갈증이다. 정신적 갈증을 해소하기 위해 선방을 찾았고 승려와의 다담茶談을 통해 그것을 해결할 수 있었다. '샘물이 마르려 하네'는 다담이 긴 시간 동안 이어졌다는 것을 가리킨다. 스님과의 다담이 어찌나 즐거웠는지 작자는 '여산에서의 세 번 웃는 것[三笑]보다 훨씬 낫네'라고 표현하고 있다. 이는 '호계삼소虎溪三笑'에서 견인한 것으로, 진晉의 고승高僧 혜원慧遠이 평소 타인을 배웅할 때 호계虎溪를 절대로 넘어가지 않았지만 도연명陶淵明과 육수정陸修靜을 전송하며 대화하다가 호계를 지나친 줄 몰랐기에 서로 크게 웃었다는 고사이다. 작자에게 스님과의 다담은 삼소三笑의 고사를 뛰어넘는 즐거운 일이었다. 다음은 〈찬 수좌의 방장에 짓다題璨首座方丈〉이다.

두 눈썹 펼 곳 없으니
누구와 함께 한 번 웃어볼까
해가 삼 간쯤 오르자
방장을 찾아 십 홀쯤 왔네
차두釵頭로 불똥 자주 떨어뜨리자
품자品字는 점차 재가 되었네
산방의 다담이 만족스럽기만 하니

어찌 술을 찾겠나

雙眉無處展　쌍미무처전
一笑爲誰開　일소위수개
日欲三竿上　일욕삼간상
房尋十笏來　방심십홀래
釵頭頻落灺　채두빈락사
品字漸成灰　품자점성회
山室茶談足　산실다담족
何須索酒杯　하수색주배

작자에게 필요한 것은 자신을 향해 눈썹을 펴고 환하게 웃어줄 대상이었다. 마침 십 홀쯤 걸으면 당도할 수 있는 가까운 거리에 찬璨 수좌의 방장이 있었다. 그와 서로 눈썹을 펴고 웃음 짓는 관계에 있었기에 차茶가 빠질 수 없었다. 찬 수좌와의 다담은 등불의 심지를 여러 차례 정리할 정도로 오랫동안 지속되었다. 딱히 술을 찾을 필요 없이 '산방의 다담이 만족스럽기만 하'였다.

다담茶談은 차를 마시며 이야기를 나눈다는 뜻이다. 차를 말고 달이는 행위, 그리고 마시는 행위는 모두 정적靜的 기제를 바탕으로 한다. 다담은 명령이나 고함이 오가는 동적動的 상황과 거리가 있는 만큼 눈썹을 펴고 환하게 웃을 수 있는 분위기에 적합하다. 여기에서 웃음은 타인을 의식한 가짜 웃음이 아니라 자신의 내면이 그대로 반영된 진짜 웃음이다. 가짜 웃음을 만들려고 근육을 움직이는 게 아니라 인위적인 것과 무관하게 내면이 자연스럽게 얼굴에 드러나야 진짜 웃음이다. 결국 진짜 웃음은 다담에 진정함이 묻어날 때 자연스럽게 표현되는 것이다.

6장

팔경,

아득히 기러기 돌아가는 곳
그림자는 오르락내리락

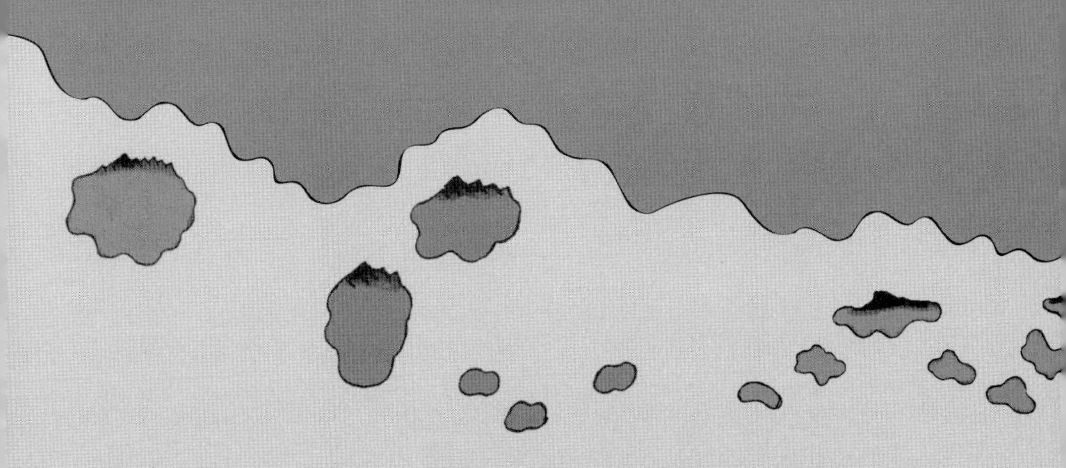

김로진의 심주십경

팔경八景은 절경絶景의 또 다른 명칭이다. 팔경은 북송대北宋代의 문인화가였던 송적宋迪의 〈소상팔경도瀟湘八景圖〉에서 출발한다. 중국 호남성湖南省 동정호洞庭湖 일대의 소강과 상강이 만나는 지역을 '소상'이라 하는데 이곳의 계절에 따른 운치를 여덟 제목으로 나누어 화폭에 담은 게 '팔경도'이다. 회화의 제목이 각각 평사낙안平沙落雁, 원포귀범遠浦歸帆, 산시청람山市晴嵐, 강천모설江天暮雪, 동정추월洞庭秋月, 소상야우瀟湘夜雨, 연사만종煙寺晚鍾, 어촌석조漁村夕照로 중국에서는 '소상팔경'을 절경의 대표적인 예로 여겼다. 많은 시인 묵객들이 팔경을 소재로 시를 창작하였다.

송도팔경, 관동팔경, 문경팔경 등을 비롯해 인천과 관련해 강화십경, 교동팔경, 영종팔경이 여기에 해당한다. 이후 해당 지역의 절경을 지칭하는 ○○팔경이 수사修辭처럼 자리를 잡았다. 인천의 특정 공간과 관련하여 계양팔경, 부평팔경, 서곶팔경, 용유팔경, 덕적팔경, 장봉팔경 등이 있으며, 지역 전체를 포괄하고 있는 인천팔경이

다섯 개가 있다.

강화십경(심주십경沁州十景)은 강화유수 김로진金魯鎭(1735~1788)이 관할지역을 시찰하다가 풍광이 뛰어난 곳에 문인들의 자취가 뜸한 것을 애석하게 여겨 선정한 것이다.

남대제월南臺霽月	남산대에서의 비 개인 날에 뜨는 달
북장춘목北場春牧	북장에서 봄에 기르는 말
진강귀운鎭江歸雲	진강산으로 돌아오는 구름
적석낙조積石落照	적석사에서 바라보는 낙조
오두어화鰲頭漁火	오두돈대에서의 고기잡이 불
연미조범燕尾漕帆	연미정의 조운선
갑성렬초甲城列譙	갑곶 성에 벌려있는 초루
보문첩도普門疊濤	보문사에 밀려오는 파도
선평만가船坪晩稼	선두평에서의 늦 농사
성단청조星壇淸眺	참성단의 맑은 조망

강화십경을 소재로 고재형高在亨(1846~1916)이 시를 지어 《화남집華南集》에 남겼다.

남산대에 올라 오래도록 머뭇대는데
맑게 갠 달 떠오르니 태극도와 같네
흐르는 물과 높은 산이 밝은 달 속에 보이는 듯
빼어난 십경 가운데 강도에서 첫째이네

南山臺上久踟躕　남산대상구지주

霽月浮來太極圖　제월부래태극도

流峙如看金鏡裡　유치여간금경리

昭昭十景一江都　소소십경일강도

강화십경의 첫 번째 남대제월南臺霽月이다. 남대南臺는 남장대나 장인대의 또 다른 명칭으로 강화부의 남산 위에 있는 장대將臺를 가리킨다. 장대는 장수將帥가 올라서서 지휘할 수 있도록 만든 공간이다. 남산의 가장 높은 곳에 위치했기에 가을에는 열병을 주도하는 곳이었다.

작자는 비 개인 뒤에 맑은 달을 감상하고자 남장대에 올라갔다. 하늘에 떠오른 달은 밝기만 한 게 아니라 달의 내부 부조浮彫를 알아볼 정도로 선명했다. 마치 흐르는 물과 높은 산이 보이는 듯, 달의 표면이 선명했기에 태극도라고 표현했다. 감동은 달을 조망하는 데에 머물지 않았다. 달빛에 의해 드러난 남장대 아래의 모습은 단순한 밤 풍경이 아니었다. 예삿날에 포착할 수 없는 대상들이 밤 풍경으로 등장했다. 남장대를 중심으로 동쪽으로 제물진, 서쪽으로 석모도, 남쪽으로 고려산과 진강산, 북쪽으로 부내府內의 촌락들을 조망할 수 있었다. 위로는 지독하리만큼 맑고 둥근 달, 아래로는 달빛에 의해 드러난 일상적이지 않은 풍경, 그리고 그 사이의 남산대에 서 있는 작자에게 그것은 낯선 경험이었다. 그래서 작자는 김로진이 선정했던 남대제월南臺霽月에 대하여 '빼어난 십경 가운데 강도에서 첫째'라며 동의하고 있다.

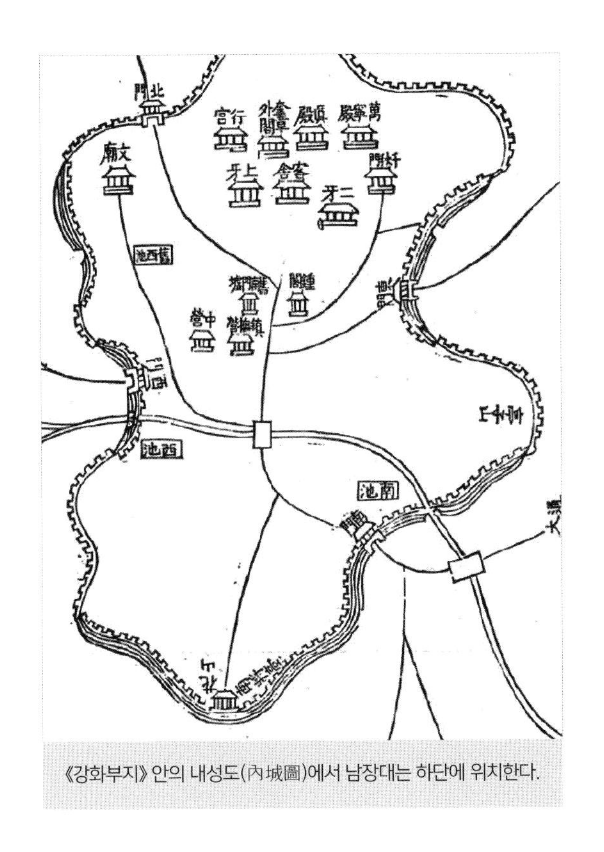

《강화부지》 안의 내성도(內城圖)에서 남장대는 하단에 위치한다.

응시 대상이 단수이냐 복수이냐에 따라 응시자의 시선은 고정, 또는 확장된다. 전자는 나무 한 그루를 보는 것이고, 후자는 나무 몇 그루를 동시에 보는 경우이다. 전자이든 후자이든 장단점이 있겠지만, 후자의 경우가 동영상처럼 움직이고 있다면 응시자가 느끼는 감동은 증폭되기 마련이다.

'연미정의 조운선'이라 하는 연미조범燕尾漕帆이 이에 해당한다. '연미정에서 조운선의 행렬을 바라보기'라 풀이할 수 있는데 연미정

燕尾亭이 위치한 공간의 특성과 그곳에서 조망하는 조운선의 행렬이 강화십경의 여섯 번째이다.

연미정은 두 강물 사이에 우뚝하고
삼남의 조운 길은 난간 앞으로 지나가네
떠다니던 그 많던 배 지금은 어디 있나
생각해보니 우리나라 순후한 풍속이었네

鷰尾亭高二水中　연미정고이수중
三南漕路檻前通　삼남조로함전통
浮浮千帆今何在　부부천범금하재
想是我朝淳古風　상시아조순고풍

한강이 남쪽으로 갑곶나루로 흘러가고 서쪽으로는 승천포로 흘러가는 중심에 연미정燕尾亭이 자리 잡고 있다. 물줄기가 나뉘어 흐르는 형세가 제비꼬리를 연상하기에 연미정이라 했다. 서남쪽으로 흐르는 물줄기의 중심에 위치한 연미정에 대해 "빗장처럼 한양을 보호하고 적을 막아내는 형세가 이 정자보다 뛰어난 것이 없다壯鎖鑰保障之體勢 則又未有是亭也"며 강화 유수 김로진이 기문記文을 남기기도 했다. 《심도지沁都志》의 누정편에 따르면 "강화에서 으뜸가는 명승盖沁中第一名勝云"으로 기록돼 있다. 경치 감상과 군사 목적을 동시에 가능하게 했던 장소에 연미정이 위치하고 있었다.

세곡稅穀을 실은 조운선은 그 앞을 지나 마포로 향했다. 태평한 시절에 세곡선이 줄지어 가는 광경을 연미정에서 감상했다면 절경이 동영상처럼 움직인다고 착각했을 것이다. 하지만 고재형이 그곳을 답사하던 때는 대한제국기였기에 '그 많던 배 지금은 어디 있나' 하며 순후한 풍속이 지속되던 시기가 아닌 점을 아쉬워하고 있다.

연미정에 배를 대고
저물녘 강촌에 유숙했네
비바람에 앞 들녘은 어둑한데
새로 담근 술 어느 집에서 익었을까

舟泊鳶尾亭　주박연미정
暮向江村宿　모향강촌숙
風雨暗前郊　풍우암전교
誰家新酒熟　수가신주숙

둔암芚菴 송연宋淵(?~?)● 의 〈연미정에 배를 대다舟泊鳶尾亭〉라는 한 시이다. 어둠과 비바람이 노정路程을 막았지만 작자의 심사가 불편한 것은 아니다. 연미정에서 서쪽으로 7㎞ 떨어진 곳에 반환정盤桓亭이 있는데, 그곳에서 자신과 종유했던 석주石洲 권필權韠(1569~1612)

● 생몰 연대 미상, 자는 자심(子深), 호는 둔암(芚菴)으로 본관은 서산(瑞山)이다. 《둔암시집선(芚菴詩集選)》에 따르면, 같은 시대의 동악(東岳)과 여러 이름난 재상들이 모두 그의 재능을 인정하였고, 석주(石洲) 권필(權韠)과 종유(從遊)하면서 시주(詩酒)로 서로 즐겼다고 한다(同時東岳及諸名宰 皆相推許 與石洲權韠從遊 以詩酒相娛).

이 기다리고 있기에 하루쯤 지연되는 것은 문제될 게 없었다. '어느 집誰家'은 새 술을 빚어놓고 작자를 기다리고 있던 권필의 집이었다.

연미정은 강화천도 시기(고려 고종 19)에 세웠다고 하는데, 조선 중종 때의 명장名將이었던 황형黃衡(1459~1520)의 집터이기도 했다. 수차례 중수했는데, 그중에서 눈에 띄는 것은 한국인 최초로 근대정미업소를 세웠고 동산중·고교의 설립에 도움을 주었던 유군성劉君星(1880~1947)이 1931년에 보수했다는 점이다.

> 고향을 내가 감히 잊을 수는 없으며, 이루어짐을 기뻐하고 무너짐을 싫어하는 것은 사람들이 똑같이 여기는 것이다. 하물며 연미정은 강화도의 눈썹과 눈이고 원호는 명승지이며…… 옛 건물을 보존하는 일은 한 마을 사람 모두에게 해당되는 일지지만 나에게는 응당 먼저 해야 할 일이다. 짐짓 이것을 기록하여 고향 어린이들이 힘쓰기를 당부하노라.

일본인들이 독점하고 있던 인천항의 정미업계에서 사업적 수완을 발휘하던 유군성이 연미정 보수에 선뜻 나섰다. 지금의 행정구역에 기대면, 인천 중구에서 치부致富하여 그것을 강화 문화재 보수에 사용했던 것이다.

《동국여도》에 나타난 연미정으로 T자 형태의 수로(水路) 중앙에 위치하고 있다.(규장각한국학: 古大4790-50)

낙조落照는 '지는 햇빛'이다. 단순히 해가 떨어지는 게 아니라 그것과 동시에 일어나는 여러 현상을 감안해야 낙조의 의미를 이해할 수 있다. 서쪽으로 기우는 해는 시간의 경과에 따라 주변의 색을 붉게 물들인다. 서쪽의 끝이 바다라면 해의 침몰 상황은 더욱 복잡한 색깔을 연출하게 된다. 불을 의미하는 태양이 물의 성질인 바다 속으로 사라지는 만큼 낙조의 광경은 변화무쌍할 수밖에 없다. 바다의 사이사이에 아트막한 섬들이 자리 잡고 있을 때는 변화의 폭이 더욱 크다.

적련사는 고려산의 남쪽에 있는데
돌 쌓은 거 기이하여 만지고 싶네
저녁 해는 서쪽 바다로 잠기는 게 아닐지
이 이치를 석가모니에게 물어볼까나

赤蓮寺在碧山南　적련사재벽산남
積石奇形手欲探　적석기형수욕탐
夕照倘沈西海否　석조당심서해부
先將此理問瞿曇　선장차리문구담

김로진이 '적석사에서 바라보는 낙조積石落照'를 팔경으로 선정했고, 이에 대해 고재형이 시를 지었다. 〈적석사 사적비〉에 따르면 장수왕 4년 인도에서 돌아온 승려 천축天竺이 고려산에 올라 오색 연꽃을 공중에 날려 꽃이 떨어진 곳마다 사찰을 세웠다고 한다. 연꽃 색깔에 따라 황련사, 흑련사, 청련사, 적련사, 백련사를 세웠는데 적련사는 후에 적석사로 이름을 바꾸었다.

시를 통해 적석사의 위치와 특징을 엿볼 수 있다. '고려산의 남쪽' '저녁 해' '석가모니'라는 어휘는 적석사의 위치가 낙조를 감상하기에 최적의 장소란 점을 가리킨다. 섬들 사이의 바다로 떨어지는 해는 신비롭고 경이로운 모습을 연출하는 주체이다. 둥근 해는 단순히 떨어지는 게 아니었다. 해의 주변에 형성돼 있는 고리띠가 붉은색의 농담濃淡에 따라 엷거나 두껍게 변했다. 마침 구름이 그것을 가렸지만 그 사이를 삐져나온 붉은 빛은 석가모니에게 물어봐야 할 정도로 신비로웠다. 《심도지》에 따르면, 적석사에는 낙조 이외에 "국가의 재앙이나 상서로운 일이 있을 때는 우물물이 언다相傳井涸 則應國家災祥云"는 기록이 있다.

참성단의 조망은 맑아 먼 곳도 흐릿하지 않아
동쪽의 산, 남쪽의 호수, 바다는 서쪽에 있네
오백 리 광경이 두 눈에 들어온 듯하고
아득히 기러기 돌아가는 곳 그림자는 오르락내리락

星壇淸眺遠無迷　성단청조원무미
東峽南湖又海西　동협남호우해서
五百里如雙眼入　오백리여쌍안입
冥鴻歸處影高低　명홍귀처영고저

강화십경의 열 번째 성단청조星壇淸眺이다. 단군이 쌓았다는 참성단塹城壇 혹은 참성단參星壇이라 불리는 그곳에서 주변을 선명하게 조망할 수 있었다. 시에 나타난 대로 동쪽, 남쪽, 서쪽 오백 리가 두 눈에 들어온 듯하다. 시선에 의해 포착된 대상들이 정지화면으로 보일 정도로 맑게 드러났지만 기러기가 위아래로 나는 것을 계기로 동작화면으로 전환되었다. '참성단의 맑은 조망星壇淸眺'이란 표현처럼 맑디맑은 모습이었기에 기러기가 날지 않았으면 그림으로 착각할 수 있었다.

두 눈에 포착되는 대상에 낙조도 예외일 수 없다. 다음 〈마니산에 오르는 도중上摩嶽路中〉를 보자.

옛 유람 말하려 하건만 꿈에서 깬 듯하고
산 위의 큰 바위는 언제나 정정하네
붉은 노을은 저 멀리서 고고한 모습 지어내고
원기는 만고의 안녕을 부지하네

欲說舊遊怳夢醒　욕설구유황몽성
山頭老石尙亭亭　산두로석상정정
丹霞建作孤標逈　단하건작고표형
元氣扶持萬古寧　원기부지만고령

이건창李建昌(1852~1898)의 조부 이시원李是遠(1789~1866)이 강화 마니산에 올라 참성단의 낙조를 소재로 지은 시이다. 참성단을 유람하던 때의 기억이 아득해지는 데 비해 산 위의 바위는 변함없이 제자리에 있다. 시선을 돌리니 붉은 노을도 예전과 변함없이 고고한 모습이다. 자연물과 자연현상은 반복성·일상성을 근간으로 하지만 인간은 그렇지 못하다. 만물이 자라는 원기도 여전할 것이라 마무리하고 있는데, 이를 통해 보건대 작자의 기본 사유는 내면적 자각을 우주 자연과의 일체성에서 풀어내려는 성리학에 두고 있다. 우주 만물의 일상성에 기대 내면의 자각을 심화시키려는 세계관이 자리 잡고 있었다. 그가 병인양요丙寅洋擾(1866) 때 가족들을 피난 보내고 순절한 것도 이런 마음과 무관하지 않다.

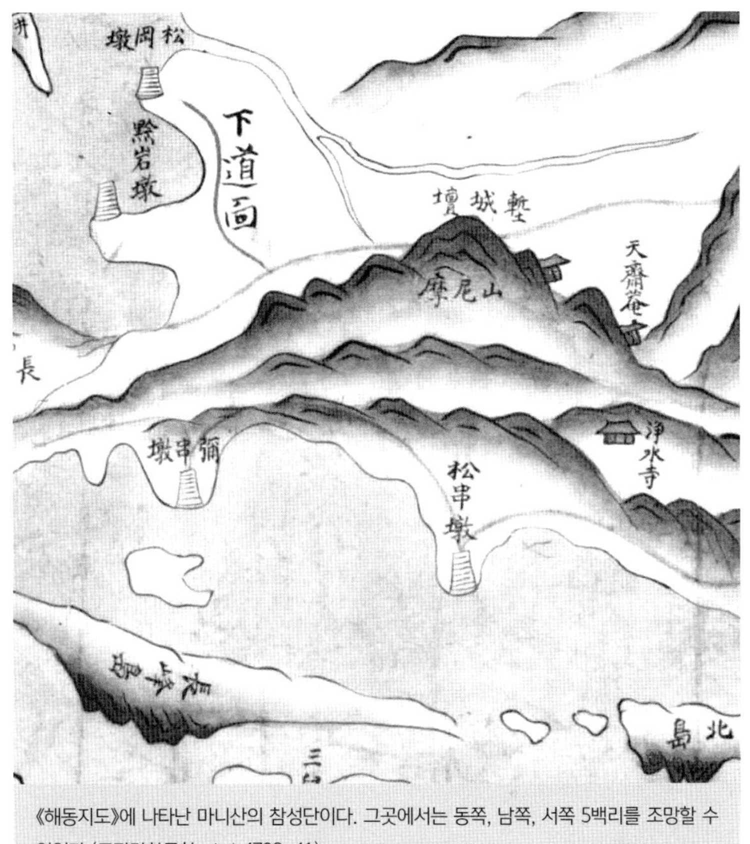

《해동지도》에 나타난 마니산의 참성단이다. 그곳에서는 동쪽, 남쪽, 서쪽 5백리를 조망할 수 있었다.(규장각한국학: 古大4709-41)

교동팔경

《교동군읍지》(1899년)에 교동팔경이 소개돼 있다. 그것을 선정하고 시를 지은 사람에 대해서는 알 수 없다.

동진송객東津送客	동진에서 손님을 전송
북문관가北門觀稼	북문에서 농사 살핌
응암상월鷹巖賞月	응암에서 달구경
용정탐화龍井探花	용정에서 꽃구경
원포세범遠浦稅帆	먼 포구의 세곡선
고암선종孤菴禪鍾	외로운 암자의 종소리
서도어등黍島漁燈	서도의 고기잡이 등불
진산석봉鎭山夕烽	진산의 저녁 봉화

교동의 지리적 위치를 모두 포괄하고 있다. 물류(나루터, 세곡선), 생산 기반(농업, 어업), 종교(사찰), 군사 시설(봉화) 등이 제시돼 있다. 교동이 여타 지역과 변별되는 점을 감안한 선정이기에 현재에 적용해도 무리가 없다.

웃으며 옛정을 말하다 홀연히 가더라도
수고스럽게 손님 보내는 정은 아니네
너른 바다 먼 하늘은 삼만 리이고
바람 타고 돌아가는 새는 구름처럼 아득하네

懽然道舊焂然行　환연도구숙연행
不是勞勞送客情　불시노노송객정
海闊天長三萬里　해활천장삼만리
搏風歸鳥渺雲程　박풍귀조묘운정

위의 한시는 동진 나루터에서 전송하는 것東津送客을 소재로 하고 있다. 굳이 나루터의 송객送客을 팔경의 첫째로 삼을 필요가 있을지 의아하게 생각하겠지만, 원경遠景과 근경近景의 상황을 감안하면 그러한 선택에 수긍할 수 있다. 먼저 원경의 경우, 그곳은 인물 군상群像과 재화財貨가 집결돼 있는 공간이다. 나루터에 모여 있는 사람들과 재화는 예사 공간에서는 발견할 수 없는 낯선 것들이다. 근경의 경우, 그곳은 떠나는 자와 보내는 자의 애틋한 마음이 공존하는 공간이다. 그들은 웃으며 옛정을 말하고 있지만 그러한 웃음 뒤에는 '먼 하늘은 삼만 리'처럼 헤어짐이 예정돼 있다. '바람 타고 돌아가는 새는 구름처럼 아득'하듯이 재회를 기약할 수 없기에 '손님 보내는 정送客情'은 수고스럽지 않다.

일 년 중에 달빛이 가장 밝은 오늘 밤
구름 한 점 없는 푸른 하늘에 기러기 그림자는 쓸쓸하네
삿대와 노 저으며 미인 생각하며 노래 부르니
강 건너에서 노래 소리와 퉁소 소리 들리네

一年明月最今宵　일년명월최금소
碧落雲空雁影蕭　벽락운공안영소
桂棹蘭槳思美曲　계도란장사미곡
隔江還有倚歌簫　격강환유의가소

동진 나루터의 동남쪽에 있는 바위를 매바위, 상여바위, 응암여鷹

巖輿라고 한다. 그곳에서 '달구경 하기'가 교동팔경의 세 번째이다. 달구경은 어느 때이든 장소이든 상관없는 게 아니라, 한시에 나타난 대로 '일 년 중에 달빛이 가장 밝은 오늘 밤'이면서 '구름 한 점 없는 푸른 하늘'인 경우가 적당한 때이다. 물빛과 달빛이 어우러진 중간에 관찰자가 위치할 수 있는 매바위(응암, 鷹巖)는 달구경을 할 수 있는 최적의 장소이다. 그래서 소식蘇軾의 〈적벽부赤壁賦〉 구절을 견인하며 '달구경'의 감동을 설명하고 있다. 예컨대 "뱃전을 두드리며 노래하기를 '계수나무 노와 목란 상앗대로 맑은 물결을 치며 달빛 흐르는 강물을 거슬러 오르네. 아득한 나의 회포여, 하늘 저 끝에 있는 미인을 그리네.'라고 하자, 객이 노래에 화답하여 통소를 분다"• 가 그것이다.

너와 나의 중간에 저 산과 견주고 있으니
종소리는 흰 구름 사이로 멀리 퍼지네
눈발 휘날리자 포단에 조용히 앉으니
평화롭고 아득한 저녁빛은 차갑기만 하네

人我中間較彼山　인아중간교피산
鍾聲遙出白雲間　종성요출백운간
天花亂落蒲團靜　천화난락포단정

• 扣舷而歌之 歌曰 桂棹兮蘭槳 擊空明兮泝流光 渺渺兮余懷 望美人兮天一方 客有吹洞簫者 倚歌而和之.

宿靄蒼蒼暮色寒　숙애창창모색한

교동팔경의 여섯 번째로 '외로운 암자의 종소리孤菴禪鍾'이다. 외로운 암자孤菴는 화개산 남쪽 기슭에 있는 화개암華蓋菴이다. 전등사의 말사末寺에 속해 있는 암자에서 울리는 종소리가 흰 구름 사이로 퍼지고 있다. 작자와 동료가 화개산과 견주고 있다는 표현으로 보아 그들은 암자로 올라가는 중간쯤에 종소리를 들을 수 있었다. 이윽고 눈발이 휘날릴 무렵 암자에 도착하자 승려가 포단蒲團(방석)을 내밀었다. 포단에 앉아서 산 아래를 바라보니 거친 눈발 사이로 민가의 불빛이 손에 잡힐 듯 했다. 청각(종소리)을 통해 선계禪界에 접어든 듯 했지만 촉각(차갑다)을 계기로 다시 현실로 돌아왔다.

《교동부지도》(1872년)에 나타난 응암, 동진, 화개암, 봉수대이다.(규장각한국학: 10348)

이형상의 오가팔영

병와瓶窩 이형상李衡祥(1653~1733)은 인천 죽수리竹藪里 소암촌疏巖村에서 태어났다. 호는 병와瓶窩이며 효령대군 10세손이다. 1680년 별시 문과에 급제하고 첫 번째 부임지로 영종도에 왔다. 52년이 지난 후에 영종도에 다시 와서 거주하며《부해록復海錄》을 남겼다.

그가 선정한 오가팔영五嘉八咏(영종팔경)은 다음과 같다.

백운청람白雲晴嵐	백운산의 맑은 아지랑이
자연제월紫烟霽月	자연도의 비 개인 날에 뜨는 달
삼옥낙조三玉落照	삼옥의 낙조
팔미귀범八尾歸帆	팔미도로 돌아드는 돛단배
가라과농迦羅課農	사찰의 농사일
구담방석瞿曇訪釋	구담사의 스님 방문
송산방목松山放牧	송산의 목장
동강조어桐江釣魚	동강에서의 낚시

작자는 소표제를 여덟 개로 선정하고, 각각의 소표제에 대하여 7언시 3수와 5언시 2수 모두 40수의 한시를 남겼다.

빛으로 물들이니 실처럼 흐릿하고
골짜기 가득한 맑은 기운, 취한 듯 즐거워라
밝아졌다 어두워졌다 하니 까마귀 머리와 같고

나누어졌다 합쳐지고 때론 드러나니 쥐며느리 비녀 같네
유약한 자태 안개 속으로 들어가니 잎사귀에 김이 서린 듯하고
권태로운 모습 바람을 타니 더욱 더 어슴푸레하네
나는 꾀꼬리 북처럼 오락가락하니
한줄기 아지랑이에 금실로 베 짜는 것 같네

色堪爲染縷疑曇　색감위염루의담
滿壑晴氛醉似酣　만학청분취사감
明滅每俄鴉舅幘　명멸매아아구책
分合時露鼠姑簪　분합시로서고잠
柔姿入霧猶蒸葉　유자입무유증엽
倦態隨風恍蔚益　권태수풍황울익
最是流鶯梭擲密　최시유앵사척밀
却將金織敵孤嵐　각장금직적고람

영종팔경의 첫 번째는 백운산의 맑은 아지랑이白雲晴嵐이다. 산을 중심으로 운남, 운서, 운북, 중산으로 구역을 나누었을 정도로 백운산은 영종도의 주산이었다. 산 정상에 있는 아지랑이는 고정적이지 않고 진함과 묽음濃淡에 따라 밝아지거나 어두워지거나 혹은 나누어지거나 합쳐지기도 했다. 산 정상의 바로 밑을 에두르고 있는 아지랑이는 마치 비녀를 꽂은 모습이었다. 작자의 다른 한시에서도 "소라 같은 산은 푸른빛을 머리에 이어 옥비녀를 꽂은 듯하네翠戴螺鬟玉視簪(〈白雲晴嵐〉)"로 묘사한 것처럼 백운산의 아지랑이가 절경이었다.

조수는 저녁 되자 거세지고

돛단배는 차례로 돌아오네

노 젓는 일은 고통스러운데

병풍그림 같은 바닷가 절벽은 도리어 빛나네

행여 세 이랑의 밭이라도 있었다면

어느 누가 사방이 물뿐인 바다를 찾으리오

바다의 어부는 불쌍하기만 한데

어느 곳에서 천기天機를 찾을는지

汐勢當曛急　석세당훈급

風帆次第歸　풍범차제귀

櫓功方叫苦　노공방규고

屛畵反生輝　병화반생휘

倘有田三頃　당유전삼경

誰探水四圍　수탐수사위

堪怜漁海客　감령어해객

何處覓天機　하처멱천기

팔미도로 돌아드는 돛단배八尾歸帆가 영종팔경의 네 번째이다. 바닷가 절벽 앞을 지나는 돛단배는 팔경의 대상이 될 만하다. 절벽은 고정돼 있지만 돛단배는 천천히 움직이고 있기에 그것을 동시에 조망하면 병풍그림 같았던 것이다. 하지만 작자는 절경을 감상하는 데 머물지 않고, 그것의 배후에 자리를 잡고 있는 어부의 고통에 대해 진술하고 있다. ‘행여 세 이랑의 밭이라도 있었다면, 어느 누가 사방이 물뿐인 바다를 찾으리오’처럼 어부들의 노역勞役에 대해 연민을 느끼고 있다. 팔미귀범八尾歸帆이 팔경일 수 있었던 것은 어부의 ‘노젓는 고통’이 있었기에 가능했던 셈이다.

끙끙거리며 지팡이 짚고 늙은 스님 찾아가니
헤어진 장삼, 이 암자를 지은 것이 어느 해인가
구름이 머무는 고요한 암자에서 만물의 모습을 엿보니
허공을 향해 석장을 던졌는지 안개와 남기를 가두었네
선심禪心은 용을 바리떼에 가둘 수 있게 이미 열려서
큰 깨달음이 불당에 비치기를 기약할 수 있네
공부가 잘못되어 속세에 유혹됨은 이 몸이 감당하리니
안목도 생기지 않은 그대 과연 누가 찾으려나

吟筇先訪老瞿曇 음공선방노구담
獘衲何年結此庵 폐납하년결차암
堆寂逗雲窺色相 퇴적두운규색상
指空飛錫鎖烟嵐 지공비석쇄연람
禪心已啓藏龍鉢 선심이계장룡발
大性猶期照佛龕 대성유기조불감
工倒劫塵堪此腹 공도겁진감차복
未生顔目果誰探 미생안목과수탐

구담사의 스님 방문瞿曇訪釋이 여섯 번째이다. 백운산 동북쪽 기슭에 위치한 구담사는 신라 문무왕 때 원효가 창건했고 흥선대원군이 중수하면서 이름을 용궁사로 바꾸었다. 작자가 살던 시기에 구담사라 불렀던 그곳은 영종도를 대표하는 사찰이었다. 작자는 구담사의 스님과 종유從遊하며 막역莫逆하게 지냈기에 '큰 깨달음이 불당에 비치기를 기약할 수 있다'면서 동시에 '속세에 유혹됨은 이 몸이 감당'할 테니 '안목도 생기지 않은 그대 과연 누가 찾겠느냐'며 희작戲作을 하고 있다.

오진섭의 덕적팔경

인천팔경에서 팔경의 선정은 있으나 그것을 한시漢詩로 그려내지 않은 경우로 덕적팔경, 계양팔경, 부평팔경, 서곶팔경, 용유팔경, 개항기와 일제강점기에 전하던 인천팔경(5개)이 있다.

『덕적도사』(1985)에 "俗云에 덕적팔경이란 것이 있으니" 하면서 제시한 덕적팔경이 있다. 여기의 덕적팔경은 덕적진 수군첨절제사 오도명吳道明(1708~1758)의 26세손이었던 서호은파西湖銀波 오진섭吳振燮이 선정한 것이다. 다만 팔경은 있으나 그것을 풀어쓴 팔경시는 전하지 않는다.

국수단풍國壽丹楓	국수봉의 단풍
용담귀범龍潭歸帆	용담으로 돌아오는 돛단배

운주망월雲注望月	운주산에서 달구경
황해낙조黃海落照	황해 바다의 낙조
울도어화[경]蔚島漁火[磬]	울도의 고기잡이 불[소리]
문갑풍월文甲風月	문갑도의 아름다운 자연(글 읽는 소리)
선접모운仙接暮雲	선갑도의 저녁 구름
평사낙안平沙落雁	모래밭에 내려앉은 기러기

국수단풍에서 '국수'는 덕적도 북리 소재의 국수봉이다. 높으니만큼 그곳의 가을 단풍을 어디서건 볼 수 있다. 용담귀범은 용담으로 돌아오는 돛단배이고 운주망월은 운주산(231m)에서의 달구경이다. 정상에서는 달빛 아래로 해수욕장과 문갑도, 용담과 선단여를 조망할 수 있다. 황해낙조는 표현 그대로 황해바다의 낙조이다. 울도어화[경]은 덕적도 남쪽에 위치한 섬의 야간 고기잡이 불[소리]이다.● 동쪽과 서쪽의 섬 끝이 울타리 모양이기에 울섬이라고도 한다. 〈울도 새우잡이가 한창〉이라는 기사(『조선중앙일보』 1947.10.25)는 이를 반영한 것이다. 《신증동국여지승람》에 따르면 '문갑文甲'은 덕적도 남쪽에 위치한 '독갑도禿甲島'이다. 지명이 '민둥산'에서 유래됐는지 알 수 없지만 이후 문갑도文甲島로 바뀌었다. 구전에 의하면 그곳으로 피신해 왔던 학자가 글을 가르쳤고 집집마다 문갑文匣이 있어서 '글 문文'과 '궤 갑匣'을 합하여 문갑도文匣島, 그리고 문갑文匣이 문갑文甲으로 바뀌었다는 것이다. 『덕적도사』(1985)를 집필하신 분이 '문갑풍

● 덕적팔경을 전하는 전적에 따라 불[火]과 소리[磬]로 나타난다.

월'을 문갑도의 어떤 면과 결부했는지 알 수 없기에 '아름다운 자연'과 '글 읽는 소리' 두 가지로 재구해 보았다. 관견管見이건대, 덕적팔경에서 문갑풍월 이외의 것들은 모두 시각과 관련돼 있기에 풍월風月은 '글 읽는 소리(청각)'로 이해하는 게 나을 듯하다.

선접모운은 선갑도의 저녁 구름이다. 일몰이 일어나기 직전, 농담濃淡을 달리하는 붉은 구름의 빛이 섬의 병풍 같은 화강암석을 간접 조명처럼 비추고 있는 모습이다. 선갑도의 하늘 위에 북새구름이 피어났을 때의 상황을 감안하면 암석의 색깔이 변화는 모습을 짐작할 수 있다. 평사낙안에서 '평사'는 덕적도 소재의 서포리 해수욕장이나 밭지름 해수욕장의 모래를 지칭한다. 노송이 병풍처럼 서 있는 모래밭 위로 사뿐히 내려앉는 기러기의 모습은 한 폭의 동양화를 연상하게 한다.

한편 『옹진군지』(1989)에 등장하는 '덕적팔경'도 있다.

진두기적津頭汽笛	진리 선착장의 기적소리
선미등대善尾燈臺	선미도의 등대
울도어화蔚島漁花	울도의 고기잡이 불
방원앵화芳園櫻花	벚꽃 동산
서해낙조西海落照	서쪽 바다의 떨어지는 해
명사송정明沙松亭	깨끗한 모래와 소나무 정자
풍엽홍장楓葉紅粧	화려한 단풍
열도신루列島蜃樓	신기루처럼 보이는 여러 섬

『덕적도사』에 없었던 진두기적, 선미등대, 방원앵화, 열도신루가 등장한다. 진리 선착장의 기적소리津頭汽笛는 만남과 이별이 공존하는 공간을 대상으로 하고 있다. 선미도의 등대善尾燈臺는 덕적도 서북쪽 능동陵洞 해안에서 600m 거리에 있다. 무인도였지만 1940년 등대가 설치되고 관리자가 상주했다. 규모가 작은 섬이지만 산이 높고(해발 233m) 산세가 험하여 악험惡險으로도 불렀다. 감상자들이 등대 밑의 바다에 있을 경우 악험의 우뚝 솟은 모습에 압도된다고 한다. 벚꽃 동산芳園櫻花과 화려한 단풍楓葉紅粧이 어느 장소를 지칭하는지 구체적이지 않다. 덕적도 전체를 꽃과 단풍으로 규정하고 있는 셈이다.

특정 지역에 대해 팔경을 선정하는 것은 자족적인 데 그치지 않는다. 그러한 선정에 타인들도 공감을 하면 특정 지역의 팔경으로 자리 잡는 것이다. 『옹진군지』(1989)의 덕적팔경에서 구체적 장소가 적시되지 않은 경우에 대해 타인들이 선뜻 동의할지 생각해 볼 일이다. 개인적 선정이되 보편적 동의를 얻어야 그것이 해당 지역의 팔경(절경)으로 확정되기에 그렇다. 그렇다고 해서 한번 선정된 팔경이 고착되는 게 아니라 해당 지역의 자연 환경이나 인문 환경에 변화가 생기면 그것에 준해 바뀔 수 있다.

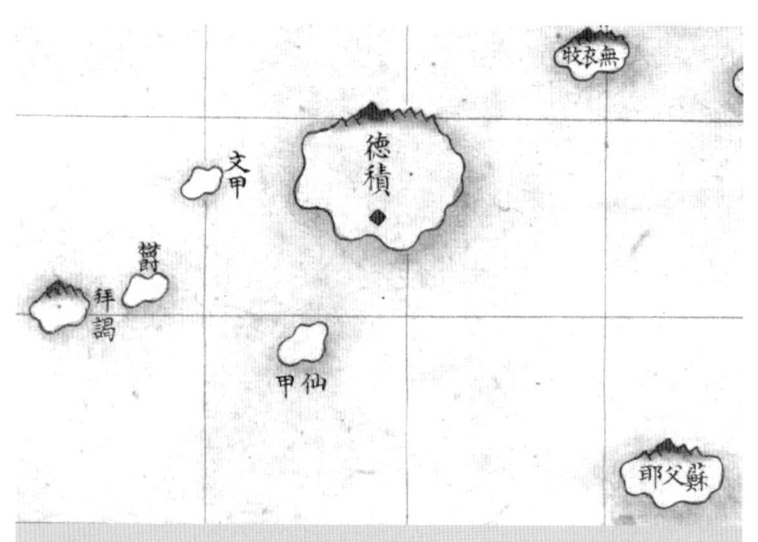

《팔도군현지도》에 나타난 덕적도, 문갑도, 선갑도 등이다. 가을철의 선접모운(仙接暮雲)은 덕적팔경 중에서 으뜸이다.(규장각한국학: 16030)

계양팔경·부평팔경·서곶팔경

계양과 부평은 각각 도호부가 설치된 바 있고, 서곶(西串, 石串面과 毛月串面의 통합)은 부평에 소속돼 있었다. 인접 지역이면서 팔경이 각각 선정된 것은 해당 지역의 특성이 유사하면서 동시에 차이가 있기 때문이다.

허암냉정虛庵冷井	허암산의 찬우물
뇌암숙운雷岩宿雲	뇌암에 머물고 있는 구름
난포영엽蘭浦靈葉	난포의 난지초

계산현폭桂山懸瀑	계산천의 폭포
미도낙조尾島落照	꼬리섬의 낙조
응봉조휘鷹峰朝輝	매봉고개의 아침 햇살
탁옥성문琢玉成文	탁옥봉 주변의 글 읽는 소리
천마정서天馬呈瑞	천마산의 상서로움

위의 계양팔경에서 허암냉정은 허암이 차茶를 다려 마셨다는 찬우물이다. 검암동 소재의 허암산은 조선조 연산군 때 허암虛庵 정희량鄭希良(1469~1530)이 은둔한 곳이다. 그가 허암산에 머물 때, "해 저물자 강과 산 푸르고, 날씨 차니 물결 스스로 이네. 외로운 배 일찍이 매어 놓자, 풍랑 더욱 많이 이네日暮滄江山 天寒水自波 孤舟宜早泊 風浪初應多"라며 자신의 처지를 읊은 바 있다. 난포영엽에서 난포는 북인천 IC와 검암동 사이에 있던 난지도 포구로, 난지초의 자생지였기에 붙여진 이름이다. 계산현폭은 경명고개를 발원지로 하여 온수동을 가로질러 굴포천으로 흘러가는 개울을 대상으로 하고 있다. 미도낙조는 꼬리섬의 낙조인데 여기서 꼬리섬은 정자도이다. 응봉鷹峰은 매봉재로 연희진에서 서쪽으로 길게 뻗은 능선의 끝에 있는 고개이다. 탁옥성문에서 탁옥은 산의 형태가 청아하고 수려하여 옥을 쪼아 낸듯한 탁옥봉을 가리킨다. 흔히 봉우리 이름과 '성문成文(문장을 이루다)'이 연계된 게 자연스럽게 보이지 않아 '탁옥봉 도사의 글공부'로 이해하기도 하지만, 탁옥의 자의字意가 '시구를 다듬다'와 '공부하다'와 관련돼 있기에, 탁옥봉 근처의 특정한 교육 공간이나 그것과 관련된 풍경을 지칭하고 있는 것으로 추정된다. 천마정서는 전거에

따라 천마황서天馬皇瑞로 나타나기도 하지만, 천마산이 아기장수 설화와 관련돼 있고 '황皇'이 '상서로움을 보이다呈瑞'에 포괄되기에 전자로 이해해도 무방할 듯하다.

계양고종桂陽孤鐘	계양산 중심성의 종소리
난포귀범蘭浦歸帆	난포로 돌아오는 배
대교어화大橋漁火	한다리의 고기잡이 불
경명낙조景明落照	경명고개의 낙조
온동폭포溫洞瀑布	온수동의 폭포
고성목적古城牧笛	옛 산성의 목동 피리소리
원적모우遠積暮雨	원적산의 저녁 비
서천원사西川院沙	서천원의 모래밭

위의 부평팔경에서 계양고종은 '계양산 중심성의 공해루에 걸렸던 종의 소리'이고, 대교어화는 '한다리의 고기잡이 불'이다. 《부평부읍지》에 의하면, 한다리는 부평부 동쪽 10리의 굴포천 상류 직포直浦에 있던 무지개紅霓門 형태의 다리라고 한다. 다리 모양과 고기잡이 불빛이 결합된 야경을 상상하면 부평팔경에 선정된 이유를 짐작할 수 있다. 경명고개는 계산동과 공촌동 사이의 징맹이고개이다. 온동폭포의 온수동溫洞은 부평향교의 동북쪽에 있는 계산천桂山川 주변을 가리킨다. 고성목적에서 옛 산성[古城]은 계양산성이다. 《동국여지승람》에 계양산이 부평의 진산으로 기록돼 있지만, 현재는 계양산 서남쪽 정자가 있는 아래쪽에만 석축石築의 흔적이 남아 있다.

계양윤월桂陽輪月	계양산의 둥근 달
호도낙조虎島落照	호도의 낙조
은파침월銀波沈月	서해 만조의 바닷물 위에 잠기는 달
난포귀범蘭浦歸帆	난포로 돌아오는 배
북천세류北川細柳	북천에 늘어선 수양버들
서호수조西湖垂釣	서호에서의 낚시
허암고적虛岩古跡	허암의 옛 자취
흑암구형黑岩龜形	검암동 거북 바위

위의 서곶팔경에서 계양윤월은 '계양산의 둥근달'이다. 산 정상에서 둥근 달滿月을 감상하는 경우와 산 밑에서 만월이 계양산을 밝게 비추고 있는 모습을 연상할 수 있다. 은파침월은 새벽녘 서쪽 바다의 광경이기에 시간이 조금 지난 후 관찰자는 동쪽의 여명黎明도 즐길 수 있었다. 북천세류는 '북천(북쪽 냇가)에 늘어선 수양버들'이고, 서호수조는 '서쪽 호수에서 낚시하는 모습'이고, 흑암구형은 '검암동 거북 모습의 바위'이다.

계양팔경, 부평팔경, 서곶팔경에서 공통으로 나타나는 것은 난지도의 난포蘭浦이다. 蘭浦靈葉(계양팔경), 蘭浦歸帆(부평팔경, 서곶팔경)이 그것이다. 낙조落照의 경우는 각각 미도尾島, 경명景明, 호도虎島와 관계돼 있었다. 공통으로 등장하는 인물은 虛庵冷井(계양팔경)과 虛岩古跡(서곶팔경)처럼 허암 정희량이다.

현재 확인할 수 없는 포구浦, 물川, 湖, 瀑, 섬島이 계양팔경, 부평팔경, 서곶팔경에 등장하고 있다. 1910년도 인천지형도와 2001년도 지형도를 대비해보면 매립된 섬이 한둘이 아니기에 '물'과 관련된 팔경이 사라진 점을 확인할 수 있다. 특히 섬의 형태가 잔존하기도 하지만 아예 사라진 경우가 적지 않은 서구의 경우가 더욱 두드러진다.

《광여도》에 나타난 계양산, 원적산, 경명현, 난지도, 호도(虎島) 등이다. 계양팔경·부평팔경·서곶팔경에 동시에 등장하는 산은 계양산이다.(규장각한국학: 古4790-58)

7장

개항장,

누각마다 악기 소리 끊겨 고요한데

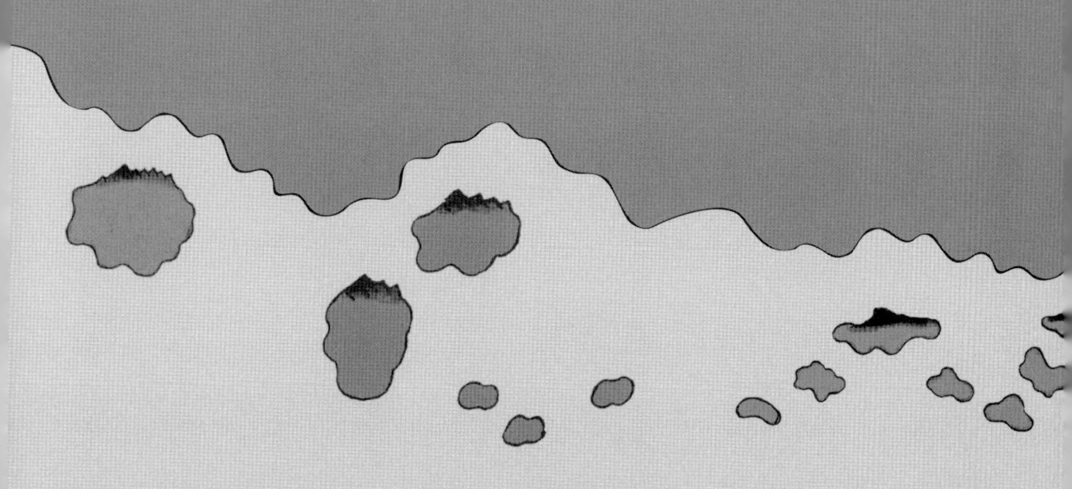

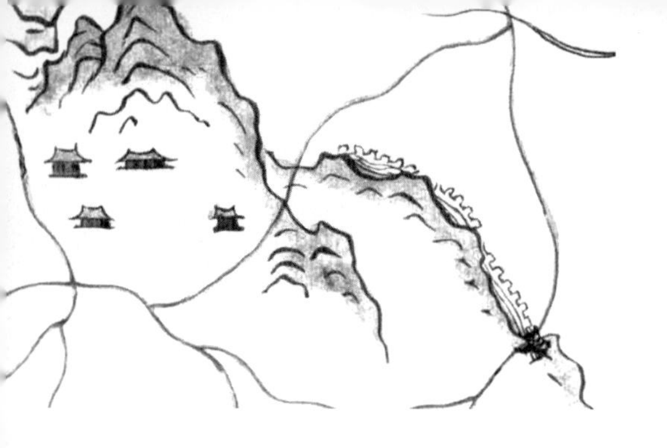

개항기와 일제강점기의 인천팔경

회화繪畵에서 출발한 팔경八景이 시詩의 소재로 확장됐다가 그것이 점차 퇴색돼 승경勝景 혹은 절경의 전형으로 자리 잡았다. 특정 지역의 ○○팔경은 '경물명景物名' 또는 '지명[경물] + 그 景觀(혹은 행위)'로 표현되어 해당 지역의 절경으로 명명되었다.

이제 개항기와 일제강점기에 전하던 인천팔경을 보자.

鼎足の山	정족산
漢江の水	한강물
瓦釜丘の月	와부 언덕의 달
花島の雪	화도진의 눈
月尾島の花	월미도의 꽃
八尾島の朝霞	팔미도의 아침 노을
沙尾島の夕照	사미도의 석양
華開洞の夜色	화개동의 야색

『신찬 인천사정』(1898년)에 전하는 인천팔경이다. 자연물에 해당하는 산, 강, 언덕, 섬 이외에 특이하게 야색夜色이 등장한다. 여기서 화개동은 부도정敷島町(현재의 신선동)과 화정花町(현재의 신흥동)이 통합되기 전의 동명洞名으로 유곽이 번성했던 공간이었다. 흔히 화개동이 갈보蝎甫와 연동돼 나타나는 신소설(『모란병』, 『해안』)의 경우를 보더라도 화개동은 야색과 밀접한 곳이었다. 작자가 야색을 팔경으로 선정한 이유는 "인천을 알고자 하는 일본인은 이 책을 통해 대강의 개요라도 알면 적지 않은 도움을 얻을 것이 분명"하다고 책의 서문에 밝힌 것과 관련이 있다.

漢江ノ歸帆	한강의 돌아오는 배
花島ノ秋月	화도진의 가을 달
朱安ノ落雁	주안의 낮게 나는 기러기
永宗ノ夕照	영종도의 석양
江華ノ晴嵐	강화의 맑은 아지랑이
月尾ノ夜雨	월미도의 저녁비
桂陽ノ暮雪	계양산의 저녁 눈
畓洞ノ晩鐘	답동성당의 저녁 종소리

『인천향토자료조사사항』(1915)에 있는 인천팔경이다. 이것은 조선총독부의 지시에 따라 인천공립보통학교(현재 창영초등학교) 조선인 교사들에 의해 조사된 문건이다. 인천의 명승지 항목에서, 괭이부리[猫島] 위의 언덕에서 근강팔경近江八景을 감상할 수 있다면서 그

곳에 '팔경원'이 들어선 이유를 설명하고 있다. 이에 따르면, "인천 개항 이전 한국 선박의 정박장이었던 만석동과 북성포 간의 만내를 1905년 7월에 매립하여 1906년 9월 준공하면서 언덕 위의 명승지에 정양여관을 건설해 팔경원이라 지칭하였다"고 한다. 팔경원에서 한강 하구 쪽, 화도진, 주안, 영종, 강화, 월미, 계양, 답동성당을 조망할 수 있었다. 주안과 기러기의 결합은 염전의 개발(1907년부터)과 관련돼 있는 듯하다. 성당의 종탑이 1896년 완성된 이후, 저녁 종소리는 주변사람들에게 청각을 자극하는 낯선 경험이었을 것이다.

永宗의 歸帆	영종도의 돌아오는 배
花島의 晴嵐	화도진의 맑은 아지랑이
月尾의 秋月	월미도의 가을 달
聖堂의 晩鐘	성당의 저녁 종소리
猫島의 夕照	묘도의 석양
鷹峰의 暮雪	응봉산의 저녁 눈
朱安의 落雁	주안의 낮게 나는 기러기
砂島의 夕雨	사도의 저녁 비

『동아일보』(1923.12.1.)에 전하는 인천팔경이다. 제시된 곳을 모두 감상할 수 있는 공간은 중구이다. 현재 매립됐지만 중앙동 해안 가까이 위치했던 사도는 『신찬 인천사정』(1898년)에서 사미도의 석양沙尾島の夕照으로 등장했던 섬이다. '사도에서 저녁 비를 맞는 것'이기보다는 '밤비 내리는 날 해안에서 사도 바라보기' 정도로 이해할 수

있다. 물론 감상자는 저녁 빗소리와 함께 사도 뒤쪽의 월미도 야경도 동시에 감상할 수 있었다. 묘도猫島(괭이부리)는 팔경원이 위치한 곳으로 석조夕照를 감상하기에 적소였고, 응봉은 자유공원(각국공원, 1888년 완성)이 있는 응봉산이다. 결국 현재의 행정구역 기준으로 보면 남구가 한 개, 중구가 다섯 개, 동구가 두 개인데 이는 팔경을 선정한 자의 생활공간과 관련이 있다.

일제강점기에 등장한 인천팔경이 하나 더 있다. 시가詩歌와 문장, 그리고 하이쿠에 능통했던 후지노 기미야마藤野君山(1863~1943)가 선정한 인천팔경이다.

한강석조경漢江夕照傾	한강의 석양
천주만종명天主晩鐘鳴	천주 성당의 저녁 종소리
송림추월영松林秋月迎	송림의 가을 달
염하락안락鹽河落雁落	염하강의 낮게 나는 기러기
영종청람명永宗晴嵐明	영종도의 맑은 아지랑이
월미귀범평月尾歸帆平	월미도로 돌아오는 배
계양모설청桂陽暮雪淸	계양산의 저녁 눈
응봉야우성鷹峰夜雨聲	응봉산의 저녁 빗소리

위의 인천팔경은 4자字가 아니라 5자 조어造語이다. 하지만 마지막 글자는 운자韻字를 맞추려는 의도일 뿐 생략해도 상관없다. 예컨대 한강석조경에서 경傾(기울다 경)은 저물녘의 햇빛夕照에 포함돼 있고 천주만종명에서 명鳴(울다 명)도 만종晩鐘에 전제돼 있듯이 나머지

도 마찬가지이다. 인천팔경인데도 '한강의 석양'을 선정한 것은 '漢江の水'(『신찬 인천사정』, 1898년)의 경우와 유사하다. 물론 그들이 일본인이었다는 점도 공통적이다.

다음은 작자와 연대를 확인할 수 없는 인천팔경이다.

호구낙조虎口落照	호구포의 낙조
팔미귀범八尾歸帆	팔미도로 돌아오는 배
옥구어적玉龜漁笛	옥구섬 어부들의 피리소리
장도단풍獐島丹楓	장도의 단풍
계관암화鷄冠岩花	닭 볏 모양의 바위
문학청람文鶴晴嵐	문학산의 맑은 아지랑이
청룡부운靑龍浮雲	청룡 모양의 구름
오봉명월五峯明月	오봉산의 밝은 달

호구낙조에서 호구포는 논현동의 서남쪽에 위치했는데 지형地形이 범의 아가리[虎口]처럼 생겼다고 하여 명명된 곳이다. 호구낙조와 팔미귀범은 모두 하루의 일과를 마무리하고 안식을 취하기 전의 상황을 연상케 한다. 옥구는 남동구의 고잔동의 해안가에 있었던 섬이다. 장도는 남동구의 소래 포구 근처에 위치했는데 구릉지의 모습이 노루를 닮았다고 하여 '노루목' 혹은 '노렴'이라고 불리기도 했다. 옥구어적과 장도단풍은 청각과 시각의 대비로 읽어낼 수 있다. 계관은 닭 볏이란 뜻으로 남동구 고잔동 면허시험장 앞에 있었던 닭겸산이다. '청룡부운'에서 청룡이 공간을 지칭해야 하는데, 이와 관련된

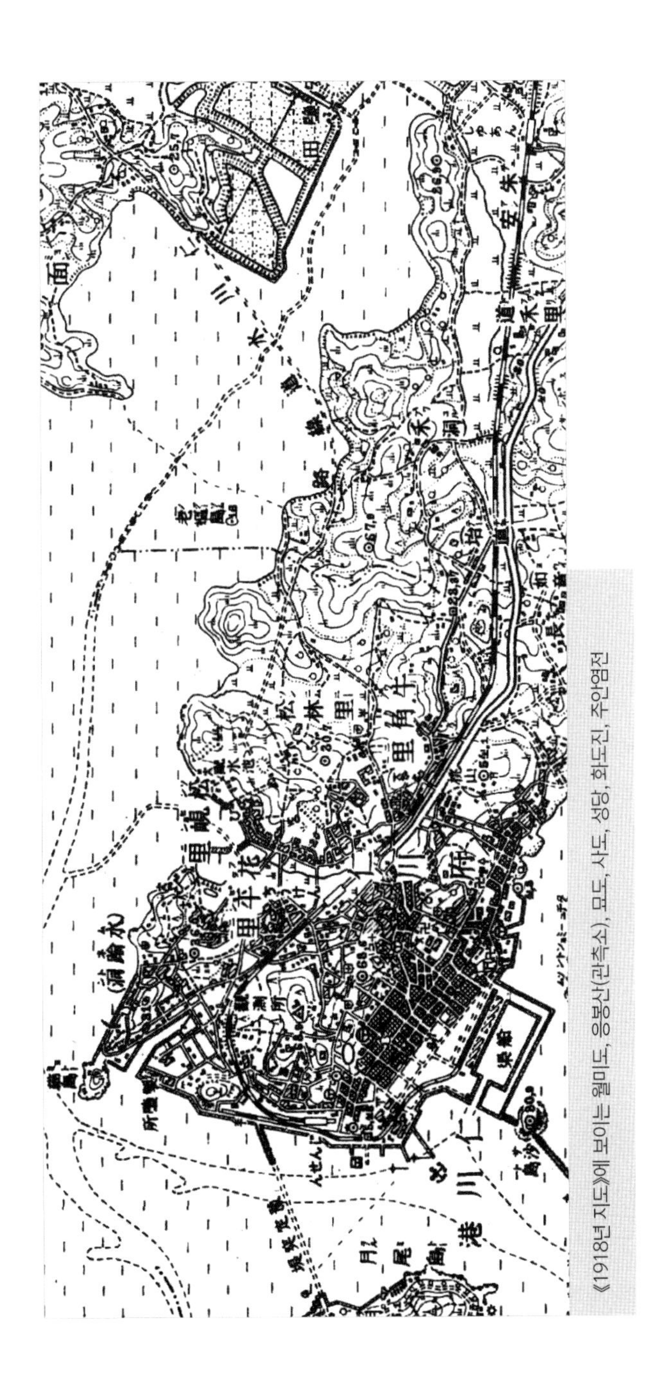

《1918년 지도》에 보이는 월미도, 응봉산(관측소), 묘도, 사도, 성당, 화도진, 주안염전

것은 알 수 없기에 '용 모양의 구름' 정도로 제시해 보았다. 오봉은 남동구 도림동~논현동~고잔동에 걸쳐 위치하고 있는 오봉산이다.

팔경 중에서 팔미도, 문학산, 청룡을 제외하고 다섯 개가 남동구에 위치하고 있다. 팔미도와 문학산은 남동구 해안가에서 포착할 수 있는 대상들이다. 위의 팔경은 남동구를 중심으로 선정했기에 남동구팔경이라 해야 할 듯하다. 현재 미추홀공원(송도 국제도시 소재)에 '인천팔경' 안내판과 지도가 있는데, 위의 팔경이 소개돼 있는 것도 우연은 아니다.

이제까지 인천팔경을 일별一瞥했다. 시대를 초월해 등장하고 있었던 것은 소상팔경의 '○○귀범'이었다. 강화십경의 연미조범, 오가팔영[영종팔경]의 팔미귀범, 덕적팔경의 용담귀범, 부평팔경의 난포귀범, 서곶팔경의 난포귀범(이 글에서 언급하지 않은 용유팔경의 팔미귀범)이 그것이다. 일제강점기에 전하던 漢江ノ歸帆(『인천향토자료조사사항』, 1915.), 漢江에 歸帆(『조선일보』, 1921.5.1.), 永宗의 歸帆(『동아일보』, 1923.12.1.), 월미귀범평(藤野君山, 1863~1943), 팔미귀범(작자와 연대 미상)도 '○○귀범'의 경우들이었다. 해당 지역이 바닷가와 인접해 있건 떨어져 있건 상관없이 '귀범'이 등장하고 있었다. 그리고 소상팔경의 '산시청람'처럼 해당 지역에 위치하고 있는 산山도 시대나 지역과 상관없이 선정 대상이었다.

결국 인천팔경이 시대나 지역이 다르더라도 소상팔경의 '○○귀범'과 '○○청람'이 계속 등장한 것으로 보건대 인천지역이 다른 지역과 변별되는 점은 '귀범'과 '산山'에서 찾아야 한다. 특히 시대나 지역을 초월해 등장했던 것은 해당 지역의 높은 공간에서 포착할 수 있는 '○○귀범'이었다. 이것이 인천팔경의 여러 양상을 통해 얻은 결과이기에 인천지역의 변별점을 확장시키는 구심점을 '○○귀범'에서 찾아야 할 것이다. 돌아오는 배歸帆를 볼 수 있는 공간은 동시에 낙조를 감상할 수 있는 장소이고 그것이 바로 여타지역과 변별되는 인천의 특징이었다. 이른바 인천팔경의 주요 상수常數를 배[帆]와 물에서 찾아야 한다는 것이다.

인천잡시에 나타난 개항장

1883년 인천이 개항하였다. 당시의 모습은 각국인들이 묘사한 기록을 통해 단편적이나마 짐작해 볼 수 있다. 그 중에서 특히, 『신찬인천사정新撰仁川事情』(1898)과 『인천부사仁川府史』(1933)에는 전거를 밝히지 않은 한시漢詩가 있는데, 이는 1893년 발간된 『인천잡시仁川雜詩』를 인용한 것이다. 이 한시는 1892년 4월부터 1893년 3월까지 약 1년 정도 인천 전환국典圜局에 파견된 요코세 후미오橫瀨文彦가 인천과 관련된 소재 42개를 7언 한시 형태로 쓴 것이다. 금융, 병원, 학교, 영사관, 세관, 우편국, 담군[지게꾼], 세탁 등을 포함해 42개의 소재를 한시로 풀어쓴 자료이다. 요코세의 한시 각편에 대해 인천의 전환국 관사에서 함께 머물던 마쓰모도松本正純가 '또 말하길同日' 하며 단평短評을 부기해 놓았다.

영국, 일본, 청, 한국, 이태리, 독일

이음동어異音同語의 공문서가 뒤섞여 있네
세상의 풍속은 아직 옛 모습을 고치지 못했는데
나 홀로 세관에서 신기함을 보았네

또 말하길, 여러 나라의 사람들이 하나의 관아에 모여 있어도 그들을 서로 짝지을 수 없으니, 신기한 일이 아니고 무엇이겠나.

英日淸韓伊德班　영일청한이덕반
異音同語簿書間　이음동어부서간
流風未改舊時體　유풍미개구시체
獨見新奇有稅關　독견신기유세관

同曰 數邦之人 相集一衙 於他無匹 非新奇而何

위의 〈세관稅關〉를 보면 세관의 안과 밖 풍경이 사뭇 대조적이다. 세관 밖은 옛 모습과 별반 다르지 않았지만 세관 안은 그러지 않았다. 세관 안의 공문서에는 영국, 일본, 청, 한국, 이태리, 독일 등 각 나라의 언어가 뒤섞여 있었다. 작자는 이런 모습을 '이음동어異音同語의 공문서가 뒤섞여' 있다며 신기한 것으로 받아들이고 있다. 물론 단평을 부기한 마쓰모도가 '여러 나라의 사람들이 하나의 관아에 모여 있어도 그들을 서로 짝지을 수 없으니, 신기한 일'이라고 진술한 데에서도 확인할 수 있다.

세관은 1883년 6월 16일 우리나라 최초로 인천에 창설돼 업무를 개시했다. 초대 세무사는 영국인 스트리플링A. B. Stripling, 薛必林이었다. 세관은 청의 세관을 본받아 창설한 것이기에 초기부터 청의 영향 하에 놓여 있었다.

그런데 세관과 관련하여 영국, 일본, 청, 한국, 이태리, 독일의 순서로 제시한 데에서 유독 영국에 대한 경계심을 읽을 수 있다. 영국영사관을 소재로 삼은 한시 〈영국영사관英國領事館〉에서 이를 확인할 수 있다.

산허리 모퉁이에 공관公館의 깃발 펄럭이고
붉은 난간 흰 벽 높기만 하네
사람들은 후일後日의 기도企圖 있음을 알지 못해
다만 거주하는 영국인이 드물다고 하네

또 말하길, 영국인들은 상가에서 기거하지만 없는 것처럼 조용하다. 그러나 영사관을 설치한 것을 보면 후일의 추세에 대해 알 수 있다.

岬角翩翻公署旅　갑각편번공서여
朱欄粉壁望巍巍　주난분벽망외외
世人不解後圖在　세인불해후도재
只謂英民今住稀　지위영민금주희

同曰 英國居留商賈 寥乎無有 而置以領事廳盖有見於異日之趨勢也

『인천잡시』에서 영사관을 소재로 삼은 것은 일본영사관과 영국영사관뿐이다. 작자는 자국의 영사관에 대해 "배가 해문에 들어오니 사람들 환호한다舟入海門人叫快(〈일본영사관日本領事館〉)"며 영사 업무의 활발함을 지적하지만 영국영사관에 대해서는 부정적이었다. '붉은 난간 흰 벽 높'은 곳에 있는 자들이 '후일後日의 기도企圖'를 도모하고 있지만 세상 사람들이 이를 알지 못한다고 한다. 그들의 움직임이 얼마나 은밀한지 왕래하는 사람이 드물게 보일 정도이다. 영국인들은 조용하지만 '후일의 추세趨勢'가 있을 것으로 예견하는 마쓰모도의 단평도 영국에 대한 경계심을 드러내고 있다.

청나라 조계의 유흥공간

창기단속령(1908년) 이후, 모든 기생들은 기예의 유무와 상관없이 '권번' 시스템에 편승해야 했다. 권번券番은 일제강점기 기생조합妓生組合의 일본식 명칭으로 직업적인 기생을 길러내던 교육기관이면서 그들의 활동을 관리하던 조합이었다.

권번이 성립되기 이전 인천의 요릿집, 혹은 주루의 모습을 전하는 자료는 흔하지 않다. 다만 『인천잡시仁川雜詩』(1893년)를 통해 청나라 조계의 주루 풍경을 〈청루青樓〉에서 확인할 수 있다.

누각마다 악기 소리 끊겨 고요한데
구운 고기는 식었고 잔만 남겨져 오경五更에 이르렀네

그림자 주렴에 비치고 때마침 말소리 들려오니
원앙은 경성에 함께 갈 것을 서로 약속하네

또 말하길, 근자에 인천의 제일 가인佳人이 어떤 사람에게 팔려 경성으로 갔다는 소문을 들었다. 시에서 말한 것을 정확히 알 수는 없지만 이 일을 말한 것이 아니겠는가.

거문고 노랫소리 드높고 흥이 한창 무르익자
요염한 여인들이 어지러이 엉켜있네
바다 장사꾼들은 때때로 뜻밖의 이득을 얻어
호화롭게 놀면서 속물적인 연회를 벌이네

또 말하길, 이러한 광경이 왕왕 있었다.

누각의 미인에겐 술은 눈물과 같고
노래 끝나고 거문고 소리 잦아들지만 흥은 더욱 높아지네
길거리 바람이 눈을 말아 날리는 거 아는지 모르는지
무르익은 봄날 붉은 장막 속의 한 줄기 등불이어라

樓樓絲竹寂無聲　누루사죽적무성
炙冷杯殘欲五更　자냉배잔욕오경
鬢影映簾時有語　빈영영렴시유어
鴛鴦相約向京城　원앙상약향경성

同曰 聞頃仁川第一佳人 爲某生所購 至京城 不知詩中所言得乃無非此乎

紘歌聲湧興方闌　현가성용흥방란
妖紅艶黛紛一團　요홍염대분일단
海賈時時博奇利　해가시시박기리
豪遊來試肉臺盤　호유래시육대반

同曰 此景往往而有之

美人樓上酒如澠　미인루상주여민
歌捲絃殘興彌增　가권현잔흥미증
知否街頭風捲雪　지부가두풍권설
春深紅帳一枝燈　춘심홍장일지등

술자리의 흥을 염두에 둘 때, 위의 한시는 세 번째 → 두 번째 → 첫 번째의 순서로 읽어야 한다. 세 번째 한시에는 청루에 소속된 기생들의 애환이 나타나 있다. 술을 마시고 싶지 않고 노래를 부르고 싶지 않지만 기생은 그것을 감내해야 했다. 여기저기로 떠밀려 날리는 길거리 눈[雪]과 별반 다르지 않은 처지였다. 두 번째 한시를 통해 뜻밖의 이익을 얻은 장사꾼이 기생들과 질펀하게 놀고 있는 모습을 연상할 수 있다. 어지럽게 엉켜서 속물적인 연회를 벌인다는 표현에서 질펀함을 넘어서는 분위기를 짐작할 수 있다. 첫 번째 한시에는 술자리가 오경五更(새벽 4시)에 끝났지만 취객醉客들이 기생들에게 경성 구경을 함께 가자며 수작을 걸고 있는 모습이 나타나 있다.

청루가 위치한 곳은 청나라 조계지역이다. 조계租界는 외국인 전용 거주지역의 행정권과 사법권을 해당 국가가 행사하는 지역을 지칭한다. 조선은 1883년 8월 〈인천구조계약서仁川口租界約書〉를 체결하고 지금의 중구청 일대를 일본인 거류지로 지정하였다. 이후 1884년 〈인천구화상지계장정仁川口華商地界章程〉의 체결을 계기로 지금의 선린동 일대에 청나라의 조계가 들어섰다.

개항장 부두의 모습

1883년 인천 항구가 열렸다. 철저히 준비된 상태에서 개항한 게 아니었기에 인천은 항구로 기능하기에는 부족한 점이 많았음을 다음 〈부두埠頭〉에서 확인할 수 있다.

길가에는 띠풀로 지붕을 이은 집들이 줄지어 있어
멀리서 바라보니 연달아 있어 달팽이집과 같네
거리에는 창고가 없으니 어찌 이리 서투른가
이것이 개항 초의 모습이네

또 말하길, 탄식할 만하다.

路上葺蓬儘積儲　노상즙봉진적저
望之累累似蝸廬　망지누누사와려
市無倉廩何迂拙　시무창름하우졸
猶是當年開港初　유시당년개항초

同日 可嘆

개항한 지 10년이 지난 1893년 인천 제물포 부두의 모습이다. 부두를 따라 늘어선 집들은 '띠풀로 지붕을 이은 집'들이었고, 멀리서 바라보면 달팽이집들이 이어진 모습이라 한다. 특히 물류의 저장 및 배송에 필요한 창고가 없었다는 지적이 이채롭다. 그래서 마쓰모도가 '탄식할 만하다'고 단평을 했던 것이다.

한 개의 작대기와 두 개의 나무 가지를 지고 오니
흰 옷은 더럽고 얼굴엔 성긴 수염이 가득하네
굶주린 여러 개들이 먹이를 앞에 놓은 것과 같으니
바로 여러 사내들이 짐을 다투는 때이네

一架負來雙木枝　일가부래쌍목지
白衣塵垢滿踈髭　백의진구만소자
匹如羣狗飢求食　필여군구기구식
正是千夫爭擔時　정시천부쟁담시

위의 〈담군[조선말로 지계훈이니 짐꾼이다.]擔軍[韓音智計勳擔夫也]〉에서 부두 지게꾼의 모습을 그려내는 데에서 조선인을 대하는 일본인의 시선을 읽어낼 수 있다. 전환국의 기술자였던 작자는 지게꾼을 '근대'와 동떨어진 것으로 여겼다. 근대의 기술문명과 무관하게 '한 개의 작대기와 두 개의 나뭇가지'로 만든 지게는 열악한 운반도구였다. 게다가 '흰 옷은 더럽고 얼굴엔 성긴 수염이 가득'하다며 지게꾼의 모습을 운운하고 있다. 전환국 기술자가 보기에 부두 지게꾼은 근대의 위생개념과 거리를 두고 있는 짐꾼의 모습이었다. 물론 지게에다 짐을 실으려고 짐꾼들이 서로 다투는 것을 '굶주린 여러 개들이 먹이를 앞에 놓은 것과 같'다는 지적에서도 조선인에 대한 일본인 화폐 기술자의 시선이 그대로 반영돼 있다. 다음은 〈해문낙조海門落潮〉이다.

사람들이 바다 가운데로 들어갔다 돌아오고
개흙 모래에 거대한 배가 몇 척 정박해 있네
뱃사공은 다만 조수가 밀려들기 기다리고
같은 모양의 돛을 펼치기는 한 순간이네

또 말하길, 조수의 높이가 30척이니, 평평한 모래사장이 몇 리나 되다가 갑자기 물결이 해안에 부딪친다. 이것이 이 항구의 한 가지 기이한 광경이다.

人自洋心步往還　인자양심보왕환

膠沙巨舶幾灣灣　교사거박기만만

舟師只待潮生處　주사지대조생처

一様揚帆一瞬間　일양양범일순간

同曰 潮高三十尺 忽而平沙數里 忽而波浪嚙岸 是此港一奇觀矣

갑문 시설이 등장하기 전, 조수가 밀려나간 후의 바닷길의 모습이다. '개흙 모래에 거대한 배가 몇 척 정박해' 있기에 '뱃사공은 다만

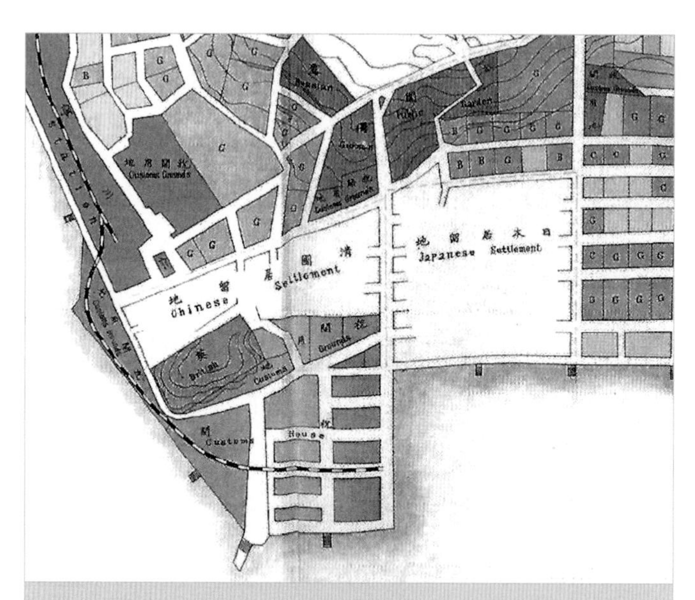

〈인천각국거류지평면도〉(1911년)에서 『인천잡시(仁川雜詩)』(1893년)의 소재들 세관, 일본영사관, 영국영사관, 청루, 부두 등의 위치를 확인할 수 있다. 1918년 일본거류지 앞바다에 동양 최초의 갑문(閘門)이 들어서기 전, 모든 선박은 물때를 맞추어야 입항과 출항이 가능했다.(출처: 《지도로 만나는 개항장 인천》, 2016)

조수가 밀려들기 기다'려야 할 처지이다. 인천항이 배의 입출항이 자유롭지 못했다는 점을 지적하고 있는데, 마쓰모도가 단평을 통해 구체적으로 설명하고 있다. 한시의 제목이 '바닷길(혹은 해관)에서 조수가 밀려나간 모습海門落潮'이기에 갯벌에 정박한 배의 모습만 나타나 있다. 작자와 그의 동료 마쓰모도가 목격한 인천의 조수 간만干滿의 차이는 '기이한 광경奇觀'이었던 것이다.

어명시魚名詩

물고기 이름을 이용하여 한시를 지은 경우가 있는데, 오웅섭의 〈어명시魚名詩〉가 그것이다. 일반적인 한시 독법讀法이 아니라 한자의 훈訓과 음音을 모두 이용하여 작시作詩했기에 그런 점을 감안해 해석해야 한다. 이른바 동음이의어同音異議語를 근간으로 하는 희작시戱作詩이기에 그렇다.

〈어명시魚名詩〉를 소개하고 있는 『흔들리는 땅, 섬』(이세기, 2015)에 따르면, 오웅섭은 덕적진 수군첨절제사 오도명吳道明(1708~1758)의 26세손이라 한다. 덕적팔경을 선정한 서호은파西湖銀波 오진섭吳振燮이 그의 형이다. 오웅섭은 〈서도원유기西島遠遊記〉와 〈문학문묘복구시文鶴文廟復舊詩〉를 지은 작자이기도 하다.

1940년 오웅섭이 용유어업조합에 근무할 때 다음 〈어명시魚名詩〉를 지었다.

집은 소무의도 물가 마을

비록 반쪽 마루 허물어졌으나 뜻을 즐길 수 있네

혹여 망동하여 복이 사라질까 저어하지만

나는 분수에 편안히 하여 높은 이치를 닦네

덧없는 세상 모든 일은 가슴 속 답답한 게 대부분인데

예로부터 인간은 스스로 원망하네

대충 쓴 글이되 물고기 나타내는 방법에 있어서 분명하니[•]

들쭉날쭉한 세상일 또한 쉬운 게 아니라네

家在小舞濱洲里　가재소무빈주리

半堂雖頹生樂志　반당수퇴생락지

或恐妄動福將移　혹공망동복장이

我求安分修高理　아구안분수고리

浮世凡事多鬱抑　부세범사다울억

古來人間自怨之　고래인간자원지

粗記文書淸於新　조기문서청어신

參差世事未亦易　삼차세사미역이

작자가 추구하는 삶은 안분安分(분수에 편안해 하다)이다. 그는 집이 허물어진 상태에 있더라도 그 안에서 안분할 수 있을 정도로 이치를 닦는修高理 자이다. 하지만 세상사에 답답한 일이 많게 마련이고 그

• 오세종, 『무부달』, 성서문학사, 1986, 39면, "글은 조잡하나 행실만은 맑으니"

때마다 인간들은 자신을 탓하게 된다고 지적하고 있다. 스스로 원망함은 증오의 의미가 아니라 '안분'에 대한 자신의 수양이 부족하다고 인정하는 일이다. 물론 가슴 속 답답함 또한 안분하지 못한 데에서 드러난 것이기도 하다. 마지막에 이르러서는, 개인이 아무리 안분에 대한 수양을 하더라도 세상일 들쭉날쭉한 만큼 그것을 온전히 지켜내기 어렵다는 지적이다.

하지만 7행의 '粗記文書淸於新'은 온전히 해석하기 힘든 부분이다. 희작시戲作詩의 한 방편일 텐데, '新(신, 새롭다)'의 독음을 대신하여 '身(신, 몸)' 또는 '神(신, 정신)' '信(신, 폄·표지)' 등의 한자로 바꾸어도 '대충 쓴 글' '대충 쓴 문서'와의 연결이 매끄럽지는 않다. 게다가 '淸'과 '新'을 고려해서 '於(어)'의 기능을 정하는 점도 그렇다. 다만 "일을 하는 방법에 있어서는 민첩하고 말을 하는 방법에 있어서는 신중해야 한다敏於事而 愼於言(《논어》 위정)"처럼 품사의 배열이 유사한 구절에 기댄다면, '淸於新'는 '몸(신, 身)이나 정신(신, 神)을 운용하는 방법에 있어서'보다는 '폄이거나 나타냄(표지)의 방법에 있어서'로 해석해야 한다. 그러면 '粗記文書淸於新'의 해석은 '대충 쓴 글이되 (물고기를) 나타내는 방법에 있어서는 분명하다'이다. 여기서 '대충 쓴 글'은 물고기 이름을 나열하여 지은 희작시이고 '맑다淸'는 물고기 이름을 드러낸 게 분명하다는 뜻이다. 작자는 '粗記(조기)'의 앞에 있는 물고기 이름의 음절수와 해당 한자의 의미를 맞추며 시를 짓는 게 마음에 차지 않았던 모양이다. 그래서 '淸於新[信]'이라며 부언하고 마지막에는 '들쭉날쭉한 세상일 또한 쉬운 게 아니라'했던 것이다. '들쭉날쭉'은 세상일뿐 아니라 물고기 이름의 음절수도 포함하는 표현이기도 하다.

한자를 독음하다 보면 물고기 이름이 등장한다. 가재, 빈주리(밴댕이 종류), 반당(밴댕이), 생낙지(산낙지), 망동(망둥이), 복어(복장이), 아구, 수고리(수로기, 과오릿과), 부세(조기와 유사한 물고기), 울억(우럭), 고래, 원지(언지, 큰 숭어), 조기, 청어, 삼차(삼치), 미역이(메기)가 이에 해당한다. 수산물 시장의 판매대를 연상할 정도로 다양한 물고기들이 나열돼 있다. 작자가 용유어업조합에서 근무하면서 늘 보았던 것들로 큰 '고래' 이외에는 지금도 서해에서 건져낼 수 있는 것들이다. 그때 인천사람들에게 서해 바다는 물고기 저장고였던 셈이다.

희작시를 소개한 만큼 허튼소리를 한 소절 부언하면, 작자가 물고기 이름을 '조합'하여 희작시를 지은 이유 중에 혹여 용유어업 '조합'에 근무한 것도 창작의 동기가 되지 않았을까. 그냥 썰렁하게 웃어넘길 일이다.

덕물도 삼형제 암초

오세종은 백운당 오지섭吳止燮의 아들이다. 큰아버지는 덕적팔경을 선정한 오진섭吳振燮이고 작은아버지는 〈어명시〉를 지은 오웅섭吳雄燮이다. 오세종은 덕적진 수군첨절제사 오도명吳道明(1708~1758)의 27세손으로 어려서부터 아버지 슬하에서 경서사략經書史略과 사서삼경四書三經 제자백가諸子百家를 통독하며 자랐다. 『무부달無不達』이라는 한시집漢詩集을 내기도 했다.

덕물도는 덕적도德積島인데, 과거에 인물도仁物島로 불리기도 했다. 명칭의 변경 순서는, 덕물도(삼국사기) → 덕적도·인물도(고려사) → 덕적도·인물도(세종실록지리지) → 덕적도(해동지도) → 덕적도·덕물도·인물도(대동지지) → 덕적도(현재)이다. 『신당서』에 득물도得勿島로 표기된 것도 덕적도를 가리킨다. 『훈몽자회』에 따르면 덕德이건 인仁이건 '크다'의 뜻이 있고, '물'은 바다라는 의미이기에 덕물도, 혹은 인물도는 '큰 바다에 있는 섬, 또는 바다에 있는 큰 섬'으로 풀이할 수 있다. 다음은 〈덕물도 삼형제 암초德物島 三兄弟 暗礁〉• 이다.

배 타고 푸른 물결 가르며 덕물도 향해 가니
어느 누구건 고향의 정 일지 않겠나
망망한 바다는 푸른 하늘과 맞닿았고
점점이 외딴 섬들은 검은 고래 등어리 같네
선미도는 어찌 악험으로 불렸는지
삼형제 암초는 사람들을 바다 속으로 유인하네
외조外祖의 배 깨져 가라앉아 어머니 눈물 지으셨지
몇 사람이나 수국水國에 먼저 가셨을까나

碧浪乘船德物行　벽랑승선덕물행
何人不起歸鄕情　하인불기귀향정

• 『무부달』(1986)에 전하는 한시의 원래 제목은 〈德物島 三兄弟 暗礁 앞을 지나며〉이다.

茫茫滄海接靑天　망망창해접청천
點點絶嶼似黑鯨　점점절서사흑경
島號善尾何惡險　도호선미하악험
三兄弟礁誘人溟　삼형제초유인명
外祖破沈母漣襟　외조파침모련금
幾人先潛水國京　기인선잠수국경

작자는 고향 덕적도를 향하고 있다. 선미도 앞을 지날 즈음 수면 위로 드러난 세 쌍의 암초를 발견했다. 암초는 노련한 항해사도 신경을 곤두세우고 지나야 할 정도로 해로海路의 곁에 위치하고 있었다. 물결이 잔잔하면 상관없지만 파도가 높은 상태에서는 물빛인지 암초인지 분간하기 힘들었기에 '삼형제 암초는 사람들을 바다 속으로 유인하네'로 표현했던 것이다. 암초들 옆으로 절벽을 뒤집어쓰고 있는 듯한 거대한 바위섬이 우뚝 솟아 있었다. 자의字意에 나타나듯 험악한 바위섬은 악험도惡險島였다. 악험도의 모습 위로 어머님께서 우는 모습이 겹쳐졌다. 외할아버지가 사고를 당한 암초 옆으로 작자를 태운 배가 지나고 있을 때였다. 작자는 그것을 계기로 할아버지뿐 아니라 얼마나 많은 사람들이 삼형제 암초를 이승을 넘어서는 길목으로 삼았을까 하는 생각을 했다.

악험도는 서해지역과 덕적도, 그리고 중국을 잇는 해로의 곁에 위치했기에 해난 사고에 빈번하게 등장하는 섬이었다. 악험도 주변의 빈번한 조난사고에서 벗어날 수 있는 방법은 등대를 설치하는 것이었다. 「악험도 등대의 설치, 항해업자에 대복음 - 악험도라 불리워

항행자로 하여금 공포를 느끼게 하던 인천근해의 선미도 등대 준공식, 연료 절약만도 연 8만원」(〈동아일보〉 1940.6.5.)이라는 기사 제목을 통해서도 뱃사람들이 지니고 있던 악험도와 암초들에 대한 인상을 짐작할 수 있다.

등대가 설치된 후, 악험도는 선미도善尾島라는 새로운 이름을 얻었다. 덕적도의 꼬리에 해당하는 아름다운 섬이란 의미이되, '배 깨져 가라앉破沈'는 공포를 이겨내려 했던 사람들의 바람을 반영하고 있는 이름이었다.

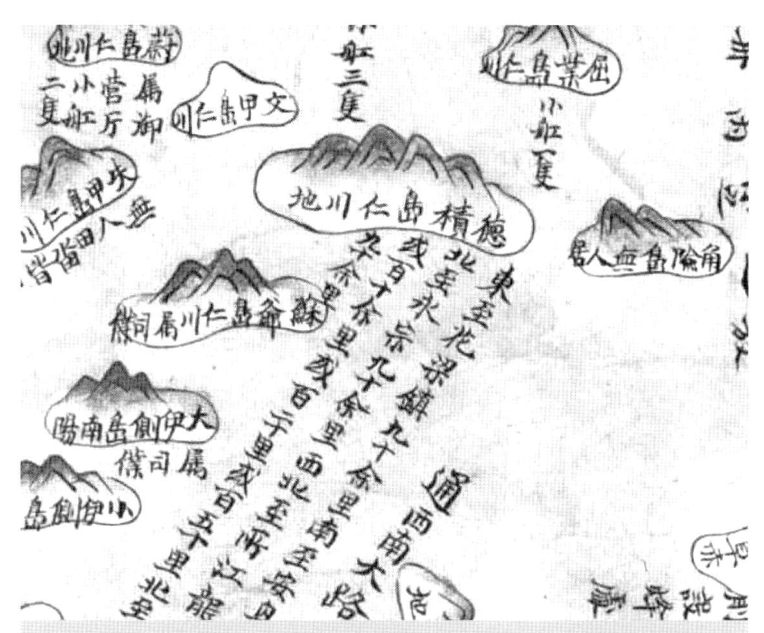

《해동지도》에 보이는 덕적군도(群島). 상단의 각험도(角險島)가 악험도이다. 덕적을 중심으로 서남쪽으로 큰 뱃길이 있고 그것이 동북쪽으로도 연결돼 있다고 한다.(규장각한국학: 古大 4709-41)

본문에 수록된 한시 목록

1장 관아, 산과 강으로 둘러싸인 별세계이네

정도전 〈인주 신 사군의 임정에 쓰다(題仁州申使君林亭)〉

하연 〈인천향교가요(仁川鄕校歌謠)〉

〈인천부로가요(仁川父老歌謠)〉

〈동생 인천군사에게 주다(寄弟仁川郡事)〉

성현 〈인천의 별서(仁川村莊)〉

심언광 〈인천 해안역에서 조수를 보다(仁川海安驛 觀潮汐)〉

이형상 〈소성의 네 노인을 노래하다(邵城四皓咏)〉

유숙 〈제물포에서 쓰다(題濟物浦)〉

〈인천 관사에서 쓰다(題仁川官舍)〉

고용후 〈인천 객사에서 회포를 적어 조카 천에게 차운하다(仁川旅舍 記懷次川姪韻)〉

김용 〈인천 객관에서 우연히 읊다(仁川客館偶吟)〉

〈단옷날 인천에 머물며 회포를 부치다(端午日 留仁川寓懷)〉

남용익 〈인천관아로 돌아와 취하여 아이들에게 차운하다(歸覲仁衙 醉次兒輩韻)〉

최석정 〈우연히 읊다(偶吟)〉

〈묻혀 살며 회포를 말하다(幽居述懷)〉

박필주 〈인천을 향해 가는 길(歸路向仁川)〉

〈인천에 머물며 새벽에 비룡산에 올라 바다를 보다(宿仁川 朝登飛龍岡 望海)〉

2장 문학산과 능허대, 속념은 구름 따라 사라지고

이춘영 〈능허대(凌虛臺)〉

권시 〈문학봉에 오르다(登文鶴峯)〉

〈능허대(凌虛臺)〉

〈능허대에서 놀다(遊凌虛臺)〉

〈문학사 벽위에 걸려 있는 사운시 한 수를 발견하다(文鶴寺見壁上書四韻一首)〉

남용익 〈비 내린 뒤 백순 진경을 데리고 배 띄워 고기잡이 구경하다가 취하여 시를 써 흥을 기록하다(雨後 携伯順振卿 泛舟觀漁 記興醉題)〉

〈백순, 진경, 정아, 석아를 데리고 배 띄워 고기잡이 구경하다가 취한 후 김 상사[유]를 만난 게 기뻐 부채에 쓰다(携伯順振卿正兒惜兒輩 泛舟觀漁 醉後喜逢金上舍[瑜]題扇面)〉

이병연 〈문학산(文鶴山)〉

〈능허대(凌虛臺)〉

이헌영 〈석능이 일찍이 인천 먼우금 마을에 머물며 바다를 보려고 친구들과 함께 가기에 나도 따라가서 다음 날 능허대에 올랐다(石能曾居仁川遠村 而爲觀海色 與數友同行 余亦從之而翌日登凌虛臺)〉

이규상 〈문학산성(文鶴山城)〉

〈능허대(凌虛臺)〉

〈신기루를 보고 영이의 시에 차운하다(蜃樓次永而韻)〉

〈인주요(仁州謠)〉

〈속인주요(續仁州謠)〉

3장 자연도, 맑은 달빛 하늘 가득하고 바다는 고요한데

이곡 〈자연도에서 차운하다(次紫燕島)〉

〈제물사에 묵으면서 벽 위에 차운하다(宿濟物寺 次壁上韻)〉

안민학 〈아산창에서 미곡선을 타고 서울로 가다가 밤에 자연도에 배를 대다(自牙山倉乘米船赴上游夜泊紫燕島)〉

남용익 〈자연도에서 취하여 계양 사군 정시형에게 주다(紫燕島醉贈桂陽鄭使君時亨)〉

이하조 〈늦가을 인천 관아에서 맏형과 사촌 형 자동을 모시고 자연도에 가서 태평루에 배를 대고 사촌 형에게 차운하다(暮秋 自仁衙奉伯氏及從兄子東 作紫烟行 舟泊

太平樓 次從氏韻〉

〈구양서 문집 가운데에서 차운하다(次歐陽集中韻)〉

이해조 〈낙보와 함께 종씨의 인천 임소에 가서 바다를 건너 자연도에 들어가 백운사에 묵다(與樂甫 赴從氏仁川任所 仍與泛海 入紫燕島 宿白雲寺)〉

〈아침 일찍 백운사를 떠나다(白雲寺 早發)〉

〈저물녘 고종암에 배를 대고 박생의 팔선정에 묵다(暮泊高宗巖 宿朴生八宜亭)〉

이형상 〈가까운 포구에서 고래가 죽다(鯨斃近浦)〉

〈개미(蟻垤)〉

〈파리는 고삐를 두려워하지 않는다(蠅不畏鞭)〉

〈궁벽한 섬에서 다섯 가지의 괴로움(窮島五苦)〉

〈유민과 거지들이 거리에 가득하다(流丐滿巷)〉

〈닭, 개, 새, 참새 대부분 굶어 죽었고 산 것은 또한 새끼 낳지도 못한다(鷄犬鳥雀多餓死存亦不孳)〉

〈임자년 동지(壬子冬至)〉

〈키를 걸고 안자의 표주박 물 마시다(掛箕飮顔)〉

〈용유순(龍流蓴)〉

〈안분(安分)〉

4장 부평과 계양, 따스한 햇살 고운 바람에 저녁 풍경 맑기만 하고

정추 〈부평으로 가는 도중(富平道中)〉

성현 〈부평헌에 차운하다(次富平軒韻)〉

〈부평에 거듭 이르러 밤에 빗소리를 듣고 운을 사용하다(重到富平夜聞雨用韻)〉

민제인 〈부평으로 가는 도중(富平道中)〉

허봉 〈부평객관(富平客館)〉

〈인천에서 아우에게 부치다(仁州寄舍弟)〉

김용 〈부평관에 머물며 쓰다(富平館留題)〉

〈부평노래 13장(富平歌十三章)〉

이식 〈부평 별서에서 쓰다(題富平村莊)〉

〈부평 별서에서 밤에 앉다(富平村莊夜坐)〉

〈정중에게 부치다(寄正中)〉

〈배를 타고 부평 별서로 돌아가다(乘舟歸富平村莊)〉

장유 〈계양으로 가는 도중(桂陽途中)〉

조석윤 〈부평 서헌(富平西軒)〉

윤기 〈계양으로 가는 도중(桂陽道中)〉

〈계양의 농가에서 묵을 때 주인이 이웃 노인과 창밖에서 말하는 것을 듣고 시로 기록하다(宿桂陽村舍 主人與隣翁語於窓外 詩以記之)〉

이규보 〈조강부(祖江賦)〉

〈기묘년 사월에 계양 군수가 되어 조강을 건널 때 짓다(己卯四月日 得桂陽守 將渡祖江有作)〉

〈통판 정군에게 보이다(示通判鄭君)〉

〈퇴근하여 아무 일 없다(退公無一事)〉

〈승선 김양경이 안렴사 진식에게 화답한 시에 차운하다(次韻金承宣良鏡和陳按廉湜)〉

〈요우 제군과 명월사에서 놀다(與寮友諸君 遊明月寺)〉

〈태수가 부로에게 보이다(太守示父老)〉

〈우연히 읊어 관료에게 보이다(偶吟示官寮)〉

〈고을을 떠나면서 시를 지어 전송객에게 보이다(發州有作 示餞客)〉

5장 누정, 오래지 않아 신선의 꿈에서 깨어나니

이익한 〈안해루(晏海樓)〉

이완식 〈안해루(晏海樓)〉

오길선 〈안해루(晏海樓)〉

이건창 〈공북루(拱北樓)〉

유방선 〈조 사인에게 주다(呈趙舍人)〉

이규보 〈다시 모정에 놀며 황보 서기의 운에 차하다(復遊茅亭 次韻皇甫書記)〉

〈만일사에서 요우(寮友) 제군이 부로(父老)를 위하여 성전(聖殿)에 재(齋)를 올리고 이어 술자리를 벌여 위로하기에 사례하다(萬日寺 謝寮友諸君爲老夫展齋聖殿 仍置酒見慰)〉

〈앵계에 거처를 정한 뒤 우연히 초당의 한적한 풍경과 두 집안이 서로 오가던 즐거움을 함께 서술하여 서편의 이웃 양 각교(梁閣校)에게 주다(卜居鸎溪 偶書草堂閑適 兼敍兩家來往之樂 贈西隣梁閣校)〉

〈강가 마을에서 자다(宿瀕江村舍)〉

〈이날 보광사에 묵으면서 고(故) 서기 왕의의 유제시 운을 사용하여 주지에게 주다(是日宿普光寺 用故王書記儀留題詩韻 贈堂頭)〉

〈안화사의 당 선사(幢禪師)를 찾으니 선사가 시 한 편을 청하다(訪安和寺幢禪師 師請賦一篇)〉

〈고우가(苦雨歌)〉

〈차 가는 맷돌을 준 사람에게 사례하다(謝人贈茶磨)〉

〈일암거사 정분이 차를 보내준 데 대하여 사례하다(謝逸庵居士鄭君奮寄茶)〉

〈시후관에서 쉬다(憩施厚館)〉

〈천화사에 놀며 차를 마시고 동파의 시운을 쓰다(遊天和寺飮茶 用東坡詩韻)〉

〈또 운을 나누다가 악(岳) 자를 얻다(又分韻得岳字)〉

〈찬 수좌의 방장에 짓다(題璨首座方丈)〉

6장 팔경, 아득히 기러기 돌아가는 곳 그림자는 오르락내리락

고재형 〈남산대에서의 비 개인 날에 뜨는 달(南臺霽月)〉

〈연미정의 조운선(燕尾漕帆)〉

〈적석사에서 바라보는 낙조(積石落照)〉

〈참성단의 맑은 조망(星壇淸眺)〉

송연 〈연미정에 배를 대다(舟泊鷰尾亭)〉

이시원 〈마니산에 오르는 도중(上摩嶽路中)〉

이형상 〈백운산의 맑은 아지랑이(白雲晴嵐)〉

〈팔미도로 돌아드는 돛단배(八尾歸帆)〉

〈구담사의 스님 방문(瞿曇訪釋)〉

7장 개항장, 누각마다 악기 소리 끊겨 고요한데

요코세 후미오(橫瀨文彦) 〈세관(稅關)〉

〈영국영사관(英國領事館)〉

〈청루(靑樓)〉

〈부두(埠頭)〉

〈담군[조선말로 지계훈이니 짐꾼이다.](擔軍[韓音智計勳擔夫也])〉

〈해문낙조(海門落潮)〉

오웅섭 〈어명시(魚名詩)〉

오세종 〈덕물도 삼형제 암초(德物島 三兄弟 暗礁)〉

옛지도와 함께하는 한시 여행
-인천으로 가는 길

1판 1쇄 펴낸날 2017년 4월 20일
1판 2쇄 펴낸날 2017년 12월 30일

지은이 이영태

펴낸이 서채윤 펴낸곳 채륜
책만듦이 김승민 책꾸밈이 이현진

등록 2007년 6월 25일(제2009-11호)
주소 서울시 광진구 자양로 214, 2층(구의동)
대표전화 02-465-4650 팩스 02-6080-0707
E-mail book@chaeryun.com Homepage www.chaeryun.com

책값은 뒤표지에 있습니다.
ISBN 979-11-86096-46-8 03810

이 도서의 국립중앙도서관 출판예정도서목록(CIP)은 서지정보유통지원시스템 홈페이지(http://seoji.nl.go.kr)와 국가자료공동목록시스템(http://www.nl.go.kr/kolisnet)에서 이용하실 수 있습니다. (CIP제어번호 : CIP2017007917)